Letzte Beichte

Helen FitzGerald

Letzte Beichte

Roman
Aus dem Englischen
von Steffen Jacobs

Verlag Galiani Berlin

FSC
www.fsc.org
MIX
Papier aus verantwortungsvollen Quellen
FSC® C014496

Verlag Kiepenheuer & Witsch, FSC-N001512

Die Arbeit an dieser Übersetzung wurde gefördert von der Kunststiftung NRW.

1. Auflage 2011

Titel der Originalausgabe: *My last Confession*

Verlag Galiani Berlin

Umschlaggestaltung: Manja Hellpap und Lisa Neuhalfen, Berlin
Umschlagmotiv: © Getty Images
Autorenfoto: © Charles Ross
Lektorat: Wolfgang Hörner
Gesetzt aus der Guardi
Satz: Buch-Werkstatt GmbH, Bad Aibling
Druck und Bindung: GGP Media GmbH, Pößneck
ISBN 978-3-86971-037-2

Weitere Informationen zu unserem Programm finden Sie unter www.galiani.de

1

Tipps für Bewährungshelfer:

1. Schmuggeln Sie kein Heroin ins Gefängnis.
2. Trinken Sie keinen Wodka zum Stressabbau.
3. Geben Sie nie einem Kollegen einen Zungenkuss, um Ihren Freund eifersüchtig zu machen.
4. Schnupfen Sie kein Speed.
5. Verbringen Sie niemals mehr Zeit mit Mördern als mit Ihrem Sohn.
6. Laden Sie keine cracksüchtigen Klienten zu Ihrer Party ein.

Hätte man die Sache etwas besser vorbereitet, wäre der Tag meiner Hochzeit vielleicht der schönste Tag meines Lebens geworden. In meinem hautengen Nixenkleid mit dem blumenbestickten Oberteil hätte ich alle überstrahlt. Der kleine Robbie wäre in seinem Schottenrock samt Mini-Felltasche und Riesenlächeln vor mir herstolziert.

Mit seiner Fünfziger-Jahre-Haartolle hätte er ausgesehen wie ein Aufziehmännchen – in seiner Hemdtasche hätte ein batteriebetriebener Motor gesurrt. Er hätte unsere Freunde und Familienmitglieder mit Rosenblütenblättern beworfen und vielleicht sehr laut »Scheiße« gerufen, so wie ich es ihm versehentlich beigebracht hatte. Und Chas hätte den Schleier vor meinem Gesicht gelüftet, mich geküsst und zur glücklichsten aller Bräute gemacht.

Ich hätte zugesehen, wie Chas mit feuchten Augen einen Toast auf uns ausgebracht und eine Rede gehalten hätte. Stattdessen drückte mich jemand auf den Boden, und ich schlug im

Dunkeln blindlings um mich, als wäre ich Clarice Starling in *Das Schweigen der Lämmer.*

Ich hätte mit Chas Walzer getanzt. Stattdessen musste ich zusehen, wie er aus dem Leben glitt, während ich schrie, jemand solle bitte einen Krankenwagen rufen … *bitte* …

Ich hätte Champagner geschlürft. Stattdessen schluchzte ich voller Schreck und Entsetzen.

Es war alles meine Schuld. Weil ich mich in den ersten Monaten in meinem neuen Job so dämlich angestellt und all die Sachen gemacht hatte, die ein Bewährungshelfer niemals machen sollte.

In den zwei Jahren, ehe ich Bewährungshelferin geworden war, hatte sich vieles in meinem Leben geändert. Ich hatte zu arbeiten aufgehört, um mich ganz meinem kleinen Robbie zu widmen. Ich war dabei gewesen, als er gelernt hatte, erst zu krabbeln, dann zu gehen, dann zu sprechen, dann meinen Freund Chas zu Boden zu werfen, bis die beiden vor Lachen nicht mehr konnten. Ich war Hals über Kopf in das Reich der Liebenden eingetaucht.

Jeden Morgen genehmigte ich mir eine Tasse Kaffee im Bett, während Chas neben mir noch einmal einschlief. Ich genoss unsere gemeinsamen Schaufensterbummel, wenn wir zu zweit den Kinderwagen schoben und an mäßig edlen Geschäften vorbeigingen. Ich wechselte mich mit Chas beim Anschubsen der Schaukel im Park ab, formte im Bad lustige Figuren aus Badeschaum, las Robbie Geschichten vor und lag neben ihm, wenn er einschlief.

Und Chas und ich berührten uns. Wir konnten überhaupt nicht mehr damit aufhören, uns zu berühren. Ich bekam einfach nicht genug von dem Menschen, den ich so viele Jahre auf Abstand gehalten hatte.

Anfangs lebten wir von der Unterstützung meiner Eltern. Als ich eines sonnigen Septembertages Hilfe gebraucht hatte, hatten sie alles Nötige aus meiner Wohnung in ihr Haus geschafft und mich so lange unter ihre Fittiche genommen, bis ich wieder auf die Beine gekommen war. Sie verordneten mir einen festen Tagesablauf, vernünftige Ernährung, Fitnesstraining und frische Luft. Sie hielten mich vom Trinken, von Unbesonnenheiten, Selbsthass und Vorwürfen ab. Mein Tagesablauf verschmolz mit dem von Robbie. Nach langem, ruhigem Nachtschlaf löffelte ich brav den Teller leer, den sie mir vorsetzten. Vormittags unternahm ich gemächliche Spaziergänge im Park. Mittags schlürfte ich ihre hausgemachten Suppen, nachmittags legte ich mich zu einem Nickerchen hin, abends brach ich zu einem zweiten Spaziergang auf. Ich aß ein ausgewogenes Abendessen, nahm ein Bad und ging ins Bett. Zuerst langweilte ich mich zu Tode. Kein Alkohol, keine Partys, Freunde, Kollegen, Sorgen, kein Tratsch. Nichts als die beruhigende Anwesenheit von Chas und meinen Eltern. Aber schon nach kurzer Zeit begann ich das, was ich früher Langeweile genannt hatte, neu zu definieren: Ich nannte es jetzt Entspannung und Gesundheit. Und mir wurde klar, dass all dies mich allmählich in ein glückliches und erfülltes Leben führte.

Anfangs kam Chas nur auf Besuch vorbei, dann blieb er gelegentlich über Nacht. Einige Jahre zuvor war er aus dem Gefängnis entlassen worden. Man hatte ihn verknackt, weil er einen Pädophilen angegriffen hatte, der zufälligerweise der Stiefvater meiner engsten Kindheitsfreundin Sarah war. Jahrelang hatte dieser Mann das Leben der ihm anvertrauten Kinder zerstört. Bei mir hatte er es fast geschafft, und bei Sarah hatte er durchschlagenden Erfolg gehabt. Ich fand es schrecklich, dass man Chas so schwer bestraft hatte.

Nach seiner vorzeitigen Entlassung wohnte Chas während der Bewährungszeit bei seinen Eltern in Edinburgh. Das waren piekfeine, todernste Menschen, die wollten, dass Chas sein Leben änderte und sich einen anständigen Beruf und eine andere Freundin suchte. Rebellisch wie er war, malte er weiter und fuhr so oft wie möglich zu mir.

Als Chas verkündete, dass seine Bewährungszeit abgelaufen sei und er folglich wohnen könne, wo er wolle, bat ich ihn, bei uns einzuziehen. Er gab seinen besorgten Eltern einen

Abschiedskuss und stand mit zwei großen Koffern vor unserer Tür. Von da an machte sich Chas jeden Morgen auf den Weg zu dem Atelier, das er sich in den Räumen einer Bildhauergemeinschaft in Hillfoot gemietet hatte, und verbrachte den ganzen Tag damit, die Skizzen auszuarbeiten, die er auf der ganzen Welt gemacht hatte. Nach unserer Unizeit, als wir in einer WG gewohnt hatten, war er jahrelang gereist und hatte sich durch alle Breitengrade skizziert. Aber seit er zurückgekehrt war und wir ein Paar geworden waren, hatte er seine Skizzen immer vor mir versteckt. Sie seien eine Überraschung, sagte er. Er würde sie mir zeigen, sobald er eine Ausstellung habe.

Es dauerte einige Zeit, bis ich den Tod meiner besten Freundin Sarah akzeptieren konnte. Wenn ich an sie dachte, kam ihr Name immer nach den Worten »die arme«. Die arme Sarah hatte eine schreckliche Kindheit gehabt. Die arme Sarah hatte nicht schwanger werden können. Die arme Sarah war von ihrem Ehemann Kyle mit ihrer besten Freundin betrogen worden – mir.

Die arme Sarah hatte sich umgebracht.

Nachdem ich monatelang mit einem Gefühl der Übelkeit in der Magengegend aufgewacht war und das Gesicht der armen Sarah über meinem Bett geschwebt hatte, ging es mir allmählich besser. Ich fand, dass ich so ziemlich alles hatte, was eine junge Frau sich vom Leben erhoffen kann:

Einen hübschen, gesunden Dreijährigen, der sich zur Melodie der Teletubbies Lieder wie dieses ausdachte:

Mum und Daddy
Mum und Daddy
Essen rohes Mett
Mum und Daddy
Mum und Daddy
Sind seeeehr nett!
(Hab gesehn, wie sie sich geküsst haben … IGITT!)

Einen liebevollen Partner, der immer die Zeit und die Kraft hatte, mich zu unterstützen und zu trösten. Der wusste, wie man meine negativen Gedanken in positive verwandeln konnte und meine schlechte Laune in gute. Der immer die richtige Antwort fand, wenn ich ihn – manchmal mitten in der Nacht – fragte, ob alles gutgehen würde. »Ja, meine Kleine«, antwortete er dann. »Alles ist perfekt, weil ich dich mehr als alles auf der Welt liebe. Sogar mehr als Pizza.«

(Und Chas liebte Pizza wirklich sehr.)

Ich hatte wundervolle, großzügige Eltern, die mit ihren Wochenendausflügen pausierten und zwei ihrer kostbaren Zimmer an uns abgetreten hatten, damit ich auf die richtige Spur zurückfand.

Und ich hatte eine unheimlich gute Frisur. Jahrelang hatte ich mein Haar gewellt getragen und es meistens zu einem Pferdeschwanz gebunden, damit es mir nicht im Weg war. Doch eines Tages, als das schöne Bauchgefühl Oberhand über das üble Bauchgefühl gewann, entschied ich, dass es an der Zeit für einen Stufenschnitt sei. Ich rief Jenny an, die Friseurin der Stars (und meine), und sie schnitt sie mit Vergnügen stufig. Danach sah ich wie strahlende fünfunddreißig aus. Tagelang blieben alle stehen, um mir zu sagen, wie toll ich aussähe.

Die neue Frisur markierte das Ende einer alten Lebensphase und den Anfang einer neuen. Es wurde Zeit, dass ich wieder in meine eigene Wohnung zog. Es wurde Zeit, dass ich mir einen Job suchte. Ich war wieder bereit, da rauszugehen – ins richtige Leben.

Meine Eltern waren wohl auch bereit. Meine Mutter vermisste ihr Bastelzimmer, durch das jetzt Eisenbahnschienen aus Holz führten und in dem das Kinderbett stand. Und mein Vater vermisste das Gästezimmer, in dem Chas und ich schliefen und in das er sich früher immer geflüchtet hatte, wenn meine Mutter mitten in der Nacht Zappelfüße bekommen hatte.

Ich gab meinen Mietern einen Monat im Voraus Bescheid, und wir begannen, unsere Sachen zu packen und alles vorzubereiten, damit wir pünktlich zum Umzug unser Zeug aus der Lagerhalle holen konnten.

Da Chas' Bewährungszeit vorüber war, beschloss ich, mich

auf eine Stelle in der Strafjustiz zu bewerben. Das war etwas ganz anderes als die Arbeit im Kinderschutz, die ich so lange gemacht hatte und die dazu beigetragen hatte, dass ich zwei Jahre zuvor nichts als ein ausgebranntes Häuflein Asche gewesen war – irgendwie sicherer, weil ich nur den Anweisungen des Gerichts folgen würde. Ich würde niemandem die Kinder wegnehmen oder irgendwelche Anschuldigungen erheben. Ich wäre Teil des Strafrechtssystems und könnte mir deshalb sicher sein, dass meine Klienten mich nicht bedrohen, verprügeln oder abgrundtief hassen würden. Eine Freundin hatte auch mit Straftätern gearbeitet und gesagt, das sei viel familienfreundlicher als der Kinderschutz. Und ich muss zugeben, dass ich die Vorstellung, den ganzen Tag mit schweren Jungs zu reden, immer noch so aufregend wie als Teenager fand.

Eines Abends, nachdem Robbie eingeschlafen war, füllte ich einen Bewerbungsbogen für eine Stelle als »Sozialarbeiterin im Strafrecht« aus. Ich schrieb einen prachtvollen Begleitbrief, in dem stand, dass ich teamfähig sei, dass ich mir über die erforderliche Balance von Betreuung und Kontrolle im Klaren sei, dass ich über herausragende Fähigkeiten im Zeitmanagement verfüge – und der ganze andere Scheiß, den sie hören wollten.

Am nächsten Tag brachte ich die Bewerbung zur Post.

2

Als ich mich am Morgen des Vorstellungsgespräches anzog, wetteiferten dort, wo sich sonst mein Gehirn befand, Schuldgefühle, Selbsthass und Nervosität miteinander. War es die richtige Entscheidung gewesen, wieder arbeiten zu gehen? Oder hatte Zachs Mutti die bessere Wahl getroffen: Schatzmeisterin der Spielgruppe; Fahrdienst für vielversprechende Jungschwimmer, Turner, Baby-Yogis, Lied-Mitsinger und Ballfreunde; Köchin streng vorausgeplanter und streng beaufsichtigter Bio-Mahlzeiten (ohne Zusatzstoffe!); Mutter von Kindern, die wussten, wie man sich zu benehmen hat, und die ihr Alphabet und ihre Tastaturen kannten; Kämpferin gegen das Wort »bloß« als Vorsilbe von »Hausfrau«?

Oder hatte Marthas Mutti recht: Gelegenheitskifferin, die mit ihrer Kleinen herumkicherte und jeden Augenblick genoss, den sie mit ihr verbrachte, auch wenn sie manchmal vergaß, Abendessen zu machen? Andererseits, so argumentierte Marthas Mutti, würde die Kleine ja wohl nach etwas Essbarem fragen, wenn sie wirklich hungrig wäre, oder?

Oder war ich es, die recht hatte? Ja, genau: Ich! Die Frau, die in ihren Kleidern herumwühlt, dauernd »Verdammt« und »Scheiße« sagt, einen lauwarmen Lavazza hinunterstürzt und sich anschickt, Robbie in seinem warmen »Bob-der-Baumeister«-Schlafanzug zurückzulassen?

Als ich mich an diesem Morgen für mein Vorstellungsgespräch anzog, wusste ich, dass ich von allen drei Müttern diejenige war, die am wenigsten recht hatte.

Nachdem mir die Kraftausdrücke fürs Erste ausgegangen waren, zerrte ich meine alte Sozialarbeiterinnen-Montur aus dem Schrank (nicht zu förmlich à la »Ich bin hier die Vorgesetzte«, nicht zu leger à la »Mich könnt ihr ruhig schikanieren«) und gab meinem Sohn einen Abschiedskuss.

Wenn ich die Stelle bekam, wollte Chas den Robster mit ins Atelier nehmen. »Sei nicht so altmodisch, K«, hatte er gesagt. »Warum regst du dich auf? Ihm wird's gutgehen!« Robbie würde einen Pinsel und ein paar alte Leinwände bekommen und seinen Spaß haben. Glaubte Chas. Zwei Jungs mit Farbe, die gemeinsam abhingen – was konnte da schon schiefgehen?

(Ha! Ich freute mich schon darauf, Chas diesen Erkenntnisgipfel erklimmen zu sehen.)

Chas und Robbie standen winkend in der Tür meines Elternhauses und strahlten mir hinterher, als ich die Straße hinabging und um die Ecke bog. Sobald ich verschwunden war, hörte ich in der Ferne, wie aus Robbies Gekicher ein Weinen wurde. Es war wie früher beim Stillen, als die Milch aus meinen Brüsten spritzte, sobald Robbie weinte – die Stärke der körperlichen Verbindung zwischen uns war erschreckend intensiv gewesen, aber auch wunderschön. Damals waren wir eins gewesen, und im Grunde waren wir es immer noch. Wenn auch keine Milch aus meinen Titten spritzte (Gott sei Dank, denn ich hatte ein hübsches schwarzes Hemd an), so berührte sein Weinen doch etwas in mir, das durch niemandes anderes Weinen jemals berührt werden konnte.

Ich rannte zu ihm zurück. Aber als ich bei ihm ankam, hatte Chas ihn schon abgelenkt, indem er ihn mit einer Papierlaterne aus dem Nachbargarten unterm Kinn kitzelte. Robbie schaute lachend hoch, und es war unübersehbar, dass er sich fragte, warum um alles in der Welt ich so schnell zurück sei. Also machte ich kurz mit bei der Kitzelei und gab Chas einen Kuss auf seine schönen, perfekten Malerhände (dieselben Hände, in die ich mich vor zwei Jahren auf dem Rücksitz eines Ford verliebt hatte).

Dann machte ich kehrt und lief zum Auto. Den ganzen Weg über erfüllte mich eine andere Art von Kummer: die Art, die an einen körperlichen Schmerz erinnert, weil man letztlich nicht einmal als Mutter unersetzbar ist.

Es schiffte, als ich an zwei Hochhäusern vorbeiging, die irgendjemand mitten ins Ödland geklatscht hatte. Der Wind pfiff zwischen ihnen hindurch, und sie schwankten. Ich sah hoch und fragte mich, wer da oben in zweiundzwanzig Stockwerken Höhe wohl alles mitschwankte, wessen fleckige Kaffeebecher auf dem Küchentisch erst nach links, dann nach rechts rutschten. Mir wurde schwindlig dabei, also blickte ich nach unten und konzentrierte mich aufs Gehen, was nicht leicht war, da der Wind mich vorwärts drückte, wie wenn er sagen wollte: *Geh weg hier, geh weg.*

Das Vorstellungsgespräch fand an meinem potenziellen neuen Arbeitsplatz in einer heruntergekommen Gegend statt (wenn ich doch nur auf die Warnung des Windes gehört hätte) – will sagen: eine Gegend, die das Allerletzte ist; eine Gegend, in der die Fenster mit Brettern vernagelt sind und kein Kind auf den Spielplätzen spielt; eine Gegend, in der es mehr Wind als in anderen Gegenden gibt, selbst wenn die nur wenige Meter entfernt sind – mehr Wind und keine Straßennamen, keine Hausnummern, keine Zebrastreifen. Eine Gegend, in die man nicht einfach so geht, sondern nur mit einem Messer bewaffnet und der Bereitschaft, es zu benutzen. Mitten auf der Fahrbahn gingen Menschen, die offensichtlich fest entschlossen waren, sich der von Autos verkörperten Gewalt des Mammons nicht zu beugen. An den Ecken standen Grüppchen junger Männer, die mit Rauschgift dealten, sofern sie nicht gerade die Steakpasteten aus der nächstgelegenen Greggs-Filiale aßen.

Ich ging an ihnen vorbei und fragte mich, ob sie wohl merkten, dass gerade eine Außenseiterin vorbeispazierte. Jemand aus einer anderen Gegend. Einer Gegend, die nur zwei Meilen entfernt war. Einer Gegend, wo es Hausnummern, Lavazza und Hoffnung gab.

Das Vorstellungsgespräch lief nicht gut. Plötzlich wollte ich nur noch zu Hause bei Robbie sein, vor allem angesichts des trostlosen Zustands, in dem sich das Büro und seine Umgebung befanden. Trotzdem versuchte ich, den drei Leuten, die mich ausfragten, Enthusiasmus vorzuspielen, als ich da auf meinem wackeligen Stuhl inmitten eines großen, hässlichen und mit allerlei Krempel vollgestopften Raumes saß.

In meiner Ausbildung zur Sozialarbeiterin hatte ich viele wichtige Sachen lernen können – Risikoabschätzung, Antidiskriminierung, Krisenintervention und so weiter. Aber eine der wichtigsten Lektionen, die jeder, der diese Ausbildung durchlief, von Grund auf lernte und lebenslang nicht mehr vergaß, war die folgende Regel: Zieh dich so fürchterlich an, dass sich die Junkies in der Methadonklinik im Vergleich zu dir schick fühlen.

Die drei hier hatten es mit dieser Regel etwas zu weit getrieben. Stellen Sie sich den Stil und die Eleganz überzeugter Christen vor und vervierfachen Sie selbige, dann haben Sie die drei Sozialarbeiter, die mich damals befragten. Lobenswerter Mut zur Hässlichkeit, ohne Kompromisse, vom Scheitel bis zur Sohle. Samt fettigen Haaren, schlechten Zähnen und Klamotten, die entweder zu klein oder zu groß, aber jedenfalls spottbillig waren.

Als sie mich mit Fragen bombardierten, fiel mir wieder ein, warum es sich so gut angefühlt hatte, mit der Sozialarbeit aufzuhören: Sozialarbeiter sind extrem ernsthafte Menschen, und sie haben oft Mundgeruch.

Ich hatte die falsche Ausbildung, und ich bewarb mich auf die falsche Stelle. So dachte ich, als ich an meinem Handrücken leckte und daran roch.

(Oh je … Kaffeezunge. Vielleicht doch nicht.)

Die Fragen waren die gleichen wie bei meinem ersten Vorstellungsgespräch vor zehn Jahren. Ich beantwortete sie halbherzig, schwafelte ein bisschen herum und zitierte die passenden Stellen aus meiner Diplomarbeit, soweit ich mich daran erinnerte. Einmal versuchte ich, witzig zu sein. »Meine Schwächen?« wiederholte ich. »Na ja, da wäre mein Perfektionismus, der kann schwierig sein. Und ich bin Workoholic, kann einfach nie genug Arbeit bekommen … das kann auch ein bisschen problematisch sein. Und dann wäre da noch meine Kokainabhängigkeit …«

Meine Chefin *in spe,* eine Frau irgendwo in den Vierzigern mit ausdruckslosem Gesicht und einer Stimme, so weich und therapeutisch, dass ich sie am liebsten erwürgt hätte, verzog keine Miene. Die beiden Männer, die sie links und rechts wie Buchstützen einrahmten, bissen sich immerhin auf die Lippen. Gott möge es ihnen vergelten.

Als ich das graue Gebäude verließ, dankte ich dem Herrn, dass ich die Sache so gründlich vermasselt hatte. Wer wollte schon an *so* einem Ort arbeiten? Wo sollte man hier eigentlich zum Mittagessen hingehen?

Aber als ich zu Hause ankam, hatten sie schon angerufen und mir die gute Nachricht hinterlassen: Ich war jetzt Sozialarbeiterin im Strafjustizsystem. Bewährungshelferin. Eine sautaffe, Klartext redende Gesetzesvertreterin, die den schweren Jungs zeigt, wo der Hammer hängt. So scheiße sexy war mein Job, dass ich in Amerika sogar eine Pistole und eine Uniform bekommen hätte.

Am nächsten Tag schenkte mir Chas eine Polizeiuniform und eine Spielzeugpistole, und er war unheimlich froh (wenn auch ein wenig gekränkt), wie schnell und problemlos ich meine sautaffe Ich-zeig-den-bösen-Buben-wo-der-Hammer-hängt-Attitüde gefunden hatte.

3

Meine Eltern freuten sich für uns. Wir begannen ein neues Leben miteinander, so wie sie vor siebenunddreißig Jahren. Einige Tage vor unserem Auszug saßen wir abends alle beisammen und schauten uns gemeinsam ihre Hochzeitsfotos an. Sie hatten auf Bali geheiratet, lange Zeit, ehe das in Mode gekommen war und Leute wie Mick Jagger und Jerry Hall dort den Bund fürs Leben schlossen (oder auch nicht). Nach der Trauung hatten sie mit vier Freunden bis in die frühen Morgenstunden gefeiert, dann waren sie am Strand eingeschlafen.

»Wir waren unheimlich verliebt!« sagte meine Mutter. Sie lächelte, denn sie waren immer noch verliebt, nach siebenunddreißig Ehejahren. Auf Partys sprachen sie sich nach wie vor am liebsten gegenseitig an, ehe sie sich den anderen zuwandten, und wenn sie in einem schicken Restaurant saßen, hatten sie sich immer noch was zu sagen.

»Chas ist ein Glückspilz«, sagte meine Mutter, und wir umarmten uns.

»Ich verdiene ihn nicht«, sagte ich. Da schob sie meinen Pony zur Seite – sie hatte eine seltsame Vorliebe für meine Stirn und meine Augenbrauen – und sagte mir, dass ich nicht genügend Selbstbewusstsein hätte und dass alle sich immer unbändig freuen würden, mich zu sehen. Sie sagte mir, dass meine Tanten und Onkel und Cousins an Weihnachten immer einsilbig am Tisch säßen, bis ich hereinkäme und Schwung in die Gespräche brächte. Ich würde Freude verbreiten, meinte sie. Ob mir nicht klar sei, dass Chas ohne mich völlig aufgeschmissen wäre? Verschlossen und traurig?

»Sei zur Abwechslung mal ein bisschen vernünftig!« sagte

sie. »Aber ansonsten bleib genau so, wie du bist. Und glaub mir, du verdienst ihn.«

Ich ging als ein Mensch, der sich selbst liebt, zu Bett. Aber mir war auch klar, dass meine Eltern ein Händchen dafür hatten, Fröhlichkeit zu verbreiten. Mit allem, was sie taten und sagten, verbreiteten sie Fröhlichkeit. Das war mein glückliches Erbe.

Als wir unseren ganzen Kram endlich ins Auto verfrachtet hatten, regnete es. Ich umarmte meine Mutter, dann meinen Vater, und uns allen standen Tränen in den Augen. Den ganzen Weg ins West End liefen die Scheibenwischer, und dann mussten wir viel zu weit von meiner Wohnung entfernt parken. Und obwohl die Parkerei mühselig war, fühlte es sich doch großartig an, wieder in einer Gegend zu sein, deren Bewohner sich in Hautfarbe und Lebensart unterschieden. Ich hüpfte mit Chas und Robbie das Treppenhaus hoch und sehnte mich nach meinem Bad, meinen Gewürzen, unserem Zuhause.

Wir verbrachten den ersten Tag damit, Schränke, Fenster und Klos kleinkindsicher zu machen, und wir rannten Robbie hinterher, als der weitere Sachen ausfindig machte, die kleinkindsicher gemacht werden mussten.

Abends, nachdem ich ihn ins Bett gebracht hatte und in die Küche gegangen war, saß Chas dort mit eisgekühltem Champagner und einem schön verpackten Geschenk.

»Auf unser neues Leben zu dritt!« sagte er, ließ den Korken knallen und schenkte Schampus ein.

Ich nahm einen Schluck und öffnete das Geschenk mit all den schmalzigen Erwartungen einer verknallten Jungvermählten. Das Papier glänzte rosa, und dasselbe galt für den darin eingewickelten Hasenvibrator.

»Chas!« sagte ich und betrachtete den Pimmel mit Gummiohren.

»Mit Orgasmus-Garantie!« sagte er.

Ach Gott, nicht das schon wieder.

Ich hatte nie einen gehabt. Einen Orgasmus, meine ich. Trotz zweiundzwanzig Sexualpartnern (oder dreiundzwanzig, je nach

Definition) hatte ich nie einen gehabt. Ich hatte nie auch nur zugegeben, dass ich keinen gehabt hatte, bis ich das erste Mal mit Chas geschlafen hatte.

Das war im Haus meiner Eltern gewesen, im damaligen Hobbyraum. Robbie schlief im Bastelzimmer, und meine Eltern sahen fern. Chas hatte sehr viel Geduld mit mir gehabt, aber sosehr er es auch zu schätzen wusste, dass man seine Hände liebkoste, war er doch unheimlich geil. Dass ich an seinen Fingern nuckelte und seinen Pimmel kraulte, würde ihn auf Dauer nicht befriedigen.

Gekuschelt et cetera hatten wir da schon nächtelang, aber diesmal wusste ich, dass die Zeit reif sei. Als wir fertig waren, seufzte ich glücklich, denn es war der beste Sex gewesen, den ich je gehabt hatte.

»Das war der beste Sex, den ich je gehabt habe«, sagte ich.

»Wirklich?« fragte er.

»Ja«. Ich fühlte mich, als ob man mich angegriffen hätte. »Warum?«

»Na ja, weil du nicht …«, sagte er.

»Was?«

»Du weißt schon, du bist nicht gekommen.«

»Aber sicher bin ich das.«

»Krissie …«

»Aber sicher bin ich das!« schrie ich, sprang eingeschnappt aus dem Bett und stolzierte ins Bad. Wie konnte er es wagen, mich des Nichtkommens zu bezichtigen? Natürlich war ich gekommen. Ich war dreiunddreißig, und ich war in mehr als zwei Jahrzehnten nicht so umfassend und grundlegend gekommen.

Unbeholfen stand er hinter mir im Badezimmer. Ich wusch mir die Hände und wollte aus dem Bad gehen, aber er versperrte mir mit den Armen die Tür. Es gab ein Gerangel. Ich versuchte, unter einem seiner Arme durchzukommen, zwischen seinen Beinen und so weiter, aber es half nichts.

Es endete damit, dass ich auf dem Boden lag und weinte. »Ich glaube, ich hatte noch nie einen«, sagte ich und verbarg mein Gesicht peinlich berührt mit den Händen.

Ich war mir nicht sicher. Ich war mir auch nicht sicher gewesen, ob ich je verliebt gewesen war, ehe ich mich ohne jeden Zweifel in Chas verliebt hatte. Es hatte Zeiten gegeben, da hatte ich einen Mann so sehr vermisst, dass es wehtat. Hätte Liebe sein können. Zeiten, in denen ich tagelang nichts gegessen hatte, nachdem Schluss gewesen war. Vielleicht Liebe. Auch hatte ich sexuelle Erlebnisse gehabt, nach denen ich tagelang gelächelt hatte. Und eines, das mich zum Weinen gebracht hatte. Natürlich hatte ich regelmäßig laute, animalische Geräusche ausgestoßen. Aber Chas hatte auf eine Meile Entfernung spitzgekriegt, dass meine Geräusche niemals laut oder animalisch genug gewesen waren, um die Selbstvergessenheit einer werwolfartigen Transformation zu bezeugen. Und das sei es, was ich anstreben solle, erklärte er: Selbstvergessenheit – mit weiß flackernden Augen und einem mit aller Pein einer Besessenen aufgerissenen und verzerrten Mund.

Klang schrecklich, fand ich, aber Chas hatte immer recht, wusste es immer am besten. Und deshalb machte es mir nichts aus, als er mir an besagtem Samstag den Hasen schenkte, am Sonntag dann das spezielle Gel, am Montag die vibrierenden Kugeln, vier Nächte in Folge ein Nichts mit Spitze aus dem Anne-Summers-Sortiment, und während der folgenden zwei Wochen weitere Lustknochen. Wir waren im Kampfeinsatz, und unser Auftrag lautete: meinen Orgasmus zu finden!

Anfangs legten wir den Hasen geraume Zeit, nachdem Robbie eingeschlafen war, auf den Couchtisch, um uns an ihn zu gewöhnen. Ich fand das riesige Gummiteil ziemlich furchteinflößend, aber dann lag es für mindestens zwei *Big-Brother*-Rausschmisse auf dem Couchtisch und summte uns des Öfteren wie ein Dalek an (Sie wissen schon: die Außerirdischen aus *Doctor Who*). Folglich war ich zu dem Zeitpunkt, als Chas das Häschen und seine Entourage ins Schlafzimmer mitnahm, nicht mehr allzu verängstigt.

Er dachte sich weitere Übungen aus. Fünf Tage nichts als Anfassen ohne Penetration. Frauenpornos, also ohne derbes Brustwarzenzupfen und zu viel mechanisches Gerammle.

Duschaufsätze und ausgedehnte Zeitspannen allein, »zum Üben«.

Ich würde liebend gern sagen, dass ich meinen Gummifreund letztlich nicht gebraucht hätte. Dass alles, was ich gebraucht hätte, eine neue, unbefangene Geisteshaltung gewesen sei und die Liebe und Geduld eines Mannes, der nach allen guten Dingen der Welt roch (Toast, frisch gemähter Rasen, der Rauch eines prasselnden Lagerfeuers). Aber das kann ich nicht, denn Chas war in seinem Atelier und malte, und ich war allein und drückte fest auf die Hasenohren – und dann verwandelte ich mich plötzlich in den furchteinflößendsten, grimmigsten Werwolf im ganzen Hochmoor.

Ich war fünfunddreißig, und endlich wusste ich Bescheid.

4

Einige Tage später bereiteten sich Chas und Robbie auf ihren ersten gemeinsamen Tag im Bildhaueratelier vor. Robbie brauchte viele Sachen, um für seine neue Aufgabe als offizieller Malerassistent gerüstet zu sein. Pinsel? Haben wir. Großes altes T-Shirt? Haben wir. Absurd große Baskenmütze? Haben wir. Als Robbie endlich seine »Arbeitskluft« anhatte, waren nur noch sein winziges Kinn und sein kleiner weißer Hals wirklich sichtbar. Nachdem wir uns an der Wohnungstür kichernd einen Abschiedskuss gegeben hatten, trennten sich unsere Wege. Ehe ich zum Auto ging, sah ich zu, wie die beiden Hand in Hand glückselig die Gardner Street hochmarschierten.

Ich brauchte fünfundzwanzig Minuten bis zur Arbeit, dann noch einmal fünfundzwanzig, um zu parken. Der Parkplatz war mit den billigen Autos der Gemeindeangestellten vollgestellt. Die Behörde war in einer ehemaligen Textilienfabrik untergebracht, und irgendwelche Architekten hatten es geschafft, daraus etwas zu machen, das sogar noch deprimierender als eine Fabrik wirkte.

Ich schlug mich zum Empfangsbereich durch. Als ich am Tresen stand, grübelte ich, wie ich Blickkontakt mit der Person, deren Nase zwanzig Zentimeter von meiner eigenen entfernt war, herstellen sollte. Husten? Mit den Fingernägeln auf den Tresen trommeln? Sprechen?

»Hallo, ich bin Krissie Donald«, sagte ich in der Annahme, dass diese Information ausreichen würde, um eine Antwort hervorzulocken. Sie bewirkte nicht einmal Blickkontakt.

»In Hilary Sweeneys Team«, sagte ich. »Strafjustiz.«

»Hat uns niemand gesagt«, sagte die Dame, deren Anwesenheit offenbar das Resultat einer Richtlinie zur Beschäftigung Ortsansässiger war.

Nachdem ich mein schönstes falsches Lächeln aufgesetzt hatte, öffnete sie widerwillig die Klappe, die erregte Klienten von erregten Schreibkräften trennte, und geleitete mich durch den unordentlichen Verwaltungsbereich zur Hintertür und zwei Stockwerke hoch in einen kleinen, mit vier Schreibtischen vollgestellten Büroraum.

»Setzen Sie sich an den hier«, sagte sie, ehe sie ging.

Ich hatte eine halbe Stunde lang an dem leeren Schreibtisch gesessen, ehe nacheinander drei Leute in den Raum schlenderten.

»Ich glaub's nicht«, sagte der Erste, »sie haben endlich die Stelle besetzt!« Er war fünfundvierzig, über einsneunzig groß, hatte – wie ich bald erfahren sollte – drei Studienabschlüsse und trat in seiner Freizeit als Stand-up-Comedian auf. Der größte Teil seiner Freizeit schien sich im Büro abzuspielen.

»Ich bin Robert«, fügte er hinzu, ehe er mir einen Witz erzählte, der alle Fragen über den Grad an politischer Korrektheit an meinem Arbeitsplatz beantwortete (niedrig).

»Bist du verrückt? Du musst total verrückt sein, wenn du hier arbeitest«, sagte Danny, der Zweite, ein umwerfend gutaussehender Typ mit getönten Brillengläsern und hochglanzpolierten Schuhen. »Dein Oberteil übrigens auch«, sagte er, als er sich an den Schreibtisch mir gegenüber setzte und seinen Computer anschaltete.

»Danke«, sagte ich.

Der Computer begann mit ihm zu sprechen, und er zog einen Gegenstand in Tamponform hervor und begann daran zu saugen. »Windows läuft«, sagte der Computer. »Outlook geöffnet … E-Mail-Eingang … Sie haben fünf neue Nachrichten …«

»Ist es neu?« fragte er mich.

»Bitte?« fragte ich. Der sprechende Computer hatte mich von unserer Plauderei abgelenkt.

»Dein Oberteil?«

»Nein«, erwiderte ich, während Über-einsneunzig-Robert

mir eine *Psst*-Geste zukommen ließ. Dann schlich er sich hinter Danny und legte irgendein Gerät unter dessen Telefonhörer. Danny, der davon nichts mitbekommen hatte, sog erneut an seinem Nikotin-Inhalator und nahm den Hörer ab, der daraufhin so laut explodierte, dass ich augenblicklich Dankbarkeit für den Menschen empfand, der die Slipeinlage erfunden hat.

Einen Moment lang herrschte Stille, dann griff Danny nach einem Stock unter seinem Schreibtisch und wedelte damit hinter sich herum, bis er Roberts Knie getroffen hatte.

Jetzt erst wurde mir klar, dass Danny vollkommen blind war.

Danach konnte ich meinen Blick kaum noch von ihm wenden. Wie er tippte, Brailleschrift las, Nummern in seinen winzigen elektronischen Terminkalender tippte, ans Telefon ging und sprach.

»Er ist also zu krank, um herzukommen, Mrs. Thom?« sagte er zu der Mutter seines säumigen Neunuhrtermins. »Heißt das, dass er stirbt? Verblutet? Dass ihm jemand den Kehlkopf zerschossen hat?« (Eine gedämpfte Antwort.) »Nein? Dann holen Sie ihn bitte an den Apparat.« (Mehr Gemurmel.) »Na, dann wecken Sie ihn halt!«

Danny wartete.

»Peter, letzte Woche habe ich Sie zum zweiten Mal förmlich verwarnt, weil Sie am Empfang aggressive und rassistische …«

Noch eine Pause.

»PETER! Es ist irrelevant, ob Ihre Sozialarbeiter von Asylanten verheizt werden oder nicht. Tatsache ist, dass Sie geliefert sind. Sie wandern wieder in den Bau.«

Sprach's und legte den Hörer auf. Mein neuer blinder Held sog noch einmal am Nikotininhalator und setzte unser Gespräch fort.

»Ist hübsch, das Oberteil, aber es passt nicht zu deiner Hose.«

Mein dritter Kollege war eine Kollegin: groß, ernst und über fünfzig, mit einem Oberschichtakzent, der einen Beiklang von ›Ich mache den Job aus Nächstenliebe‹ hatte. Sie hieß Penny und war ungeheuer beschäftigt mit ihrem Papierkram. Ihr Gesicht war ganz rot und verschwitzt vor lauter Anstrengung.

Hilary, die Chefin, war eine der drei Personen, die mich bei meinem Vorstellungsgespräch interviewt hatten. Während ihre männlichen Vorgesetzten wenigstens ein Lächeln unterdrücken mussten, als ich meine unpassenden Witzchen riss, hatte sie keine derartigen Schwierigkeiten gehabt. Ihr Lächeln blieb den Klienten vorbehalten. Und es bedeutete keineswegs Heiterkeit.

Nach einem ziemlich entspannten Vormittag mit meinen drei Kollegen rief mich Hilary in ihr Büro, das direkt gegenüber unserem lag. Meine erste Kontrollsitzung stand an, und sie drehte sich größtenteils um die Terminfindung für zukünftige Kontrollsitzungen. Nachdem wir zwölf weitere Treffen im Zweiwochentakt vereinbart hatten, sprach Hilary eine geschlagene Stunde lang ohne Punkt und Komma. Sie genoss den Klang ihrer Stimme so sehr, dass ihr Mund vor Freude Schaumbläschen bildete.

»Transparenz ist von größter Wichtigkeit«, sagte sie, »für unsere nachhaltige Form der Fürsorge, bei der wir kompetente Überwachung mit einem therapeutischen Ansatz kombinieren, welcher die mannigfaltigen im Kontext der Rückfallgefahr auftretenden Probleme aufgreift und zu beheben trachtet.«

Ich nickte in angemessenen Abständen und gab mir größte Mühe zu verstehen, worüber sie da um Himmelswillen eigentlich sprach, und ich dankte dem Herrn, als sie mir zwei gerichtliche Gutachtenanfragen aushändigte und mich aus ihren Fängen entließ.

Im Büro befestigte Robert Bonbonpapier an Dannys »Mauer der Scham«, und Penny verschob schnaufend und keuchend dicke Papierstöße auf ihrem Schreibtisch.

Ich setzte mich an meinen wackeligen Schreibtisch und sah mir die erste Gutachtenanfrage an: einen Bericht über den familiären Hintergrund von Jason Marney. Obendrauf klebte ein Haftzettel: »Überfällig! Fallbespr. Sandhill, 16 Uhr.« Jason Marney war ein neununddreißigjähriger Witwer und hatte wegen anstößiger und triebhafter Handlungen an seinen Kindern zwölf Monate hinter Gittern verbracht. Scheiße, ein Sexualtäter. Ich hatte gehofft, diesen Typen aus dem Weg gehen zu können. Er hatte vier Straftaten begangen – zwei sittenwidrige Entblößungen vor zehn und acht Jahren, eine sittenwidrige Tätlichkeit in einem Schwimmbad vor zwei Jahren und die besagten anst. und triebhftn. Hdlgen. Laut Anklageschrift hatte er seine damals vier und sechs Jahre alten Jungen dazu gezwungen, Hardcore-Pornos mit ihm anzusehen und seine Genitalien anzufassen. Kotzwürg. Ernsthaftes, schwerwiegendes Kotzwürg, bei dem sich mir der Magen umdrehte. Immerhin, so tröstete ich mich, war es ein einfaches Gutachten. Mr. Marney hatte angegeben, nach seiner Entlassung bei seinen Eltern in Toryglen wohnen zu wollen. Ich musste lediglich überprüfen, ob die Unterbringung sicher und angemessen war. Dann musste ich Hilary anflehen, mich nach seiner Entlassung nicht als seine Aufsichtsbeamtin einzusetzen. Zeitlich war es zwar ziemlich knapp, aber wahrscheinlich konnte ich seinen Eltern noch vor der Fallbesprechung um 16 Uhr einen Besuch abstatten.

Die zweite Gutachtenanfrage bezog sich auf einen Voruntersuchungsbericht für Jeremy Bagshaw.

Ich ahnte es damals nicht, aber dies war der Fall, der mein Leben beinahe zerstören würde.

5

Jeremy hatte den größten Teil der letzten zwei Wochen mit dem Versuch verbracht, nicht zu weinen. Weinen ging in Sandhill gar nicht. Weinen war das Gegenteil von allem, was ging: Harte Burschen wittern deine Schwäche und machen sich an dich heran, Wärter lachen dich aus, und was das Schlimmste von allem ist: Andere Heulsusen glauben, dass sie einen Leidensgefährten gefunden haben, und suchen deine Nähe.

»Ich weiß, wie du dich fühlst«, hatte ihm ein ausgemergelter Typ mit narbigem Gesicht am Tag zuvor gesagt.

Er hatte sich umgeschaut und gedacht: »Nein, tust du nicht.«

Während der gesamten zwei Wochen hatte er täglich dreiundzwanzig Stunden lang allein in seiner Zelle gesessen. Die restliche Stunde hatte er damit verbracht, auf Zementboden im Kreis zu gehen und sich zu fragen, warum er seine Zelle überhaupt verlassen hatte – angesichts des Regens, der gehässigen Blicke der Aufseher und des allzeit drohenden Todes durch die harten Burschen, die wie Piranhas im Innenhof zirkulierten.

Er hatte Gefängnisse wie Sandhill im Fernsehen gesehen, aber er hatte nicht gedacht, dass sie so schlimm seien – fünf Hallen aus Stein, jede ein höhlenartiges Rechteck, drei Stockwerke hoch, mit verschlossenen Stahltüren: Backstein und Stahl, alles so hart und kalt wie die Wärter, die auf den Treppenabsätzen Posten standen.

In seiner Zelle befanden sich ein Etagenbett, ein Tisch, ein Fernseher, ein Junkie (es waren immer Junkies) und eine Toilette. Jeremy war dankbar für die Toilette, nachdem er erfahren hatte, dass er nur zwei Jahre zuvor an ihrer Stelle einen dampfenden Eimer voll Scheiße vorgefunden hätte.

Dreiundzwanzig Stunden am Tag starrte Jeremy entweder auf den Fernseher oder auf die Unterseite der oberen Pritsche und dachte an Amanda.

Amanda, deren schottischer Akzent ihn erst von einem Ende des »Stoke and Ferret« ans andere, dann von einem Ende des Landes ans andere gelockt hatte. Sie hatte dagesessen und billigen Cider getrunken, als er ihr zum ersten Mal begegnet war, und als der Abend zu Ende ging, tanzte sie in Kensington Gardens und sang »Blume von Schottland«. Mehr laut als schön.

»Ich habe Schokolade zu Hause«, hatte Amanda gesagt und sich neben Jeremy ins Gras fallenlassen.

»Dann müssen wir sie holen gehen«, hatte er geantwortet. Er war aufgestanden und hatte sie zu sich hochgezogen.

Die Frühstückspension, in der sie wohnte, war ein kleines, schäbiges Haus, umrahmt von zwei großen Hotels. Amanda schloss die Eingangstür auf und führte Jeremy durch die Diele in die Küche, wo sie die Schränke durchstöberte. Es gab gebackene Bohnen, Dosentomaten und Brot, aber Schokolade gab es nicht.

»Du hast mich mit falschen Behauptungen hergelockt«, sagte Jeremy.

»Stimmt«, erwiderte sie, drückte ihn gegen den Kühlschrank und küsste ihn heftig.

Später in dieser Nacht schlief Jeremy an ihrer Seite ein. Und als sie am frühen Morgen aufwachten, stellten sie überrascht fest, dass sie sich nüchtern sogar noch attraktiver fanden. Sie waren auch überrascht, dass sie nackt waren, und Jeremy wunderte sich, dass eine Frau Mitte zwanzig sie von einem Bett unter dem Fenster aus anstarrte.

»Hallo«, flüsterte Jeremy und schaute Amanda in die Augen.

»Hallo«, antwortete Amanda.

»Ich habe noch nie jemanden wie dich getroffen«, sagte Jeremy.

»Was heißt das?«

»Das heißt, dass ich noch nie jemanden wie dich getroffen habe. Sag meinen Namen.«

»Wie heißt du noch mal?«

»Jeremy.«

Sie gehorchte: »Jeremy.«

»Sag ihn noch mal.«

»Jeremy« sagte sie, dann weicher: »... Jeremy.«

»Jeremy und Amanda ...« – er legte eine Pause ein – »... werden beobachtet.«

Die Katzenaugen der Mitbewohnerin glänzten in schamlosem Voyeurismus.

»Komm, wir gehen Schokolade holen!« sagte Amanda.

Sie zogen sich an und legten vier Blocks auf der Suche nach *Lion*-Riegeln und *Crunchies* zurück. Schließlich kamen sie zu einem Supermarkt, der rund um die Uhr geöffnet hatte, und wie durch Zauberei hatte er *Lion*-Riegel, *Crunchies* und sieben verschiedene Sorten Kondome.

Jeremy war ein wenig verdutzt, als sie in die Pension zurückkamen und Amanda sich erst einen *Crunchie* in den Mund steckte und dann niederkniete und das Kondom über seinen Penis zog. Denn die andere Frau befand sich immer noch im Zimmer – nur sechzig oder achtzig Zentimeter von ihnen entfernt schlief sie in ihrem Bett unter dem Fenster.

Jeremy sah, dass sich die Mitbewohnerin bewegte, und er versuchte Amanda zu warnen, aber nun steckte ein *Lion*-Riegel in seinem Mund – einer, der zuerst woanders gesteckt hatte und deshalb nicht besser schmeckte. Er konnte also schlecht sagen: »Da drüben ist eine vom Typ Mauerblümchen, und wir sind – abgesehen von einem weitgereisten Schokoriegel – völlig nackt.«

Aber er hatte sie nicht warnen müssen, denn Amanda wusste, dass die Frau da war und so tat, als ob sie schliefe, während sie sich in Wahrheit mit den weichen Gumminoppen ihrer Bürste in Stimmung brachte.

»Sally?« fragte Amanda, aber die Augen der jungen Frau blieben geschlossen. »Sally?« fragte Amanda und kroch hinüber in das Bett unter dem Fenster und steckte ihren Kopf unter die Decke.

Jeremy war verliebt! Er sah zu, wie die Wölbung in der Decke zuckte und zitterte, und dann sah er, wie der Kopf der jungen Frau dasselbe machte. Ihre Augen waren jetzt weit geöffnet und musterten ihn verführerisch.

Er war verliebt. Welchem Mann wäre es anders ergangen?

»Mit der wirst du nie und nimmer fertig«, sagte die Mitbewohnerin, als Amanda danach aufs Klo ging.

Jeremy war plötzlich befangen und zog die Decke über sich.

Als Amanda zurückkam, sprang sie so energiegeladen auf das Bett, dass Jeremy zu seiner eigenen Überraschung sagte: »Ich liebe dich!«

Sie schmiegte sich an ihn und fragte sich, ob er genau wie die anderen Kerle sein würde – die, die ihre abgedrehte Seite mochten – die Amanda, die wild vögelte und auf Betten sprang –, aber ihr unersättliches Verlangen nach Abenteuern nach ein oder zwei Tagen anstrengend und lästig fanden.

Aber Jeremy ließ sich nicht so schnell ins Bockshorn jagen. Er fand sie nicht verrückt oder abgedreht, bloß ehrlich und spontan. Wenn sie etwas wollte, dann fand sie eine Möglichkeit, es zu bekommen.

»Ich will auf dem Blumenmarkt in Chelsea Ecstasy einwerfen«, sagte sie ein paar Tage später, und gemeinsam bummelten sie durch eine Blumenlandschaft, die so herrlich war, dass sie am liebsten geweint hätten.

»Ich will im Hyde Park um fünf Uhr früh Hühnchen essen und Sekt trinken«, sagte sie, und als die Sonne aufging, perlte der Schaumwein.

Und wenn sie etwas brauchte, dann bat sie ihn darum.

»Bitte halt mich ganz fest.«

»Bitte mach mir Suppe.«

»Bitte steh auf und sing mir ein Liebeslied, aber von Anfang bis Ende.«

Mit ihr fühlte Jeremy sich lebendig. Gemeinsam erkundeten sie die Stadt. Sie gingen ins Kino. Sie stiegen in Busse mit unbekanntem Ziel, sogen den Duft der Welt ein, sahen und machten neuartige Sachen. Er schaute ihr nach ihrer ersten Begegnung mindestens zwanzig Mal dabei zu, wie sie nackt aufs Bett sprang, und er hatte das Gefühl, dass er ihr für immer hätte zusehen wollen, wie sie nackt auf Betten sprang.

»Du kannst dein eigenes Zimmer haben!« versicherte Jeremy ihr, als sie ein paar Wochen später sagte, dass sie ihrer Mitbewohnerin überdrüssig sei. »Und deinen eigenen Wäschekorb!«

Am nächsten Tag zog Amanda in Jeremys Wohnung in Islington ein. Physisch betrachtet war das nicht schwer: Alles, was sie hatte, war ein Rucksack mit Klamotten, die nach drei Monaten Handwäsche steif waren und muffig rochen. In emotionaler Hinsicht war es eine Tortur. Amanda war eine Sprinterin, immer auf Achse. Mit sechzehn Jahren hatte sie ihr Elternhaus in Glasgow verlassen und war nach Edinburgh gezogen. Erst war sie durch ganz Europa gereist, dann durch Asien. Schließlich war sie nach London gekommen. Ein paar Monate hier, ein paar Monate dort – immer war sie gegangen, ehe ihre interessanten neuen Freunde allzu anhänglich werden konnten.

Zwei Monate zuvor war sie in der Liverpool Street aufgeschlagen. Sie hatte eine Teilzeitstelle in einem Nagelstudio angenommen und war zweimal Angestellte des Monats geworden. Es machte Spaß, so viel Spaß wie überall, aber als ihre Mitbewohnerin Sally sie während einer nächtlichen Unterhaltung als »die beste Freundin, die ich jemals hatte« bezeichnete, fing Amanda an, sich Sorgen zu machen. So besorgt war Amanda, dass sie die ganze Nacht lang wachlag.

Es war nicht so, dass sie durch ein Kindheitstrauma geschädigt gewesen wäre oder keine Familie gehabt hätte oder eine schlechte. Ganz im Gegenteil. Es war etwas anderes, das sie dazu brachte, sich treiben zu lassen. Eine unerledigte Geschichte in Glasgow, zu schwierig, um sich ihr schon jetzt zu stellen.

Aber dann traf sie Jeremy, und alles änderte sich. Er war eine wunderbare Mischung aus Abenteuer und Sicherheit. Seinetwegen fühlte sie sich imstande, sich allem und jedem zu stellen.

Er passte auf sie auf, machte ihr Geschenke und nahm sie überall mit hin. »Ich hol dich ab«, sagte er, »nach der Abendschicht im Kosmetikstudio«. Und wie immer war er pünktlich da, saß in seinem geparkten Alfa, hörte seine Musik und lächelte breit, wenn sie in ihrer kurzen weißen Dienstkleidung auf ihn zukam.

»Ich koche dir ein Abendessen«, sagte er, und das Essen schmeckte immer köstlich und war ansprechend serviert.

Jeremy war nicht nur fürsorglich, er war auch aufregend. Er fuhr gern schnell über Landstraßen und ging barfuß über Wiesen. Und er begeisterte sich für ihre ungewöhnlichen Einfälle. Er war klug: las Gedichte und den *Observer* und diskutierte beim Abendessen gern aktuelle Themen. Er war geschickt: konnte gut basteln und hatte ihr zu ihrem einwöchigen Jubiläum sogar ein schönes selbstgemachtes Schmuckkästchen aus Kastanienholz geschenkt. Außerdem war er sexuell wagemutig: Er wusste über *Purr Parties* Bescheid, bei denen alleinstehende Frauen sich mit Paaren in Privatwohnungen trafen. In den zwei Monaten vor ihrer Hochzeit waren sie zweimal hingegangen und hatten sich an ihre vorher vereinbarten Regeln gehalten: nie einer ohne den anderen, und die Dritte wählten sie immer gemeinsam aus.

Kurz und gut, auch Amanda hatte sich verliebt. Welcher jungen Frau wäre es anders ergangen? Ein reicher Immobilienentwickler, groß und blond, gutaussehend und einem *rim job* nicht abgeneigt. Sie fragte sich, wie sie es geschafft hatte, ihn an Land zu ziehen. Sie konnte es kaum erwarten, ihn ihrer Familie und ihren Freunden vorzustellen. Die würden nicht glauben, was sie da fertiggebracht hatte. Eine Herumtreiberin wie sie – mit einem wie ihm!

»Willst du mich heiraten?« fragte Jeremy keine sieben Wochen nach der Nacht mit dem *Lion*-Riegel.

Und damit hatte sich der Fall.

Kurz danach schlossen sie auf einem Standesamt in Camden den Bund fürs Leben. Und in jener Nacht sprang Amanda im Savoy nackt auf ihr Kingsize-Bett und sagte: »Du kommst mit mir nach Glasgow!«

6

Mein Nachmittag war perfekt durchgeplant. Erstens: den Eltern des Sexualtäters einen Besuch abstatten. Zweitens: an der Fallbesprechung zur Freilassung besagten Sexualtäters teilnehmen. Drittens: Jeremy Bagshaw interviewen.

Die Eltern von Mr. James Marney lebten in einer Hochhauswohnung am Südrand der Stadt. Die vier anderen Hochhäuser waren ausnahmslos mit Brettern vernagelt und abrissbereit. Nummer 99, die bislang dem Schlachtfeld der Verjüngung getrotzt hatte, stand verwundet in der Mitte. Die Marneys lebten im dreizehnten Stock, sodass ich zwei Möglichkeiten hatte: mir meinen Weg vorbei an der Scheiße und den Spritzen im Treppenhaus zu bahnen oder das Risiko einer Fahrt im Aufzug einzugehen. Ich wählte die zweite Option, starrte die Knöpfe an, die nicht aufleuchten wollten, und betete, dass die Tür sich nicht unterwegs öffnete, um jemanden hereinzulassen, der mich anglotzen, ausrauben und mir den Schädel einschlagen würde.

Ich stieg wohlbehalten im dreizehnten Stock aus und ging den schäbigen Gang entlang, bis ich Nummer 13/7 gefunden hatte. Mrs. Marney brauchte eine Weile, um an die Tür zu kommen, und als sie da war, öffnete sie die Tür nicht sehr weit. Sie war eine saubere, gelassen wirkende Frau jenseits der sechzig. Nachdem ich mich vorgestellt hatte, schloss sie die Tür bis auf einen winzigen Spalt und rief ihrem Mann zu: »Frank, die Sozialarbeiterin ist da! Frank! Die Sozialarbeiterin!«

Durch den Türspalt prüfte sie mit großer Sorgfalt meinen Dienstausweis und fragte mehrfach nach dem Grund meines Besuches. Einen Augenblick später kam ihr nicht so gelassen wirkender Mann Frank an die Tür (wütend, würde ich sagen, sogar bedrohlich) und ließ mich ein.

Die Wohnung war nach all dem Dreck im Aufzug und auf dem Treppenabsatz fast ein Schock: ordentlich und tipp-topp sauber. An der Wand hingen Drucke mit Jagdszenen, auf der Couch lagen Häkeldeckchen, und ein lachhaft überdimensionierter Fernseher samt DVD-Spieler und riesiger Filmsammlung stand in der Ecke. Ich hatte während meiner Zeit im Kinderschutz massenhaft Hausbesuche gemacht und wusste, wie das Spiel lief – Überraschungsbesuche bringen am meisten, nimm keine klebrigen Becher mit Tee oder Kaffee an, sitz möglichst auf einem Sitz ohne Polster und beobachte alles aufmerksam. Mit diesen Regeln im Hinterkopf holte ich die Liste der obligatorischen Fragen hervor, die Danny freundlicherweise für mich ausgedruckt hatte, und legte los.

Sie lebten allein. Sie waren Rentner. Sie waren überglücklich, dass ihr Sohn nach seiner Entlassung bei ihnen leben wollte. Sie hatten sein Zimmer vorbereitet. Sie würden bei unseren Kontrollbesuchen mit uns kooperieren, sofern wir sie vorher anriefen. Sie hatten ein weiteres Kind, eine Tochter – alleinstehend, keine Kinder –, die im Norden der Stadt wohnte. Ihr Sohn tat ihnen schrecklich leid, weil er seine Kinder nicht unbeaufsichtigt sehen durfte – James Junior und Robert lebten jetzt bei ihrer Großmutter mütterlicherseits in Stirling. Ach ja, und sie waren sich absolut sicher, dass er unschuldig sei. James Junior, so behaupteten sie, habe bloß im Kindergarten eine dumme Bemerkung gemacht, und dann habe man ihn dazu gebracht, sich eine komplizierte Geschichte auszudenken. »Nichts als Unsinn«, sagte Mr. Marney. »Er ist ein großartiger Vater. Hat die Kinder ganz allein großgezogen, nachdem Margie gestorben ist, Gott hab sie selig.«

»Sie wissen, dass die Kinder Sie nicht besuchen dürfen, solange er hier ist. Nicht unbeaufsichtigt«, sagte ich.

»Wir sehen sie nie«, sagte Mr. Marney.

»Wenn Sie sie sehen wollen, müssen wir erst zustimmen. Auch die Polizei muss den Aufenthaltsort genehmigen und wird Ihnen regelmäßig Besuche abstatten. Ist Ihnen das alles klar?« fragte ich, während ich meinen Blick durch den Raum schweifen ließ und die DVD-Sammlung musterte.

»Ja, aber es wird nicht nötig sein.«

»Darf ich Ihre Toilette benutzen?« fragte ich.

Das war einer der Tricks, die ich mir im Kinderschutz angeeignet hatte. Eine Möglichkeit zum Herumschnüffeln. Wie immer funktionierte er.

»Sie haben gesagt, dass Sie die Kinder nie sehen«, sagte ich, als ich mich einige Minuten später wieder auf meinem polsterlosen Sitz niederließ.

»Ja, leider«, sagte Frank kurz angebunden.

»Dann sind Sie also diejenigen, die Teletubbies-Zahnbürsten benutzen?« fragte ich. »Und sich ›Pingu‹ anschauen?« Ich deutete auf den Pinguin, der sich hinter dem Stapel DVDs neben dem gigantischen Fernseher versteckte.

Ihre Gesichter waren weiß, als ich aufstand. »Kann ich die Schlafzimmer sehen?«

Natürlich wollten sie nicht, dass ich die Schlafzimmer sähe.

Frank fing an, mich anzuschreien: »Wofür zum Teufel halten Sie sich, dass Sie einen guten Menschen daran hindern, seine Kinder zu sehen?«

Mrs. Marney versuchte, mich zur Tür zu bringen.

Die Kinder im Schlafzimmer begannen zu weinen, und dann schaffte es James Junior, die Tür zu öffnen.

»Hallo, Kids«, sagte ich und spähte in das Schlafzimmer, wo sich zwei zauberhafte kleine Jungs seit meiner Ankunft versteckt hatten.

Das Zimmer sah ziemlich bewohnt aus, mit einem Doppelstockbett, Kindermöbeln von Ikea, Kinderkleidung und haufenweise Spielzeug.

Ich erhielt keine Gelegenheit zu erklären, was als Nächstes geschehen würde. Um die Wahrheit zu sagen: Ich wusste es sowieso nicht genau. Mr. Marney sagte mir, ich solle mich zum Teufel scheren, und schlug mir die Tür vor der Nase zu.

Ich bin toll in diesem Beruf, dachte ich, als ich mich auf den Weg nach Sandhill machte. Dieser Typ wollte mit seinen Kindern zusammenzuwohnen, seinen Opfern. Er hatte kein Problem damit, das Sozialamt, den Bewährungsausschuss und die Polizei anzulügen, und er hat dabei die uneingeschränkte Unterstützung seiner Eltern genossen.

7

In Sandhill lief es mir kalt den Rücken herunter. Ich war schon früher dort gewesen, um Chas zu besuchen, und der Geruch und die Atmosphäre verursachten mir Übelkeit. Mütter mit Babys standen rauchend am Haupteingang, weiße Lieferwagen fuhren ein und aus, um Männer zum Gericht und zurück zu bringen, mürrische Aufseher überprüften Namen auf Formularen und führten Leute in den Besucherbereich.

Ich nannte meinen Namen und setzte mich im Vorraum zwischen zwei fröhlich wirkende Frauen.

»Wie geht's ihm denn so?« fragte eine Frau die andere.

»Ach, es ist sein erstes Mal«, sagte die. »Nächstes Mal wird's ihm schon besser gehen.«

Es war eine andere Welt, dieses Sandhill. Für die meisten Besucher war es Teil ihrer Normalität, ein vorhersehbarer Bestandteil ihrer Biographie.

Schließlich geleitete mich eine junge, kaugummikauende Verwaltungsangestellte durch den Personaleingang, wo meine Taschen durchsucht und mein Ausweis überprüft wurden. Ich folgte ihr in einen hübschen Gartenbereich mit einem Raucherpavillon. Dann ging es durch ein riesiges Stahltor und an den Hallen vorbei in einen Bürocontainer.

In einem kleinen Raum saßen vier Männer um einen Tisch herum. Ein Sozialarbeiter, der zum Gefängnis gehörte, ein Gefängnisbeamter, ein Polizist und Mr. James Marney.

Verdammt, er war schon da. Mir blieb keine Zeit, die anderen auf die Resultate meines Hausbesuches vorzubereiten.

Mr. Marney war genau so, wie ich es erwartet hatte. Er hatte das, was ich »die pädophile Aura« nenne, eine Patina, die seine spießige Normalo-Attitüde überzog. Als er mich ansah, fühlte ich mich, als ob er in mir ein Opfer erkannt hätte und meine Vergangenheit aus einem Kilometer Entfernung riechen könne. Er schien mich anzugrinsen. Ich hasste es, neben ihm zu sitzen. Ich hasste es, in seiner Nähe zu sein.

Der Gefängniswärter stellte alle vor und begann sich darüber auszulassen, wie gut sich Mr. Marney im Gefängnis gemacht habe, dass er regelmäßig am Arbeitskreis für Sexualtäter teilgenommen und insbesondere auf die Unterrichtseinheit ›Opferempathie‹ gut angesprochen habe, dass er gut mit seinen Mitinsassen ausgekommen sei und hart in der Tischlerwerkstatt gearbeitet habe.

»Kann ich Sie kurz unterbrechen?« fragte ich. »Ich habe gerade der vorgeschlagenen Entlassungsadresse einen Besuch abgestattet.« Ich gestikulierte in Richtung des Polizeibeamten. »Wenn ich richtig informiert bin, sind Sie noch nicht vor Ort gewesen? Es ist nicht zu übersehen, dass Mr. Marneys Kinder bei seinen Eltern leben.«

Ich durchdrang Mr. Marneys gelbliche Wolke mit einem eiskalten Blick, der ihn warnte: *Ich bin kein Opfer.* Dann fuhr ich fort. »Sie und Ihre Familie haben uns offenbar irregeführt. Aus diesem Grund erscheint es unwahrscheinlich, dass Sie mit den Bewährungshelfern kooperieren werden. Wenn wir Ihnen gestatten würden, an die angegebene Adresse zu ziehen, würde das James und Robert meiner Meinung nach außerdem einem sehr hohen Risiko aussetzen.«

Der Gefängnisbeamte und der Gefängnis-Sozialarbeiter waren schockiert. Der Polizeibeamte lächelte an seinem Ende des Tisches. Er sah aus wie der vierzig Jahre alte Sean Connery, aber leider war seine Stimme sehr piepsig, was die 007-Illusion ein bisschen beeinträchtigte.

»Na, so was aber auch. Ist das so?« piepste Wachtmeister Bond.

Es folgte eine unangenehme Befragung durch Bond, in deren Verlauf Marneys Gelassenheit und sein kleines Märchen Stück für Stück zerbröselten.

Ich wusste gar nicht ... Sie müssen zu Besuch dagewesen sein ... Die Schwiegereltern sind Arschlöcher ... Ich würde sie nie bei denen wohnen lassen ... Sie vermissen mich ... Sie lieben mich ... Ich habe sie nie angefasst ... Scheiße noch mal, er lügt ... Warum verdammt kann ich nicht mit meinen eigenen Kindern zusammenleben? Warum soll ich woanders leben?

»Gut gemacht, Krissie«, sagte Bond, als wir nach der Fallbesprechung den Raum verließen.

»Dankeschön«, sagte ich.

Bob, der Gefängnis-Sozialarbeiter, begleitete mich in den Bereich für amtliche Besucher. Er war gut angezogen und äußerst gepflegt, und er kannte alle und jeden. Unterwegs trafen wir den Priester, den Rabbi und den Pfarrer, die gerade gemeinsam vom Mittagessen kamen.

»Und, was ist die Pointe?« fragte er sie.

Als wir den Vorraum betraten, plauderte Bob so unverschämt mit der Frau am Empfang, dass ich dachte, sie würde ihn umbringen (»Toller Rock! Primark oder TK Maxx?«). Statt ihn umzubringen, gab sie ihm bloß einen Klaps auf den Arm und sagte: »Bis *ganz* bald!« Bob hatte offenbar ein Händchen für Menschen. Er konnte der Frau am Empfang erzählen, dass er mit ihrem Mann gevögelt hatte, und nichts als ein Lachen ernten. Wahrscheinlich stimmte es sogar.

Bob ließ mich im Besucherbereich zurück, und ich wartete auf Jeremy Bagshaw. Nachdem meine erste Fallbesprechung so gut gelaufen war, fühlte ich mich glänzend und allem gewachsen.

Mann, war ich gut.

8

Jeremy Bagshaw dachte gerade an den Tag zurück, an dem er und Amanda geheiratet hatten – ein perfekter, glücklicher Tag –, als sein Zellengenosse Billy seinen Kopf von der oberen Pritsche herabbaumeln ließ und sagte: »Gib mir deine Banane!«

Billy, ein knochendürrer Herumtreiber mir Glotzaugen, war vor einer Woche eingetroffen. Er schlotterte, weil er auf kaltem Entzug war – das Gefängnis hatte seinen täglichen 60-£-Nachschub an Stoff abrupt unterbrochen. Während seiner ersten drei Tage als Jeremys Kopilot hatte Billy oben auf seiner Pritsche gejault wie eine Katze, beide Betten mit seinem Tatterich zum Beben gebracht und den Raum mit chemisch riechendem Schweiß eingenebelt.

»Pst!« sagte Jeremy, denn nach drei Tagen in der Entzugshölle war er ziemlich gereizt.

»Wenn ich den Mund halten soll, gib mir was zum Tauschen«, entgegnete Billy.

»Nimm einfach ein bisschen mehr Rücksicht«, schlug Jeremy vor.

Eine Sekunde später machte Billy einen Satz aus dem Bett und packte Jeremy am Kragen. Sein Gesicht war viel zu nah, und sein Mund schäumte.

»Wenn ich den Mund halten soll, dann hilf mir«, sagte Billy. Er stieß Jeremy zu Boden und nahm sich fünf Pfund aus seiner Tasche.

Von da an stahl Billy jedes bisschen von Jeremys Tagesgeld und/oder Essensration, um es gegen Valium, Heroin oder was auch immer einzutauschen. Folglich hörte das Stöhnen und Zittern manchmal auf – aber nicht lange. Einige Gefangene hatten zu ihren Anwälten gesagt, der Entzug in Sandhill sei eine Verletzung der Menschenrechte, und dass sie die verantwortlichen Schweinehunde verklagen wollten. Und es müsse mal gesagt werden, dass Heroinentzug ohne medikamentöse Begleitung oder psychologische Betreuung eine wirklich schlimme Sache sei.

Auch Billy hätte die Kampagne unterstützt und seinen Anwalt angerufen, aber er war zu beschäftigt damit, Kohle für Stoff aufzutreiben. Bislang hatte die Schwester seiner Freundin fünf Zehn-Pfund-Beutel Heroin in den Windeln ihres Babys reingeschmuggelt (die Wärter durften keine Babys untersuchen). Er hatte sich außerdem mit einem Wärter angefreundet, der ihm Cannabis zu dem drastisch überhöhten Preis verkaufte, den sein bester Freund draußen dafür zu zahlen bereit gewesen war. Und so kam er knapp über die Runden.

Anfangs ließ Jeremy es sich gefallen, dass Billy sich über sein karge Barschaft und seine Essensrationen hermachte. Besser das als die Aussicht auf eine Gruppenvergewaltigung im Duschraum. Oder die Aussicht darauf, mit einer Zahnbürste aufgeschlitzt zu werden, in der Rasierklingen eingeschmolzen waren. Aber er war hungrig, und um 14:15 Uhr wollte er seine Banane haben.

»Gib mir deine Banane.«

Jeremy hatte nur eine Banane, und er hatte sie um 14:15 Uhr gleich nach seinen Fitnessübungen essen wollen.

»Nein.«

»Gib mir die Scheißbanane.«

»Besorg dir eine eigene Banane«, sagte Jeremy mit seinem gefährlich vornehmen englischen Akzent.

Billys Kopf verschwand wieder auf dem oberen Bett. Der Streit war vorüber – fürs Erste.

»Offizielle!« Das war der Boss, der Etagenwärter. Jeremy, der nicht wusste, was gemeint war, nahm Haltung an.

»Sozialarbeiter oder Anwalt«, setzte ihn Billy ins Bild und griff nach der Banane.

»Könnten Sie die für mich aufheben?« fragte Jeremy den

Boss und schnappte sich die Frucht, ehe Billy sie in an sich bringen konnte.

Der Blick des Aufsichtsbeamten ließ nichts Gutes ahnen, und so warf Jeremy die Banane zurück aufs Bett, wo der klapprige Geier blitzschnell auf sie niederstieß.

Jeremy war nicht mehr so blöd, sich zu beschweren. Dem Beamten wäre es scheißegal gewesen, es hätte sogar sein können, dass er ihn damit verärgerte. Und ein verärgerter Aufsichtsbeamter war ein größeres Problem als eine fehlende Banane.

Also zog er sein Hemd an und folgte dem Beamten: raus aus der Zelle, zwei Treppenabsätze runter (eine uralte, ausgetretene Holztreppe) und durch die Haupthalle, die auf Höhe des ersten Stockwerks mit einem Drahtnetz überspannt war. Das Netz diente nicht etwa dazu, Selbstmörder vor dem Tod zu bewahren, sondern sollte verhindern, dass das Personal im Erdgeschoss etwas auf den Kopf bekam. Es funktionierte anscheinend: Seit Jahren war kein Mitglied des Personals auf diese Weise verletzt worden.

Letzte Woche war einer gesprungen.

»Code Blau!« hatte der wachhabende Beamte geschrien. Der Alarm war angegangen, Schlüssel hatten geklirrt, und jede Menge Personal war in die Halle gerannt. Stundenlang war alles still gewesen, dann hatte sich die Hallentür geöffnet. Ein kleiner schwarzer Transporter hatte davor gestanden, und daneben ein kleiner Mann in Schwarz.

Ein Hämmern war aus Jeremys Nachbarzelle gedrungen: das tiefe Bumm-bumm-bumm einer Faust, die gegen eine Metalltür donnert. Dann eine weitere und noch eine, bis zweihundert Metalltüren unter den Fäusten der Trauernden erbebten – ein Abschied von dem Toten, dessen Leichnam in einem kleinen schwarzen Transporter davongefahren wurde.

Jeremy wartete unter dem Sicherheitsnetz, während andere Gefangene für einen Transport zusammengetrommelt wurden. Als alle beisammenstanden und gezählt worden waren, folgte er dem Beamten durch den zementierten Innenhof in Halle D. Hinter einer unscheinbaren Tür begann fast schon die wirkliche Welt. »Bagshaw!« schrie ein Aufsichtsbeamter. Jeremy gab sich zu erkennen und ließ sich in das Befragungszimmer führen.

Die Frau ist etwa im gleichen Alter wie Amanda, dachte Jeremy – vielleicht achtundzwanzig. Dichtes, gestuftes Haar und ein bezauberndes Lächeln. Ihr Gesicht war schön – frisch und ehrlich –, und im Vergleich zu den Anwälten in den anderen Zimmern trug sie überraschend lässige und modische Kleidung: eine gutgeschnittene Jeans, ein hübsches Hemd, eine gutsitzende Jacke sowie Stiefel mit einem Ansatz von Absatz.

»Ich heiße Krissie Donald. Wie läuft es so bei Ihnen?« fragte sie. Sie schüttelte ihm die Hand und sah ihm in die Augen, ehe sie sich setzten. Krissie erklärte ihm, dass das Gericht ein Gutachten angefordert habe. Sinn des Gutachtens sei es, dass man gleich das Strafmaß festlegen könne, falls er im Prozess für schuldig befunden werde. Sie könne nicht über die Straftat mit ihm sprechen, nur über die Hintergründe. Und sie könne den Bericht nur schreiben, wenn er einwillige. Ob er einwillige?

Jeremy war von ihr überrascht. Das Gefängnispersonal, mit dem er zu tun gehabt hatte, trug entweder Handschuhe oder führte sorgfältig choreografierte Bewegungsabfolgen aus, um jedes Händeschütteln zu vermeiden (eine Hand am Türgriff, die andere auf den Stuhl deutend: »Setzen Sie sich, Mr. Bagshaw«). Er verstand durchaus den Grund: Die meisten Hände im Knast klebten rund um die Uhr an feuchten Penissen. Er hätte auch keine Lust gehabt, diese Hände zu schütteln.

Aber Krissie Donald hatte ihm die Hand gegeben, und es war nett gewesen, eine warme, wenn auch ziemlich verschwitzte Handfläche an seiner Handfläche zu spüren, als wäre er ein ganz normaler Mensch.

Krissie fragte ihn, wie sie ihn ansprechen solle. Ob »Jeremy« in Ordnung sei. Sie fragte, ob er innerlich mit seiner Situation zurechtkäme, ob er sich okay fühle, äße, schlafe. Ob er Besucher habe. Ob es Neuigkeiten von zu Hause gebe. Sie fragte Sachen, die sie besser nicht gefragt hätte, denn wenn er sie beantwortete, würde er weinen müssen, und Weinen ging in Sandhill gar nicht. Weinen war das Gegenteil von allem, was ging.

9

Mann, war es aufregend gewesen, diesen Jeremy Bagshaw zu treffen. Wie das erste Erröten bei einer Liebesaffäre – genauso intensiv und intim. Wenn ich meine Bürokumpel gefragt hätte, hätten sie mir gesagt, dass die Aufregung sich bald legen würde. Wie bei einer Liebesaffäre. All die wilden Geschichten würden ihre Würze verlieren, und schließlich würde ich mich dabei ertappen, den Delinquenten am liebsten sagen zu wollen, dass sie endlich zum Schluss kommen sollten. Oder mir auszumalen, wie ich die Tür da drüben hinter mir schließen würde. Aber das wusste ich damals alles noch nicht.

Was an Jeremy Bagshaw sofort auffiel, war sein extrem gutes Aussehen. Ich hätte darauf wetten mögen, dass er von den 956 Gefangenen in Sandhill der einzige mit einem gesunden Gewicht war – nicht vom Heroin zerfressen oder vollgestopft mit den gebratenen Kohlehydraten, die es ersetzten. Anders als viele andere schien er nicht auf das zweimalige Duschen pro Woche zu verzichten: Seine Haare waren nicht fettig, seine Fingernägel sauber, seine Augen hell und ohne Knies. Alles in allem war er ein ausgesprochen hübscher Typ. Erinnerte mich ein bisschen an Russell Crowe.

Es war auch ein deutlich angenehmeres Gefühl, sich mit Jeremy zu unterhalten, als neben dem lügenden Ekelpaket von Kinderschänder zu sitzen. Keine schmierige Ausstrahlung. Kein krankhaftes Anglotzen, bei dem du mit den Augen ausgezogen wirst. Ich hatte ihm sogar die Hand gegeben, ohne an die Legionen von Hepatitis-Erregern zu denken, die auf Sandhill im Angebot waren. Und als ich ihm in die Augen schaute, sah ich etwas Verletzliches und Verängstigtes.

Jeremy saß seit zwei Wochen in Untersuchungshaft. Mit anderen Worten: Er hatte zwei Wochen in einer schäbigen Zelle verbracht und war mit einer ganzen Reihe von unterschiedlichen ›Kopiloten‹ dreiundzwanzig Stunden am Tag eingesperrt gewesen. Die einzige Vergünstigung für Gefangene in Untersuchungshaft ist der tägliche Besuch (anstelle der drei monatlichen Besuche, die einem verurteilten Häftling zustehen). Aber diese Vergünstigung war in Jeremys Fall bedeutungslos, weil niemand ihn besucht hatte. Er hatte nicht einmal mit jemandem telefoniert.

Er sagte mir, dass es ihm gut gehe und dass er aus freien Stücken den Kontakt zu Amanda abgebrochen habe. Er fühle sich ihrem Besuch einfach nicht gewachsen, sagte er. Für einen Mann in seiner Situation war das nichts Ungewöhnliches: einfach in die Haft abzutauchen und sich darin zu verstecken. Er habe die Briefe, die Amanda ihm täglich geschrieben hatte, weggeworfen, weil er es nicht über sich gebracht habe, sie zu lesen, sagte er, und in seinen blauen Augen standen Tränen. Er war kurz davor loszuheulen.

Ich wollte nicht, dass er zu weinen begänne. Ein weinender Klient ist ein Problem. Ich hätte zwei Möglichkeiten: mich wie ein herzloser Schweinehund zu benehmen, seine Tränen zu ignorieren und das Gespräch mit einem »Soll ich lieber ein anderes Mal wiederkommen?« zu beenden. Oder ihn zu umarmen. Aber dadurch hätte ich meine Autorität und Professionalität untergraben und mich als Weichei zu erkennen gegeben.

Also tat ich alles in meiner Macht Stehende, seinen Tränenfluss aufzuhalten. Ich schaltete in meinen Spezialmodus aufmunternder Anteilnahme und berichtete von meinen eigenen Momenten der Zaghaftigkeit, ehe ich mit der Befragung fortfuhr. Natürlich erzählte ich ihm nicht zu viel von mir, das wäre unprofessionell gewesen, nur ein bisschen von diesem und jenem, damit er sich entspannen und Vertrauen fassen konnte. Und es war klar, dass meine Methode funktionierte, denn er redete zwei Stunden lang. Ich war von meinen Kollegen gewarnt worden, dass Befragungen oft zwei Stunden dauerten, und ich hatte mich gefragt, wie sie das überhaupt durchstanden – auf einem Stuhl in einem muffigen Zimmer zu sitzen, Fragen zu stellen, Dinge zu rekapitulieren und bei alldem eine friedliche, unvoreingenommene Haltung einzunehmen, die gleichzeitig professionelle Distanz und Autorität ausstrahlt. Aber bei Jeremy war ich zu meinem eigenen Erstaunen so interessiert an allem, was er sagte, dass die Minuten wie im Flug vergingen.

Zunächst mal faszinierte mich seine Arbeit als Immobilienentwickler. Ich bin ein unterfinanzierter, unerlöster Immobilienjunkie. Sie wissen schon: jemand, der viel zu viel Zeit damit verbringt, sich im Fernsehen grottenschlechte Renovierungsshows anzuschauen und von einem Häuschen in Spanien zu träumen (mit Veranda und einem dieser Pools, die mit dem Horizont verschmelzen, sodass es aussieht, als könne man in den Himmel schwimmen). Dabei hatte ich es in all den Jahren, die ich in meiner Wohnung lebte, nicht einmal geschafft, das Badezimmer zu renovieren. Also war ich sehr beeindruckt von Jeremy, der sieben Wohnungen im Großraum London besaß, zwei Renovierungsprojekte am Laufen hatte und drei Vollzeitmitarbeiter beschäftigte.

»Wie schaffen Sie es, dass die Arbeiter pünktlich kommen?« fragte ich ihn mit der geballten Kompetenz meines Fernsehwissens.

»Das geht schon«, sagte er. »Schokokekse funktionieren prima.«

Seine Beziehung zu Amanda war offensichtlich sehr leidenschaftlich gewesen, auch wenn er nicht viel von ihr sprach – außer, um zu sagen, das sie wundervoll sei und er alles tun würde, um sie zu beschützen. Deshalb habe er Besuche abgelehnt: um sie vor diesem Ort zu beschützen.

Zu seinen Hobbys zählten Radfahren, Joggen, thailändische Küche, Lesen (genau wie ich hatte er es nie geschafft, etwas von James Joyce zu Ende zu lesen) und Filme (er hatte denselben Lieblingsfilm wie ich, *Die Verurteilten*).

Und er hatte eine herzzerreißend schreckliche Kindheit gehabt.

Als ich ihn fragte, wie er aufgewachsen sei, ließ er den Kopf hängen und wiegte ihn leise hin und her. Nach einer Weile versuchte er etwas zu sagen.

»Wie bitte?« Ich hatte seine Gemurmel nicht verstanden.

»Ich, ähm ...«, fiepte er. Noch immer schüttelte er seinen gesenkten Kopf.

»Ist alles in Ordnung mit Ihnen?« fragte ich.

Mühsam richtete er den Kopf auf. Seine Lippen bebten, und er atmete tief aus. Dann sah er mich an.

»Als ich vier Jahre alt war, habe ich etwas wirklich Schreckliches getan. Deshalb bin ich hier drin, das ist es, was sie gegen mich in der Hand haben: eine gewalttätige Vergangenheit. Weil ich versucht habe, meine Schwester vom Weinen abzuhalten und sie ... Ich habe sie versehentlich getötet, als ich vier Jahre alt war.«

Ich bin daran gewöhnt, dass Leute mir ihren Privatkram erzählen – Sachen, die sie nie zuvor jemandem erzählt haben und die sie nun zu ihrer eigenen Überraschung an mich weitergeben. Ich habe wohl das richtige Gesicht dafür, oder zumindest stelle ich die richtigen Fragen. Leute haben mir schon immer aus heiterem Himmel ihre Geschichten aufgetischt: Ich habe meiner Mutter den Fernseher geklaut, ich habe meinen Mann geschlagen, ich habe mit Guiseppe aus dem Sportstudio gevögelt, ich habe eine schrecklich juckende Entzündung im Genitalbereich. Aber das hier übertraf alles, was ich je gehört hatte, und so wusste ich nicht recht, wie ich reagieren sollte. Was sagt man zu jemandem, der als Kleinkind seine kleine Schwester getötet hat? »Und? Wie hat sich's angefühlt?«

In meinem Kopf drehte sich alles. Mir war klar, dass mein neutraler, unvoreingenommener Gesichtsausdruck verrutscht war und den Blick auf eine entsetzte Miene mit weit aufgerissenem Mund freigegeben hatte, der »DU LIEBER HIMMEL, SIE HABEN *WAS?*« zu schreien schien.

Er sackte in sich zusammen und vergoss Tränen auf den kalten Tisch zwischen uns. Mir war ebenfalls nach Weinen zumute. Was er getan hatte, war furchtbar. Seine kleine Schwester war tot. Und er hatte dafür gebüßt, jeden Tag.

Ehe ich wusste, wie ich auf seine Tränen reagieren solle, hatte er sich wieder im Griff. Er bedankte sich bei mir und bat mich, ihn wieder zu besuchen. Dann bat er mich zu gehen. Andernfalls hätte ich wahrscheinlich ewig dagesessen und sprachlos auf seinen zuckenden, in die Hände gesenkten Kopf geschaut. Der Mann, den ich befragte, hatte aus Versehen ein Baby getötet. Er hatte das Leben aller zerstört, die er liebte, sein eigenes inbegriffen, und das im Alter von vier Jahren – nur ein kleines bisschen älter als mein kleiner Robbie.

Nachdem er den Raum verlassen hatte, sammelte ich meine Notizen ein und stellte fest, dass ich nur wenige Zeilen aufgeschrieben hatte:

Name: Jeremy Bagshaw
Geburtsdatum: 21.7.1976
Adresse: 67 Station Street, Islington, London
Zur Zeit in Untersuchungshaft in JVA Sandhill, Glasgow
Anklage: Mord

10

Chas versicherte mir, dass zu Hause alles in bester Ordnung sei, und so ging ich mit den Kollegen nach der Arbeit in ein Pub im West End, um meinen ersten Arbeitstag zu feiern. Den ganzen Tag lang hatte ich Danny bestaunt und jede seiner Bewegungen genau beobachtet. Er war makellos angezogen, wirkte selbstbewusster und entspannter als alle, die ich kannte, und er war der lustigste Bursche, der mir je über den Weg gelaufen war.

Im Taxi erzählte er mir, dass er einen Bericht über den sozialen Hintergrund eines Stalkers geschrieben habe. In dem Abschnitt über den Tagesablauf des Täters habe gestanden: »Mr. Jones surft gern im Internet und geht mit seinem Hund im Park onanieren.«

»Amtsrichter Ross hasst Sozialarbeiter. Also zitiert er mich zu sich«, sagte Danny, »und droht mir mit einer Anzeige wegen Missachtung des Gerichts.«

»Das ist natürlich ein Tippfehler«, hatte Danny dem Amtsrichter erklärt. »Es muss ›spazieren‹ heißen.«

»Halten Sie hier an«, sagte Danny dem Taxifahrer. Aus irgendeinem Grund wusste er, dass wir unser Ziel erreicht hatten. »Setzen Sie uns einfach an der Ecke ab.«

Als Danny aus dem Taxi stieg, seinen Stock aufklappte und Geld aus seiner Brieftasche holte, sah der Fahrer, dass er blind war.

»Dann hören Sie also einfach Musik?« fragte der Fahrer, während Danny sein Wechselgeld abzählte.

»Genau, ich höre einfach Musik«, antwortete Danny. Um es dem Fahrer leichter zu machen, fing er eine Unterhaltung über Glasgower Bands an.

Später erzählte er mir von einer Reihe ähnlicher Erlebnisse, bei denen Leute grotesk auf seine Behinderung reagiert hatten.

Eines Abends war er vom Amtsgericht nach Hause gegangen, wo er eine Zeugenaussage über einen Drogendealer gemacht hatte, der unter seiner Aufsicht stand. Er sagte, er habe die beiden Säufer aus einer Meile Entfernung am Geruch ihrer mit Scheiße verbackenen Klamotten erkannt. Sie hatten unter einer Brücke gelegen und mit aller Kraft ihre Pullen mit Dessertwein umklammert, als Danny mit seinem Stock vorbeigegangen war.

»Und ich dachte, wir wären schlecht dran«, hatte Suffkopp Nummer 1 gesagt.

»Das hätte uns auch blühen können«, hatte sein Freund gesagt.

Ich selbst war um nichts besser. An diesem Abend im Pub fragte ich mich, wie viel von der allgemeinen Meinung über mich von meinem Aussehen abhinge, das zugegebenermaßen ziemlich gut war.

»Willst du mein Gesicht anfassen?« fragte ich Danny, als Robert auf die Toilette gegangen war.

»Was?«

»Du kannst mein Gesicht anfassen, wenn du willst«, sagte ich.

Wenn er mein Gesicht anfasste, so vermutete ich, würde er verstehen, dass mein Esprit und meine Intelligenz mit symmetrischen Gesichtszügen von der Sorte einhergingen, wie sie Babys und Geschworene mögen.

»Muss ich?« fragte er. Sobald Robert an die Bar zurückkam, sagte er:

»Du rätst nie, was Krissie … Sie will, dass ich ihr Gesicht anfasse!«

»Kann *ich?*« fragte Robert und tat es, ohne meine Antwort abzuwarten. Es folgten mehrere lärmige Krissie-ist-eine-Idiotin-Minuten.

Ich Schwachkopf.

In dem Versuch, das Thema zu wechseln, erzählte ich ihnen

erst alles über meine triumphale Detektivarbeit im Fall des Sexualtäters. Dann erzählte ich ihnen von Jeremy. »Er wirkt traurig … und nett«, sagte ich.

»Das ist der Mörder, ja?« fragte Danny. »Wirkt nicht besonders nett auf mich.«

»Er ist noch nicht schuldig gesprochen«, sagte ich. »Jedenfalls denke ich, dass es wichtig ist, einen Klienten kennenzulernen, ehe man sich anhört, was andere über ihn sagen oder wessen sie ihn beschuldigen.«

»Nobel«, sagte Robert.

»Unmöglich«, fügte Danny hinzu.

Jeremys Kindheitsgeschichte schien sie nicht übermäßig zu interessieren. »Aber habt ihr jemals etwas so Trauriges gehört?« fragte ich.

»Klar!« sagte Robert und legte los, meine Geschichte mit einer zu übertrumpfen, in der ein dementer alter Kerl mit einem dreibeinigen Terrier vorkam. Dann spielten er und Danny Traurige-Geschichten-Poker und übertrumpften sich mit Leidensberichten.

Danny hatte die klauende Tochter eines berüchtigten Serienmörders als Klientin gehabt. Sie hatte sich jahrelang Vorwürfe gemacht, dass sie die Polizei nicht auf die Aktivitäten ihres Vaters aufmerksam gemacht hatte, ehe sie heroinabhängig geworden war.

Robert hatte unter seinen Klienten einen Typen, der in einem Nachbarschaftsstreit mit einem Hammer herumgefuchtelt und versehentlich ein junges Mädchen getötet hatte, das zufällig gerade vorbeiging.

Eine von Dannys Lebenslänglichen war eine Prostituierte, die es nicht geschafft hatte, sich selbst umzubringen. Ihre Kinder schon.

Und so weiter. Mir wurde klar, dass Jeremys Geschichte nur eine von sehr vielen traurigen Geschichten aus dem Leben von Strafgefangenen war.

»Nach ungefähr einer Woche wirst du aufhören, über deine Fälle zu sprechen«, sagte Danny. »Du wirst nach Hause gehen und sagen: Ja klar, war alles bestens auf der Arbeit. Du wirst dich dran gewöhnen.«

»Wenn nicht, bekommst du chronische Kopfschmerzen, wie Hilary«, fügte Robert hinzu.

»Oder du wirst dauerhaft krankgeschrieben, wie ein Drittel von uns«, sagte Danny.

»Geschieden, wie zwei Drittel von uns.« Robert nickte. Anscheinend gehörte er zu den Betroffenen.

»Alkoholabhängig, wie drei Viertel ...« Danny hob sein Glas in meine Richtung.

»Willkommen im Job!« sagte ich und stieß mit zwei Trümmerteilen der Sozialarbeitsruine an.

Als ich nach Hause kam, hätte ich schwören können, dass Einbrecher unsere Wohnung verwüstet hatten. Der Boden der Diele war mir Klamotten übersät, das Bad voll mit schaumgekröntem Plunder und das Klo nicht gespült. Geschirr stapelte sich auf dem Küchentisch und in der Spüle, und alle Kissen von meinem neuen Habitat-Sofa türmten sich im Gästezimmer. Ich stand kurz davor, einen Wutschrei loszulassen – *Wie konnte die Wohnung nach einem einzigen Tag so unordentlich sein?* –, als Chas und Robbie hinter dem Schlafzimmervorhang hervorstürzten und über mich herfielen. Obwohl Robbie längst im Bett hätte sein müssen, sah er so glücklich aus und gluckste so heftig, dass ich Chas die Mängel seiner Haushaltsführung dieses eine Mal nachsah. Als meine Arbeit schwieriger wurde und meine Überstunden länger, wurde ich in diesen Dingen weit weniger duldsam.

Mit dem Malen sei alles gut gegangen, sagte Chas. Sie hätten eine komplexe, vielfarbige Eisenbahnschiene zustandegebracht, die sich über die Hälfte des Atelierbodens erstreckte. Den Rest des Tages hätten sie damit verbracht, gemeinsam mit den Bildhauern Kinderlieder zu singen (Robbie war im Atelier ein großer Erfolg gewesen).

»Bist du mit deiner Arbeit vorangekommen?« fragte ich Chas.

»Morgen«, sagte er. »Wir werden das Meer malen.«

Chas hatte Pizzas gemacht. Daher das ganze Gerümpel überall und das Geschirr in der Spüle: Anders als die meisten vernünftigen Bewohner der westlichen Welt, die sich ihre Pizzas entweder liefern lassen oder fertig im Supermarkt kaufen, machte Chas seine Pizzas nämlich komplett selbst. Das bedeutete: zwei Stunden Einkaufen, eine Stunde Kneten, eine Stunde Werfen und Rollen, eine Stunde Belag schnippeln und eine Stunde zum sorgfältigen Verteilen der Zutaten auf dem Teig. Es bedeutete ferner, dass alle Arbeitsflächen in der Küche mehlbedeckt waren, sämtliches Geschirr und alle Besteckteile dreckig herumlagen (statt in der Spülmaschine), alle Radios in der Wohnung liefen (Chas hörte beim Kochen gern Radio) und dass ich vor halb elf Uhr abends nichts zu essen bekommen würde. Als ich später trotz Magendrückens einzuschlafen versuchte, fragte ich mich, wann ich Chas am besten sagen solle, dass ich Pizza hasse.

Als Robbie spätabends endlich eingeschlafen war, schaute ich ihn nachdenklich an und versuchte, mir einen kleinen Jungen in seinem Alter vorzustellen (jemand, der sich nicht einmal die Schuhe anziehen kann), der einen anderen Menschen tötet. Falls Robbie ein drei Wochen altes Baby ermordet hätte, wüsste er dann, was er getan hatte? Wäre er überhaupt dazu in der Lage, eine solche Entscheidung zu treffen? Könnte man es einen Mord nennen? Wie würde ich damit fertig werden, wenn mein eigenes Baby auf diese Weise gestorben wäre?

Am nächsten Tag brachte ich das Gutachten über James Marney zur Poststelle. Als ich zurück ins Büro kam, war Robert vor Lachen ganz blau angelaufen: Er hatte gerade ein Attest von seiner Hausärztin bekommen. Robert war fast einen Meter neunzig groß, und sein Schreibtisch verursachte ihm seit Monaten Schmerzen im Rücken und in den Beinen. Er hatte Hilary gefragt, ob er einen größeren Schreibtisch bekommen könne, und Hilary hatte mit der Verwaltungsbeamtin der Strafjustizbehörde gesprochen, die ihrerseits mit ihrer Vorgesetzten gesprochen hatte, welche ein Formular ausgefüllt und an ihre

Gruppenleiterin weitergeleitet hatte. Die wiederum hatte das Formular an einen Brief an den Typen getackert, der für den Behindertenfonds zuständig war, woraufhin der sich die Richtlinien und Bestimmungen bezüglich spezieller Büroausstattungen durchlas, die bis dahin vorliegende Korrespondenz kopierte, eine Besprechung mit seinem Chef anberaumte und Robert telefonisch über das Resultat informierte: »Ja, Sie können einen großen Schreibtisch aus den Mitteln des Behindertenfonds bekommen, aber wir benötigen ein ärztliches Attest.«

Also hatte Robert mit seiner Hausärztin gesprochen, einer liebenswürdigen und humorvollen Frau Ende zwanzig. Das ärztliche Attest war soeben mit der Post eingetroffen und der Grund für Roberts gesundheitsschädliches Gelächter. Er reichte mir das Blatt Papier. Darauf stand: »Hiermit wird bescheinigt, dass Mr. Robert Brown großgewachsen ist.«

Aber genug der Heiterkeit. Ich musste nach Sandhill.

Während ich auf Jeremys Eintreffen wartete, wurde mir klar, dass Danny und Robert recht hatten. Es war dumm von mir gewesen, die Informationen über die Straftat zu ignorieren, und so brütete ich über der einzigen Unterlage, die mir zur Verfügung stand – der Anklageschrift:

> JEREMY ANDREW BAGSHAW, Gefangener in Sandhill, Glasgow, Sie werden auf Weisung Ihrer Majestät Anwalt, des sehr ehrenwerten LORD JOHNSTONE VON LOCHABER, beschuldigt, am Sonntag, dem 6. April, in The Lock House bei Crinan, Argyll, die Bridget McGivern angriffen, ihre Brüste mit einem Messer oder vergleichbaren Instrument abgetrennt, wiederholt auf ihren Rumpf sowie ihren Hals mit einem Messer oder vergleichbaren Instrument eingestochen und sie ermordet zu haben.

Es traf mich wie ein Schlag. Während ich auf sein Eintreffen wartete, wurde mir klar, dass Jeremy Bagshaw sehr wohl gut aussehen und aus guten Verhältnissen kommen konnte, dass er sehr wohl verliebt sein und eine herzzerreißende Kindheit gehabt haben konnte, und dass er trotzdem beschuldigt wurde, die Brüste einer Frau abgeschnitten und diese Frau in Rumpf und Hals gestochen zu haben. Und vermutlich hatte er mit blutverschmierten Zähnen dagestanden und zugesehen, wie das Blut auf alle Wände des Hauses in Crinan gespritzt war …

»Guten Tag.«

Da war mein Mörder. Er hatte ein blaues Auge, und er sah nicht wie jemand aus, der eine Frau erstechen und ihr die Brüste abschneiden konnte. Ich hätte ihn gern über das Opfer befragt. Wer war sie? Welche Verbindung bestand zwischen ihm und ihr? Aber ich durfte nicht über die Tat mit ihm sprechen, und Jeremy sah verängstigt genug aus: Jemand hatte ihm eine heftige Tracht Prügel verpasst.

»Was ist passiert?«

»Nichts«, antwortete er und sah nervös über meine Schulter.

»Sie können es mir sagen«, flüsterte ich.

»Nichts«, flüsterte er zurück.

Ich versuchte eine Zeitlang, ihm die Geschichte zu entlocken, indem ich auf das Anti-Schikane-Plakat an der Wand hinwies und so weiter. Aber er hatte Angst. Dauernd sah er sich um, wer in den anderen Befragungsräumen saß. Ich war klug genug, um zu wissen, dass es zwar nicht schön ist, verprügelt zu werden, aber noch schlimmer, jemanden zu verpfeifen. Also setzte ich ihn nicht unter Druck.

»Sagen Sie es niemandem. Vor allem Amanda nicht. Ich will nicht, dass sie sich Sorgen macht«, sagte er.

»Ich muss für einen Bericht wie diesen nicht mit Amanda sprechen«, sagte ich.

»Sie würde Ihnen gefallen«, sagte er und erinnerte sich, wie er sich bei ihrer ersten Begegnung Hals über Kopf in sie verliebt hatte. Sie habe ein so faszinierendes Lächeln gehabt, sagte er, und sie habe viel gelacht. Er liebe ihr Lachen.

»Bitte sagen Sie ihr nicht, dass ich schikaniert werde, versprochen? Bitte reden Sie nicht mit ihr«, bat er.

11

Eine Woche nach der Hochzeit nahm Amanda Jeremy nach Glasgow mit. Sie waren in London mit hoher Geschwindigkeit aufgebrochen, aber hinter Penrith verlangsamten sie ihre Fahrt ein bisschen, weil Amanda Jeremy einen blies.

Nach fünfstündiger Fahrt erschien Schottland in Gestalt eines unscheinbaren weißen Schildes. Amanda erschauderte: Zehn Jahre war sie weg gewesen. Meistens nicht weit weg, aber weit genug, dass es sich wie eine vollkommen andere Welt anfühlte.

Jeremy wäre vielleicht auch erschaudert, wenn er geahnt hätte, dass er Amanda bald noch einmal völlig neu kennenlernen würde. Nicht mehr nur Amanda Wild und Amanda Verrückt. Nicht mehr Amanda Rollenlos, Amanda Bezugslos. Sie würde jemandes Tochter sein, jemandes Schulfreundin, Ex-Kollegin. Sie würde eine alte Grundschule haben und Fotoalben und ein Lieblingscafé. Und Jeremy würde von Amandas Bezugsmenschen begutachtet werden – Menschen, die nichts mit seiner Welt zu tun hatten.

Jeremy war noch nie in Glasgow gewesen, aber als sie in die Stadt fuhren, war alles genauso, wie er es sich vorgestellt hatte. Eine schwere, undurchdringliche Wolke lastete irgendwo knapp oberhalb der Windschutzscheibe, und graue Hochhäuser säumten die Straße. Manche waren zur Verschönerung bunt angemalt worden, aber die meisten kamen ohne solche Verzierungen aus. Große blaue Schilder zeigten links nach Glasgow, geradeaus nach Glasgow, rechts nach Glasgow: Glasgow war überall. Da war er, der »grüne, liebreizende Ort«, doch weit und breit war kein Grün und kein Liebreiz zu sehen, sondern nur ein Wirrwarr von Schildern, die in alle Richtungen wiesen und zu sagen schienen: »Wenn du nicht weißt, wo du bist, warum bist du dann eigentlich hier?«

Sie fuhren durch das West End mit seiner geschlossenen Bebauung. Danach fuhren sie über die Great Western Road. Hier gab es große Bäume, Blumen auf dem Mittelstreifen und schöne viktorianische Stadthäuser zu beiden Seiten der Straße. Jeremy wurde etwas heiterer zumute: So war es schon besser. Aber dann wurden die Häuser kleiner und die Blumen welker, und schließlich zeigte Amanda nach links, und er bog in eine schäbige Straße mit schlecht instand gehaltenen Einfamilienhäusern ein.

»Das ist unseres!« sagte sie vor Nummer 43. Er hielt an, küsste sie auf den Mund und fragte sich, ob das Mädchen, das in diesem Haus aufgewachsen war, dasselbe sei, das ihm irgendwo zwischen Penrith und Carlisle den Schwanz gelutscht hatte.

Amandas Eltern waren älter, als er erwartet hatte – bestimmt an die siebzig –, und netter waren sie auch. Mrs. Kelly war rund und kurz, mit kräftigem grauen Haar und den Lachfalten eines ganzen Lebens. Ihr Mann – schlank, fit, mit Schnurrbart und Pomade im Haar – lächelte seltener, war deshalb aber nicht weniger liebenswert. Sie umarmten ihre Tochter (»Oh, mein Liebling!« sagte ihre Mutter ein ums andere Mal), sie umarmten ihn (»Willkommen in der Familie, Junge!«), und sie brachten eine Suppe auf den Tisch, die köchelte, seit Amanda zehn Meilen hinter Motherwell angerufen hatte.

Das Haus war eine Vierzimmer-Schuhschachtel voller Andenken an Amanda – Ballettfotos, Badminton-Pokale, Urkunden von der Kosmetikschule –, und es roch angenehm. Jeremy fiel auf, dass alles an Amanda anders wirkte, sobald sie durch die Tür geschritten waren: Ihre Kleider wirkten auf einmal nicht mehr strahlend und unkonventionell, sondern altmodisch und bequem, und wenn sie redete, klang das nicht mehr urban und hip, sondern kichrig und schwatzhaft. Jeremy war sich zunächst nicht ganz sicher, was er von diesen Veränderungen halten sollte.

Nach einem grundsoliden Lammstew zum Abendessen legte Amandas Mutter alte Familienvideos ein. Sie tranken Bier und schauten sich eine pummelige Amanda aus der dritten Grundschulklasse an, die grinsend beim Krippenspiel mitmachte. Sie lachten, als sie mit elf beim Schulsport am Weitsprung teilnahm, und als sie mit vierzehn beim Sonnenbaden im Portugalurlaub ihre Zunge herausstreckte, lachten sie auch.

Alle vier waren ein bisschen angeheitert, als sie sich ihre alten Schulzeugnisse ansahen ...

Könnte mehr leisten.
Ist unkonzentriert.
Wirkt gelangweilt.

... und waren definitiv besoffen, als das Foto von Amanda und ihrem ersten Freund, Peter Bishop, auf dem Couchtisch landete.

»O Gott, was habe ich mir dabei bloß gedacht?« sagte Amanda und begutachtete den fünfzehnjährigen Jungen. Er sah sehr gut aus, und ihr Kommentar sollte offenbar bloß verhindern, dass Jeremy sich unwohl fühlte.

»Was hast du dir dabei gedacht?« fragte jemand. Es war keine glückliche Stimme.

»Was *hast* du dir dabei gedacht, Mand? Einfach so zu verschwinden?«

Ihre Mutter war jetzt betrunken genug, um sie zur Rede zu stellen.

»Zehn Jahre ohne einen einzigen Besuch. Manchmal haben wir geglaubt, dass du tot bist!«

Amanda legte das Fotoalbum auf den Couchtisch und stellte ihr Bier ab. Sie ging zu ihrer Mutter hinüber, kniete vor ihr nieder und vergrub den Kopf in ihrem Schoß.

»Es tut mir so leid«, schluchzte sie. »Ich weiß nicht, was ich mir dabei gedacht habe! Ich liebe euch so sehr! Ich weiß, dass es kitschig klingt, aber ich wollte versuchen, mich selbst zu finden.«

»Und hast du das?«

»Ich habe Jeremy gefunden«, antwortete Amanda. »Es tut mir leid, dass ich euch wehgetan habe.«

Amandas Vater setzte sich zu seinen beiden Mädels aufs Sofa, während Jeremy mit Tränen in den Augen zusah.

Sie verbrachten drei Tage damit, ihre Hochzeitsfeier zu organisieren. Jeremy ließ sogar sein Handy die meiste Zeit ausgeschaltet, obwohl sein Stellvertreter in der Firma kurz vor einem Nervenzusammenbruch stand: Das Glas der Terrassentüren für das Finsbury-Park-Projekt sei eingetroffen, habe aber die falsche Größe. Und die Wasserrohre in einer der billigeren Mietwohnungen seien geplatzt und hätten das makellose Esszimmer des schwulen Paares im darunterliegenden Stockwerk beschädigt.

»Schick das Glas zurück«, sagte Jeremy. »Wir bezahlen nur, was wir bestellt haben. Dann ruf den Klempner und die Versicherung an. Ist doch ganz einfach.«

Die Feier sollte im Grantly Hotel stattfinden, einem Dreisterneklotz zwei Blocks tiefer in der Kieselputzhölle, und Mands Eltern bestanden darauf, alle Kosten zu übernehmen.

»Kein Wort mehr davon«, hatte Mr. Kelly gesagt, als Jeremy seine Brieftasche öffnete. »Das ist das Mindeste, was wir für unsere Mand tun können.« Jeremy wäre niemals eine Abkürzung für Amandas schönen Namen in den Sinn gekommen, aber da war sie: Mand.

Anfangs wusste Jeremy nicht so recht, was er von dem Gesamtbild halten sollte, zu dem sich die verschiedenen Teile Amandas zusammenzusetzen begannen. *Mand.* Wer war das?

Sie gingen in ein Pub im West End. Amandas Freunde saßen um einen Tisch herum und bestürmten sie mit Fragen. Was hast du gemacht? Warum hast du nicht wenigstens mal geschrieben? Wie seid ihr euch begegnet? Weißt du schon, dass Peter Bishop jetzt geschieden ist? Jeremy sog alles in sich auf – wie zwanglos und unbefangen es in dem Pub zuging, wie sehr Amanda von allen gemocht wurde, wie lebhaft sie in Gesellschaft ihrer Freunde war. Es war ein toller Abend, und er hatte ihre Clique so gründlich umgarnt, dass sie ihn beim Abschied voll und ganz akzeptierten.

In dieser Nacht küssten sie sich im Bett, und sie hörten stundenlang nicht damit auf.

»Ich glaube, ich liebe dich mehr als vor unserer Fahrt«, sagte er.

»Ich war eine schlechte Tochter.«

»Sie verzeihen dir. Sie lieben dich. Und ich liebe alles an dir.«

Er liebte es, dass sie einerseits unheimlich impulsiv sein konnte und andererseits stundenlang auf dem Sofa herumlag und *Anne auf Green Gables* guckte. Er liebte ihre Familie und ihre Herkunft. Am meisten liebte er ihre Bereitschaft, sich von ihnen loszureißen und in London mit ihm ein neues Leben zu beginnen.

Bei der Hochzeitsfeier lächelte Jeremy seiner neuen Frau zu: Die Bruchstücke hatten zu einem Ganzen zusammengefunden – jetzt war sie vollständig.

Rot wirbelnder Teppich, zwanzig große, runde Tische und ein kleinwüchsiger DJ. Mindestens dreißig Leute über siebzig, die ihr Bier schneller tranken als mindestens fünfzig Leute unter dreißig. Kleine Kinder, die auf einer unnötig großen Tanzfläche im Kreis herumrannten. Ein Tisch, auf dem ein Kessel Hackfleisch neben einem Kessel Kartoffelbrei stand.

Jeremy liebte Kartoffelbrei, und als er den Kessel sah, fing er fast zu weinen an, weil er ihm seine schönsten und frühesten Erinnerungen ins Gedächtnis rief.

Die Feier hatte alles, was eine Hochzeitsfeier braucht:

Einen grabschenden Trunkenbold von Onkel.

Eine bewegende Ansprache des Vaters: »Gott hat uns dieses Mädchen geschenkt, und wir danken ihm täglich dafür.«

Eine in Tränen aufgelöste Mutter, die den Rausch ihrer Tochter ausnutzte und ihr das Versprechen abnahm, niemals wieder einfach so zu verschwinden. Sondern mindestens zweimal jährlich nach Hause zu kommen. Und auch sonst in Verbindung zu bleiben. »Versprich es mir, Mand! Versprich es mir!« sagte sie.

»Ich verspreche es!« sagte Amanda. Und sie meinte es so. Seit sie Jeremy kannte, wollte sie nicht immer nur fliehen.

Zum Schluss bildeten alle einen Kreis um das Brautpaar und sangen *Auld Lang Syne.* Es dauerte Stunden, bis sie sich von allen verabschiedet hatten, weil alle *so* viel zu sagen hatten:

Ich liebe dich.

Sag's keinem weiter, aber du bist meine Lieblingskusine.

Du bist viel netter als dieser Peter Bishop, der schon wieder geschieden ist!

Alter, du bist so ein Glückspilz!

Wiedersehn, Junge.

Wiedersehn, Dad.

Wiedersehn, Mum.

Amanda kotzte die ganze Fahrt über. Sie fuhren erst auf der Great Western Road, dann am Loch Lomond entlang. Es ging am Aussichtspunkt »Rest-and-Be-Thankful« vorbei, durch Inveraray, zum Crinan-Kanal. Bei ihrer Ankunft war es drei Uhr nachts. Jeremy trug Amanda in das luxuriöse Schleusenhaus am Kanalufer, das sie für zwei Wochen gemietet hatten. Zwei ganze Wochen zum gemeinsamen Lesen, Spazierengehen, Reden, Kochen, Fischen und Liebemachen. Pures Glück.

»Scheiße, ich habe den Dielenteppich vollgekotzt«, sagte Amanda, und ihr Akzent war so stark wie der Alkoholdunst in ihrem Atem.

»Ist schon in Ordnung, Liebes. Ich mach's sauber. Leg dich einfach hin und schlaf.«

12

Immer wenn Leute mir gesagt haben, ich solle etwas nicht tun, hatte ich den überwältigenden Drang, es zu tun. Das geht schon mein ganzes Lebens lang so.

»Schau da nicht hin!«

»Kein Sex beim ersten Date.«

»Trink auf keinen Fall mehr als zwei Gläser von diesem Cocktail!«

»Bitte sprechen Sie nicht mit Amanda«, hatte Jeremy gesagt.

Ich kämpfte eine Zeitlang dagegen an, zumal es nicht den geringsten Grund für mich gab, Amanda einen Besuch abzustatten. Der Bericht erforderte eine halbstündige Befragung und eine halbe Stunde Tippen. Punkt. Ende der Geschichte. Er hätte längst fertig sein müssen.

Aber die Neugier fraß mich auf. Was war sie für eine Frau? Liebte sie ihn noch? Hielt sie ihn für unschuldig? Wer war das Opfer, diese Bridget McGivern? Kannte Jeremy sie? Und/oder Amanda?

Sobald ich von der Befragung in Sandhill zurückgekommen war, rief ich in dem Friseursalon an, in dem sie laut Jeremy arbeitete. Ein sehr mürrischer Chef hob ab und holte sie an den Apparat. Amanda wollte unbedingt etwas über ihren Mann erfahren, aber heute machte sie Überstunden.

»Können Sie vorbeikommen?« fragte sie und begann mit ihrem Chef im Hintergrund zu debattieren. »Ich mach ihr die Nägel!« hörte ich sie sagen.

Ich hasste Maniküren fast so sehr, wie ich Menschen hasste, die sich maniküren ließen. Meiner Ansicht nach waren Maniküren einem Teil der Gesellschaft vorbehalten, der keine Verwendung für seine Hände hat. Menschen, die lange Zeit dasitzen und darauf warten, dass der Nagellack trocknet: – schütteln und pusten, schütteln und pusten. Menschen, die zu viel Zeit haben, die nie etwas tippen müssen, deren schlimmste Furcht es ist, dass ihnen ein Nagel abbricht.

Als ich den Pine-Tree-Unisex-Hairdressing-Salon in Newton Mearns betrat, sah ich keinen Grund, meine Meinung über das Maniküren zu ändern: Da saßen reihenweise bewegungslose Damen, die schüttelten und pusteten, schüttelten und pusteten.

Was machte Amanda hier? Sie war schön, sie war schlank wie ein Aal, und sie hatte dichtes, rotes Lockenhaar. Ihre Kleidung war unkonventionell und bequem. Ihr Lächeln wirkte faszinierend. Falls sie geschminkt war, fiel das kaum auf. Sie wirkte natürlich. Sie war makellos. Wenn ich sie auf einer Party gesehen hätte, dann hätte ich mich mit ihr unterhalten wollen. Sie war eine Frau nach meinem Geschmack. Und sie sah viel zu interessant aus, um sich für Fingernägel zu interessieren.

Amanda führte mich zu ihrem winzigen Tisch und tauchte meine Hände in warmen Honig, während ich ihr von dem Gutachten erzählte.

»Wie geht es ihm?« fragte sie.

Dilemma! Jeremy hatte mich nicht nur gebeten, nicht mit ihr zu sprechen, er hatte auch gesagt, dass sie nichts von seinen Schwierigkeiten erfahren solle. Am liebsten hätte ich ihr gesagt, dass es ihm nicht gutging, dass er wahrscheinlich schikaniert wurde und vielleicht in Gefahr schwebte. Aber auf der Fahrt zum Salon hatte ich mich gefragt, wie es mir an ihrer Stelle ergangen wäre: Hätte ich all das wissen wollen? Wenn Chas verletzt und verängstigt gewesen wäre, hätte ich das wissen wollen? Wenn ich nichts anderes hätte tun können, als mir Sorgen zu machen?

»Ihm geht's gut«, log ich. »Er kommt klar. Wie steht es mit Ihnen? Wie kommen Sie klar?«

»Gar nicht«, sagte sie und biss sich auf die Lippen. »Natürlich nicht. Aber Jeremy ist unschuldig, das weiß ich. Hat er Ihnen gesagt, dass seine Mutter sein Alibi nicht bestätigen will? Verdammter Drachen. Sie will, dass man ihn wegsperrt. Ich weiß nicht, wer Bridget umgebracht hat, aber er war es nicht. Das war ein Monster.«

Eindeutig eine Frau nach meinem Geschmack. Nüchtern und geradeheraus.

»Mein Leben ist vor meinen Augen in tausend Stücke zersprungen«, sagte sie. Sie sah mich an und lächelte freundlich: »Und Ihre Nägel sind eine absolute Katastrophe.«

»Wollten Sie schon immer Nageldesignerin werden?«

Sie lachte. »Ich wollte reisen, und das hier kann man überall machen.«

Wir legten eine Pause ein, um einige Handrituale durchzuführen – reinigen, trocknen, massieren –, und ich trat in eine mir bis dato unbekannte Dimension ein: den narkotisierten Zustand der manikürten Frau. Allmählich änderte ich meine Meinung über die Damen, die reihenweise um mich herumsaßen.

»Ich habe Jeremy immer die Nägel gemacht, abends auf dem Sofa. Das war eines unserer gemeinsamen Rituale.« Sie holte ein braunes Lederetui aus ihrer Tasche und berührte es liebevoll: »Er hat mir dieses Necessaire geschenkt. Vor allem für ihn sollte ich es benutzen.«

Es war ein schönes Lederetui, ihre Initialen waren darin eingeprägt: AK. Reinigungswerkzeuge aus rostfreiem Stahl in allen Größen und Formen befanden sich darin.

»Sind Sie verheiratet?« fragte sie mich. Meine abgeschnittenen Nägel fielen auf ihr Filztuch.

Ich dachte länger als nötig über diese Frage nach. »Nein«, antwortete ich schließlich. Ich hatte mich nie für die Art Frau gehalten, die heiratet. Ich hatte nie zehn Riesen für eine Feier verschleudern wollen, die mir vermutlich keinen Spaß gemacht hätte und zu der lauter Leute gekommen wären, die ich kaum kannte. Ich hatte nie im Mittelpunkt der Aufmerksamkeit stehen wollen, und ich hatte auch nie verschenkt werden wollen wie ein weihnachtlicher Präsentkorb. Hochzeiten brachten mich zum Weinen, aber nicht aus den üblichen Gründen. Bei der Hochzeit meiner Arbeitskollegin Marj hatte ich geweint, weil ihr Mann ein Arschgesicht war. Wenn er sich besoffen hatte, pisste er hin, wo es ihm passte. Und er besoff sich *immer.* Eines Abends hatte ich ihn dabei erwischt, wie er in mein Basilikum pinkelte – ich hatte den Topf gerade erst bei Sainsbury's gekauft. Und Marj hatte mir gebeichtet, einer seiner kleinen Fetische sei es, im Bad über ihr zu stehen und sein Wasser zu lassen. Schlimmer noch, er war ein Frauenfeind, der nur dann zum Leben erwachte, wenn er mit anderen Männern über Scheiß-Schottische-Premier-League-dies-und-UEFA-das sprechen konnte. Ich glaube nicht, dass er mir – oder irgendeiner anderen Frau – jemals direkt in die Augen geschaut hatte. Seine Pisse musste wahrlich wie Lindt-Schokolade schmecken, sonst hätte ich mir ums Verrecken nicht vorstellen können, warum Marj ihn unbedingt heiraten wollte. Ich heulte hemmungslos, als sie zum Altar schritt, um mit diesem verpissten Schwabbelklumpen in den heiligen Bund der Ehe einzutreten.

Dann war da die Hochzeit meiner Kusine auf Skye gewesen. Bei der heulte ich, weil ich so peinlich berührt war. Ich hatte einen wirklich süßen Typen namens Jamie von der Uni gebeten, mich zu begleiten. Seit Monaten schwärmte ich für ihn, aber er war Mr. Allseits-Beliebt, schrecklich süß, konnte alles, und reich war er auch. Er willigte ein, und die sexuelle Chemie zwischen uns war so heftig, dass wir während der gesamten sechsstündigen Fahrt kein Wort miteinander reden konnten. Wir saßen einfach da, und unsere Säfte zischten über seinen Schaltknüppel. Ich zog mich um (ein sehr sexy Outfit), und wir rannten zur Kirche, wo wir gerade noch rechtzeitig zum Beginn der Zeremonie eintrafen. Er folgte mir zu unseren Plätzen, und als wir uns hinsetzten, waren unsere Körper einander so nah, dass ich überall Gänsehaut bekam.

»Du hast da was am Rücken kleben«, flüsterte er mir ins Ohr.

»Danke«, antwortete ich. Der heiße Hauch seines Flüsterns hatte mich erregt. Ich griff nach hinten, konnte aber nichts fühlen. »Kannst du es abmachen?« fragte ich. Er wirkte nicht allzu begeistert. »Bitte«, sagte ich und klimperte mit den Augendeckeln.

Er legte seine Hand auf meinen Rücken. Ich hörte, wie sich ein Klebestreifen löste, und dann reichte er mir die Slipeinlage, die ich vor dem Umziehen herausgenommen hatte.

Sie war benutzt.

Schmuddelige, abstoßende Idiotin.

Die Peinlichkeit meiner Situation überwältigte mich so sehr, dass ich zu weinen begann. Tränen rollten über meine Wangen, als ich das Ding zusammenknüllte und in meine Handtasche steckte.

Während das Paar fotografiert wurde, trank ich zu viel Sekt, und das Ganze endete damit, dass ich vor den Ansprachen im Bett meines Einzelzimmers lag und meinen Kopf vorsichtig hin und her rollte, um das innere Drehen zu besänftigen, das unmittelbar vor dem Kotzen kommt. Am nächsten Tag fuhren wir wieder sechs Stunden, ohne zu sprechen: Diesmal nicht wegen zischender Säfte, sondern weil der hübsche Jamie mich für eine Schnapsdrossel hielt. Und er hatte recht damit.

Deshalb also waren Hochzeiten nicht mein Ding.

Aber als Amanda mich fragte, ob ich verheiratet sei, fühlte sich mein ganzer Körper an, als ob man ihn in Honiglotion für die Hände getaucht hätte. Hmmmm, heiraten, lecker. Eine öffentliche Bekundung meiner Liebe zu Chas. Eine offizielle Verbindung unserer Familien. Chas könnte der offizielle Vater von Robbie werden. Wir könnten uns in alle Ewigkeit lieben, ganz offiziell. Was war bloß los mit mir? Was fiel mir ein? Warum wünschte ich mir plötzlich ein Dokument, das unsere Liebe schwarz auf weiß bezeugte? Es ergab keinen Sinn, und doch erschien mir der Gedanke an eine Heirat auf einmal sehr reizvoll. Er war warm und romantisch und seltsam köstlich. Auf einmal fragte ich mich erstaunt, warum Chas nie um meine Hand angehalten hatte. Warum hatte er mich nicht eines Abends ins Rogano eingeladen, sich hingekniet und mich mit einem sorgfältig einstudierten Antrag in Verlegenheit gebracht? Warum hatte ich nicht in Hochzeitsbroschüren und »Hello«-Heften geblättert, um nach dem perfekten Kleid, dem perfekten Hotel, dem Auto, dem Dudelsackbläser und dem ganzen Hochzeitsmist zu suchen?

»Wo haben Sie geheiratet?« fragte ich und kehrte aus meinen Traumland in die Wirklichkeit zurück. Ich interessierte mich für sie, aber ich malte mir auch verschiedene Möglichkeiten für mich und Chas aus: die majestätische Burg in den Highlands, das piekfeine Hotel, die Universitätskapelle, Gretna Green, der Garten hinter dem Haus meiner Eltern, Sri Lanka.

Statt meine Frage direkt zu beantworten, erzählte sie mir von ihrer Hochzeitsfeier in Glasgow und wie sie ihrer Familie den neuen Freund vorgestellt hatte. Noch nie sei sie glücklicher gewesen, sagte sie und feilte meine Nägel.

»Wo haben Sie die Flitterwochen verbracht?« Hm, dachte ich. Wohin könnten Chas und ich fahren? Das Great Barrier Reef? Kerala? Auf Safari?

Als Amanda ›The Lock House‹ am Crinan in Argyll nannte, konnte ich nur mühsam mein Erschrecken verbergen: Das war der Ort, an dem der Mord stattgefunden hatte.

»Seltsame Flitterwochen«, sagte Amanda. »In der ersten Nacht habe ich nur gereihert. Und am zweiten Tag musste Jeremy wegen eines Notfalls nach London. Eine Krankenschwester aus der Notaufnahme rief an und sagte, seine Mutter sei wegen des Verdachts auf einen Herzanfall ins Krankenhaus eingeliefert worden. Als ich ihn das nächste Mal sah, war er wegen des Mordes an Bridget angeklagt … meiner leiblichen Mutter.«

»Leiblich?«

»Sie hat mich gleich nach der Geburt zur Adoption freigegeben.«

13

An diesem Abend hatten Chas und ich unseren ersten Streit.

Zwei Jahre lang hatten wir einander angelächelt, geküsst und mindestens einmal am Tag »Ich liebe dich« gesagt. An Robbies Bett hatten wir gemeinsam über verwickelte Gutenachtgeschichten gelacht. Später, nach dem Abendessen, hatten wir uns auf dem Sofa aneinandergekuschelt und verschiedene Formen von Körperkontakt praktiziert. In der Woche, ehe ich wieder zu arbeiten anfing, hatte ich außerdem jede Menge batteriebetriebener Orgasmen gehabt, und wir hatten zu überlegen begonnen, wie wir Chas irgendwann in diesen Ablauf integrieren könnten.

Aber als ich an diesem Abend nach Hause kam, war Schluss mit unserem glücklichen Liebesprogramm.

»Um Himmels willen!« sagte ich anstelle eines Hallos. »Warum klebt Kuchenmischung an der Dielenwand?«

»Das ist keine Kuchenmischung«, erklärte Chas. »Wir stellen einen Zaubertrank her!«

»Der Wäschekorb quillt über, und im Kühlschrank ist nichts zu essen. Und warum hast du mich nie gefragt, ob ich dich heiraten will?«

»Willst du denn heiraten?« fragte Chas. »Wenn du willst, können wir heiraten.« Das nahm mir einigermaßen den Wind aus den Segeln.

Ich verwirrte nicht nur Chas, sondern auch mich selbst, als ich sagte, dass ich natürlich *nicht* heiraten wolle. Wer brauche schon ein Stück Papier? Die Ehe sei altmodisch und eine sichere Methode, alles Gute in einer Beziehung zu verderben. Und überhaupt, was seien das für Frauen, die darauf warteten, dass ein Kerl um ihre Hand anhalte, als ob das der einzige Weg zur Glückseligkeit sei? »Das ist doch jämmerlich!« sagte ich, und mein Tonfall weckte in Chas vermutlich den Wunsch, schwul zu sein.

Ich räumte auf, wobei ich abwechselnd murrte und mich entschuldigte. Schließlich tat Chas das einzig Vernünftige und machte einen Spaziergang, während ich Robbie ins Bett brachte und mich an dem (geschickt versteckten) Essen sattaß, das er zubereitet hatte. Und obwohl Pizza nicht den gleichen Status für sich beanspruchen konnte wie die Lammkeule, von der ich den ganzen Tag lang geträumt hatte (und die ich ihn aus dem Kühlfach zu nehmen und mit Rosmarin zu kochen gebeten hatte), erfüllte sie doch ihren Sättigungszweck. Und so war ich bei Chas' Rückkehr bereit, ihm eine Entschuldigung anzubieten, die völlig ohne Murren auskam.

»Danke für das Abendessen«, sagte ich. »Ich bin verrückt, oder?«

»Ein bisschen.«

»Ich bin heute einer Frau begegnet, die mir von ihrer Hochzeit erzählt hat. Da bin ich ganz sentimental geworden. Das ergibt doch keinen Sinn. Das ist doch gar nicht meine Art.«

»Ich mag es, wenn du ganz sentimental wirst«, sagte er und küsste mich auf den Nacken.

»Aber so bin ich doch gar nicht, Chas. Oder? Ich finde, dass die Arbeit mich durcheinanderbringt. Die Geschichten, die ich da zu hören bekomme, sind wirklich unglaublich«, sagte ich. Dann erzählte ich ihm von meinen bisherigen Fällen. »Und die Vollzeitstelle nervt auch. Wir haben gar keine Zeit mehr füreinander. Ich könnte dir keinen Vorwurf machen, wenn du mich sitzen lassen würdest.«

Er lotste mich aufs Sofa.

»Ich habe nachgedacht«, sagt er. »Diese ganze Idee von Liebesgeschichten à la ›Junge trifft Mädchen, Junge verliert Mädchen, Junge gewinnt Mädchen zurück‹ – alles Schwachsinn. Es gibt keine Entwicklungslinien mit Anfang und Ende. Das Ganze ist ein Kreislauf. Du findest jemanden, du verlierst ihn wieder, du findest ihn, verlierst ihn, findest ihn wieder – und so geht das immer weiter. Wir lernen uns jetzt gerade wieder kennen. Wir erfahren etwas Neues über uns. Ich versuche, eine Ausstellung auf die Beine zu stellen. Du hast gerade mit einem wirklich schwierigen Job angefangen, und du vermisst Robbie. Freut mich, dich kennenzulernen, Krissie! Ich werde etwas Neues über dich erfahren, und ich werde mich ganz neu in dich verlieben.«

Ich hatte keinen Schimmer, was er mit all den Kreisläufen und Entwicklungslinien sagen wollte. Manchmal ist es wirklich anstrengend, mit einem Künstler zusammenzuleben.

»Ich glaube eigentlich nicht, dass meine schlechte Laune etwas mit uns zu tun hat, Chas. Ich mache mir nur Sorgen um diesen Typen, über den ich den Bericht schreiben soll. Diesen Jeremy. Er ist verprügelt worden, vielleicht hat man ihn sogar vergewaltigt, und ich weiß nicht, wem ich das sagen soll.«

»Lass dich da emotional nicht reinziehen«, sagte er. »Du kannst jeden Arzt oder Psychiater fragen – das ist *die* Grundregel.« Nach seiner Zeit in Sandhill wusste er, wovon er sprach.

»Gefängnisse dünsten Tragödien aus. Der Trick besteht darin, dass man sie nicht an sich rankommen lässt. Du musst Distanz halten. Als ich dort war, habe ich mir manchmal vorgestellt, dass ich einen Schutzschild um mich herum hätte ... wie der ›Kegel der Stille‹ in *Mini Max* oder Violets sphärisches Kraftfeld in *Die Unglaublichen.* Klingt bescheuert, funktioniert aber. Pass auf Nummer eins auf«, sagte er, »und auf Nummer zwei und Nummer drei. Das sind wir, das ist diese Familie. Okay?«

»Okay. Ich habe versprochen, dass ich seine Frau morgen wieder besuche ... Aber ich werde meinen Schutzkegel mitnehmen.«

»Wem hast du das versprochen?«

»Ihr.«

»Warum?«

»Sie ist aufgewühlt.«

»Kein Sozialarbeiter hat meine Freundin zweimal besucht, als ich angeklagt war.«

»Hattest du eine Freundin?« Chas war immer sehr vage gewesen, wenn es um seine Ex-Freundinnen gegangen war. Ich wusste, dass er früher viel herumgevögelt hatte, aber er hatte mir gesagt, dass er sich nie allzu sehr auf jemanden eingelassen habe, weil er »auf Mrs. Donald gewartet« habe.

»Darum geht es nicht. Besuch niemanden, wenn du nicht musst.«

Ich ließ die Ex-Freundinnen-Geschichte auf sich beruhen. Ich wollte mir nicht ausmalen, wie er eine andere auf den Nacken küsste oder mit einer anderen schlief. Solche Nachforschungen haben schon manche Frau in den Wahnsinn getrieben. Da nun also mein Problem des Tages gelöst zu sein schien, wandte ich mich Chas' Problemen zu. Er hatte sich prächtig mit Robbie amüsiert. Außerdem erzählte er mir, dass er in den sauren Apfel gebissen und einen Termin für seine erste Ausstellung ausgemacht habe.

»Ich bin schrecklich aufgeregt«, gestand er.

»Du bist ein Genie. Ich weiß das. Es wird eine fantastische Ausstellung werden.«

Aber ihm blieb nur noch wenig Zeit. Und Chas' schlauer Plan, das Malen mit dem Aufpassen auf Robbie zu verbinden, hatte sich (Überraschung!) als Fehlschlag entpuppt. Bis jetzt waren Robbies (sehr süße) Handabdrücke schon auf drei von Chas' Meisterwerken zu sehen.

Robbie war sowieso alt genug, um mehr unter Menschen zu kommen. Also beschlossen wir, ihn jeden Vormittag drei Stunden in einen Kindergarten zu bringen. Meine Eltern würden an drei Nachmittagen in der Woche auf ihn aufpassen, und ich würde meine Beutezüge bei Marks & Spencer reduzieren und das nötige Budget für eine Putzhilfe bereitstellen.

Als Chas an diesem Abend um neun Uhr zum Malen ins Atelier fuhr, war ich sehr zufrieden mit unserem Plan. Wir hatten unsere Tagesabläufe koordiniert, und ich hatte versprochen, einen sicheren, professionellen Abstand zu Männern einzuhalten, die unter Mordanklage standen.

Ein ausgezeichneter Plan.

Wenn ich mich nur daran gehalten hätte.

14

Nachdem Jeremy nach London gefahren war, blieb Amanda allein in diesem riesigen Haus am Arsch der Welt zurück. Sie hatte nichts zu tun, und es gab auch nichts, was sie tun wollte. Sie war kein Mädchen vom Lande, und sie verstand nicht, warum Leute einen Hügel hochstiegen, um auf der anderen Seite wieder runterzusteigen. Die schottische Landschaft war so schön, dass sie schon wieder langweilig war. Fand sie. Sie hatte mal mit einer Freundin eine Rundfahrt durch die Highlands gemacht, und nachdem sie die schroffe Wandelbarkeit der Landschaft tagelang lautstark bewundert hatte, sehnte sie sich so sehr nach einem lauten, verqualmten Nachtklub, dass sie hätte schreien mögen. Ohne Jeremy hatte der Crinan-Kanal ihr nichts zu bieten. Es gab keine Pubs in der Nähe, keine guten Cafés oder Buchhandlungen, und auf den Straßen lagen keine Abfälle, die von durchgemachten Nächten zeugten. Der Kanal war, was er war: ein Kanal. Manchmal sah sie eine Yacht, auf der eine Familie saß, die zuschaute, wie das Wasser in der Schleuse stieg und wieder fiel, und sie verstand einfach nicht, wieso Eltern ihre Kinder auf Ausflüge mitnahmen, bei denen man den größten Teil des Tages damit verbringt, Wasser erst steigen und dann wieder fallen zu sehen.

Sie hatte ihren Eltern nicht gesagt, dass Jeremy nach London gefahren war. Auch ihren Freunden hatte sie nichts gesagt, denn dies war ihre Hochzeitsreise, und das Haus war allein für sie und Jeremy da. Also wartete sie und starrte auf die Schleuse draußen und versuchte zu verstehen, was am Segeln und am Baden in schwachbrüstigen Whirlpools dran war.

Am zweiten Morgen weckte sie das Klingeln des Telefons. Ihr

Süßer war dran: Es tue ihm sehr leid, aber er müsse bei seiner Mutter bleiben. Sie müsse einige Untersuchungen über sich ergehen lassen und lehne es immer noch ab, irgendjemanden zu sehen.

»Ich kann zu dir kommen!« sagte Amanda, aber er bestand darauf, dass sie bliebe und auf ihn warte. »Wenigstens einer von uns beiden soll etwas von dem Haus haben«, meinte er.

Als sie so allein in Crinan saß, dachte Amanda über Jeremys Beziehung zu seiner Mutter nach. Dass es ernsthafte Schwierigkeiten zwischen den beiden gab, hatte sie zum ersten Mal gemerkt, als sie sich zum Heiraten entschlossen hatten und Jeremy darauf bestand, sie nicht einzuladen. Er hatte sogar noch hartnäckiger darauf bestanden, nicht darüber zu sprechen.

»Sie kommt sowieso nicht«, hatte er gesagt. »Es ist sinnlos. Wir verstehen uns einfach nicht.«

Mehr sagte er dazu nicht. »Lass uns bitte nicht mehr darüber sprechen«, sagte er.

Amanda nahm an, dass sie sich auseinandergelebt hätten, und sie beschloss, die Initiative zu ergreifen. Eines Nachmittags, als Jeremy arbeitete, besuchte sie heimlich seine Mutter.

Jeremys Mutter wohnte in einem kleinen Reihenhaus in Haringey: eine dünne, verlebt wirkende Frau, die gebügelte Hosen und ein enges weißes T-Shirt zu einer körpernah geschnittenen rosa Strickjacke trug. Sie roch stark nach Alkohol und Zigaretten. Ihre hageren, zerfurchten Gesichtszüge waren zu einer Miene der Missbilligung geronnen. Amanda, die das unfreundliche Auftreten von Jeremys Mutter verunsicherte, stellte sich nervös vor. Jeremys Mutter verzog das Gesicht und winkte sie schließlich in die Wohnung. Die antiken Möbel, mit denen alles vollgestopft war, ließen auf den Wohlstand früherer Generationen schließen. Ein Lichtstrahl fiel durch den kaum geöffneten Vorhang und durchschnitt den Staub und den Qualm, die die Luft des überfüllten Zimmers anreicherten.

Amanda erzählte Mrs. Bagshaw, dass Jeremy und sie heiraten wollten.

»Über Ihr Kommen würden wir uns sehr freuen«, sagte sie und reichte ihr eine Einladungskarte, die sie eigens am Computer entworfen und ausgedruckt hatte. »Werden Sie kommen?«

Mrs. Bagshaw setzte sich in eine Ecke des Zimmers, zündete sich eine Zigarette an und schenkte sich puren Gin ein. Sie inhalierte so energisch, dass das knisternde Ende ihrer Marlboro sich buchstäblich krümmte, und stieß weniger Rauch aus, als Amanda nach einem so kräftigen Zug erwartet hätte. Sie sagte: »Ich will Ihnen erzählen, was Ihr Verlobter getan hat.«

Der Aschekegel haftete weiter an ihrer Zigarette, als Mrs. Bagshaw ihre Hälfte einer schrecklichen Geschichte erzählte.

»Ich werde nicht kommen«, sagte sie, als sie fertig war und fünf Zentimeter grauer Schlacke in den überquellenden Aschenbecher schnippte. »Und ich würde es vorziehen, wenn Sie mich nicht mehr besuchten.«

Auf dem Heimweg in der U-Bahn versuchte Amanda gar nicht erst, das Weinen zu unterdrücken. Sie war tief erschüttert – wegen Mrs. Bagshaw, aber noch mehr wegen ihres geliebten Jeremy. Sie eilte in ihre gemeinsame Wohnung in Islington, beichtete unverzüglich ihre geheime Mission, schlang ihre Arme um Jeremy und sagte ihm, wie leid ihr das alles tue: Es tut mir so leid, bitte umarme mich, bitte umarme mich, bitte sprich mit mir.

Also umarmte Jeremy sie, und dann erzählte er ihr seine Hälfte der Geschichte.

Als sie in Crinan allein am Fenster saß, setzte Amanda die beiden Geschichten in ihrem Kopf zu einem Ganzen zusammen und versuchte, sich die schrecklichen Ereignisse in Jeremys Kindheit vorzustellen.

Jeremys Eltern waren sich auf Reisen in Neuseeland begegnet. Dann hatten sie sich in London niedergelassen und dort ein glückliches Leben ohne materielle Sorgen geführt. Richard, Jeremys Vater, war Steuerberater. Anne, seine Mutter, hatte als Anwältin gearbeitet. Ehe Richard und Anne Kinder hatten, waren sie gern gereist und hatten oft Freunde eingeladen. Sie hatten Händchen gehalten, auf dem Sofa gekuschelt und jede Nacht mindestens acht Stunden lang friedlich geschlafen. Liebe und Lachen, Leidenschaft und Enthusiasmus hatten ihr Leben geprägt.

Als Jeremy das Licht der Welt erblickte, hatten sie in einer Wohnung nahe der Tower Bridge gewohnt – ähnlich wie jetzt Jeremy und Amanda. Als sie mit ihrem hübschen kleinen Jungen aus dem Krankenhaus gekommen waren, hatte Richard ihn gefilmt, während sie ihm sein neues Zuhause zeigten.

»Das hier ist dein Zimmer, Jer!« hatte Richard aufgeregt gesagt. »Das ist dein Panda, und das ist dein süßes Strampeldings, und hier wird deine Mutti dir den Popo abwischen.«

»Wird dein Papi dir den Popo abwischen!« hatte Anne gesagt. Sie hatten gelacht, wie so oft in jenen Tagen.

Das erste Jahr war nicht die Hölle gewesen, vor der man Anne gewarnt hatte. Im Gegenteil, es war das glücklichste Jahr ihres Lebens gewesen. Sie hatte sich zwölf Monate lang beurlauben lassen und viel Zeit damit verbracht, ihren Sohn zu bewundern. Sie hatte ihm in die Augen geschaut und ehrfürchtig seine Klugheit bestaunt. Er war hübsch, und er benahm sich sehr gut. Zwischen Mutter und Kind passte kein Blatt Papier.

Als Jeremy dreieinhalb Jahre alt war, hatten sie sich am Stadtrand von Oxford ein nagelneues Architektenhaus bauen lassen, mit Blick über die Felder. Jeremy war für sein Leben gern durch den riesigen Garten gerannt und hatte allerlei Sachen gesammelt: gerade Stöcke zum Beispiel und kleine Spinnen, die er in einer Kiste unter seinem Bett aufbewahrte. Jeden Tag kamen neue Fundstücke hinzu, die er stolz sichtete und neu sortierte, sodass sie ihm gut zusammenzupassen schienen.

Eines Tages, als Jeremy fast vier Jahre alt war und gerade seine Stöcke nach Geradheit und Länge sortierte, kam seine Mutter ins Zimmer und hielt etwas im Arm: ein Baby, seine Schwester. Und was für ein Prachtstück von Mädchen das war!

»Sieh dir ihre Augen an!« sagte seine Mutter, die selbst völlig außerstande war, den Blick auch nur eine Sekunde lang von dem Baby zu wenden und sein neues Stocksystem zu bewundern.

Jeremy hatte verschwommene Erinnerungen an seine Mutter, ehe das Baby auf die Welt gekommen war. Er sah sie vor sich, wie sie Kartoffelbrei mit Würstchen und Tomatenketchup für ihn machte. Er konnte sich selbst noch sagen hören: »Du bist mein bestes Mädchen«, und er glaubte ihr lächelndes Gesicht zu sehen, wenn sie geantwortet hatte: »Ja, mein Schatz, das bin ich, und du bist mein bester Junge.« Er konnte sich daran erinnern, dass er im Park mit ihr Verstecken gespielt hatte, und wie sie ihm abends Geschichten vorgelesen hatte. Er erinnerte sich auch daran, dass sie sich immer sehr für seine Stocksammlung interessiert hatte, und wie sie abends in der Küche gelacht und getanzt hatte – eine halbvolle Flasche Pinot Grigio auf dem Frühstückstresen.

Aber all das hatte sich geändert, sobald seine Schwester im Haus war.

»Bella« wurde sie gerufen. Sie hatte dichtes, dunkles Haar und eine platte Nase, und sie schrie. Und schrie. Und das Lachen und Tanzen in der Küche verwandelte sich in Gebrüll und Geschrei. An die Stelle der Spaziergänge im Park traten verzweifelte Autofahrten durch die Stadt, bis Bella endlich einschlief.

Und was seine Stocksammlung anging, so erinnerte sich Jeremy deutlich daran, dass seine Mutter einen noch nie zuvor gehörten Tonfall angeschlagen hatte, als sie schrie: »Herrgott noch mal, Jeremy, deine dämlichen Stöcke haben im ganzen Haus Dreck verteilt!«

Als er zu weinen anfing, hatte seine Mutter zum ersten Mal seit einer Woche freundlich mit ihm gesprochen. »Es tut mir *sehr* leid, mein Kleiner. Ich habe es nicht so gemeint. Ich bin bloß müde. Deine kleine Schwester hält mich die ganze Nacht lang wach mit ihrem hungrigen Bäuchlein und ihren Windeln.«

»Na, dann benutz einfach keine Windeln.«

»Ich muss, Schatz. Sie pullert da rein und macht sich ganz nass, und dann fühlt sie sich unwohl, und deshalb weint sie.

Es tut mir leid, ich bin einfach sehr müde, weil niemand da ist, der mir hilft. Ich habe dich sehr lieb, mein Kleiner, das weißt du doch, oder? Ich liebe dich mehr denn je, und die kleine Bella ändert gar nichts daran. Ich bin bloß müde, sonst nichts.«

Danach ging Jeremy ohne Gutenachtgeschichte schlafen. Seine Mami tat ihm leid. Wie konnte er ihr helfen? Er lag stundenlang wach und dachte über diese Frage nach, und als Bella mitten in der Nacht ihr durchdringendes Geschrei anstimmte, kam ihm eine Idee.

Er würde ihre Windel trocknen, und seine Mami würde überhaupt nicht aufwachen müssen.

Er schlich sich in Bellas Kinderzimmer und schaute in ihr Kinderbett. Sie war so süß, die arme Kleine, und sie war so nass und fühlte sich so unwohl. Er war ihr großer Bruder, und er würde sich um sie kümmern. Er hob sie hoch, küsste sie auf die Stirn und schaute ihr in die hübschen kleinen Augen. Er hielt ihren Kopf hoch, wie man es ihm beigebracht hatte, und er wiegte sie sanft hin und her, als er nach unten in die Diele, durch die Küche und in den Hauswirtschaftsraum ging. Und er küsste sie noch einmal und lächelte sie ganz liebevoll an, denn sie war seine einzige kleine Schwester. Und als sie in der Trommel lag, gab er ihrem Näschen einen Stups und warf ihr einen Luftkuss zu. Und dann schloss er die Tür. Bald würde ihre Windel trocken sein, und Mami und Papi würden nicht aufstehen müssen, und morgen würden sie eine Flasche Pinot Grigio trinken und in der Küche tanzen und singen.

Draußen war es immer noch stockfinster, als Jeremy glaubte, dass die Windel trocken sei. Als er die Tür des Trockners öffnete, fiel sein bezauberndes Schwesterchen heraus und schlug dumpf auf dem Boden auf. Es hatte funktioniert. Die Windel war knochentrocken, und Bella war ganz still und mollig warm. Ohne diese Grimasse im Gesicht, die sie sonst immer zu ziehen schien. Er war froh, dass er hatte helfen können, und er nahm sie in die Arme, knuddelte sie sanft und küsste sie auf die Stirn. Und dann sah er, dass seine Mutter hinter ihm in der Tür stand.

Seine schöne Mami stand hinter ihm, weiß wie ein Gespenst. Und dann schrie sie.

Und dann riss sie ihm seine Schwester aus den Armen.

Und dann rannte sie zum Telefon.

Und dann atmete sie mit ihrem großen Mund in Bellas Gesicht und sah nicht einmal Papi an, der auch so weiß wie ein Gespenst war.

Und dann schluchzte sie, schluchzte und hielt die kleine Bella. Mami und Papi kauerten beide über ihr. Sie wiegten sie und schluchzten und schrien »NEIIIIN!«

»Ihre Windel …«, setzte Jeremy vorsichtig an. Die Sirene draußen wurde immer lauter und hörte schließlich auf zu heulen.

Und das war der Moment, als seine Mutter ihm den Blick zuwarf, den sie ihm für den Rest seines Lebens zuwerfen würde. Langsam lösten sich ihre Augen von seiner hübschen kleinen Schwester, und ihre geballten Fäuste wanderten von ihren Oberschenkeln zu ihrer Taille, und sie starrte ihn mit Augen an, die voller Zorn und Hass waren. Aber sie waren auch voller Verwirrung, denn dieser Art von Zorn und Hass folgen normalerweise Taten. Doch diesmal blieben nur die Augen an ihm haften, und es folgten keine Taten.

Es folgten niemals welche.

15

Oh Scheiße, ich hätte auf Chas hören sollen. Nicht genug damit, dass ich mich entschieden hatte, Amanda einen völlig überflüssigen Besuch abzustatten, ich hatte auch vergessen, einen imaginären Glaskegel heraufzubeschwören, um mich vor emotionaler Anteilnahme zu schützen. Als ich vom Nagelstudio zurück ins Büro fuhr, standen mir Tränen in den Augen, und ich sah kaum die Ayr Road.

Der arme Jeremy, dachte ich.

Die kleine Bella. Ich schüttelte den Kopf, und eine Träne kullerte herab.

Und Jeremys Eltern … Stell dir vor!

Ich hielt an, um mich zu beruhigen, denn ich wusste, dass ich für ein Treffen mit der Polizei meine fünf Sinne beisammenhaben müsse.

»Gut gemacht«, sagte Hilary, als ich ins Büro kam. »Wie ich höre, hast du dich bei der Fallbesprechung gut geschlagen. Ich werde dir Marney zur Überwachung zuweisen.«

»Kann ich darüber mit dir reden?« setzte ich an. Ich wollte sie fragen, ob ich unbedingt Pädophile überwachen müsse. Ich wollte sie davon überzeugen, dass sie mir Mörder, Drogendealer, Autodiebe geben solle. Egal wen, solange es keine pädophilen Sexualtäter waren.

»Klar«, sagte Hilary. »Wir setzen das Thema bei der nächsten Besprechung auf die Tagesordnung. Leider muss ich jetzt sofort nach Hause. Migräne.«

Ich hätte mir das vermutlich vor meiner Bewerbung überlegen sollen. Diese Burschen waren große Nummern in der

Strafjustiz: hoher Bekanntheitsgrad, hohes Risiko. Und seit dem neuen Gesetz für Sexualdelikte entgingen nur sehr wenige einer Überwachung durch das Sozialamt – was zur Folge hatte, dass unsere Arbeitsgruppen sich vor Vergewaltigern, Exhibitionisten, Stalkern, Kinderschändern und so weiter kaum noch retten konnten. Es gab vermutlich keine Möglichkeit, ihnen völlig aus dem Weg zu gehen, auch dann nicht, wenn ich Hilary erzählte, warum ich mich dabei so unwohl fühlte. Oder fühlten sich alle so unwohl? Nicht nur die, die früher mal von einem betatscht worden waren? Ich beschloss, bei unserer nächsten Besprechung darüber mit ihr zu reden und sie um Rat zu fragen.

Einige Minuten später schaute ich in den Spiegel, der auf der versifften Bürotoilette hing. Ich glaubte gerade, eine gewisse Ähnlichkeit mit Jodie Foster erkannt zu haben, als jemand in der Kabine so ungeniert furzte, dass mich die Wucht der Entladung ruckzuck auf den Boden der Tatsachen zurückholte (Glasgower Boden, nicht den von Hollywood). Kurz darauf verließ Penny freundlich grüßend die Kabine, und ich fragte mich, wie sie einfach so lächeln und ihre Hände waschen könne, als ob nichts geschehen wäre. Da gab's nicht mal ein leises Erröten, geschweige denn eine Entschuldigung (von mir hätte es beides gegeben, wenn ich einen Furz von derartiger Langlebigkeit und Lautstärke produziert hätte). Ihr großbürgerliches Ego hielt dergleichen wohl für überflüssig und glaubte, dass man in städtischen Toiletten bei Bedarf ordentlich einen fahren lassen dürfe. Ich mochte Penny nicht.

»Wie geht's?« fragte ich.

»Gut«, sagte sie. »Viel Arbeit!«

FURZERIN! FURZERIN!, dachte ich, als sie ging. Dann kehrte ich zu meinem früheren Gedankengang zurück, dem vor der Arschtrompete: dass ich tatsächlich ein bisschen wie Jodie Foster alias Clarice Starling aussähe – taff und sexy und so, als ob ich mitten in einer schockierenden Morduntersuchung stecken würde.

Nachmittags ging ich in eine Sitzung zur Risikosteuerung

eines Klienten. Wieder James Marney, der Kinderbetatscher. Da ich jetzt für ihn zuständig war – obwohl ich alles in meiner Macht Stehende tun würde, Hilary von dieser Idee abzubringen –, musste ich mich mit anderen Behörden in Verbindung setzen, damit möglichst schnell eine Wohnung für ihn gefunden wurde.

»Krissie?« fragte Kommissar Bond, nachdem wir eine Stunde lang Informationen ausgetauscht hatten. Er schnipste mit den Fingern vor meinem Gesicht, um meinen schweifenden Gedanken zur Ruhe zu bringen. Ich hatte mir unbewusst einen Kegel des Schweigens übergestülpt und lediglich mitbekommen, dass ich mit einer Gefängnisbeamtin Verbindung aufnehmen solle, die für die Unterbringung von Ex-Häftlingen zuständig sei. »Können Sie das abklären und mir Bescheid geben, sobald die etwas haben, das wir uns angucken können?«

»Klar«, sagte ich, und wir tauschten unsere Handynummern aus.

Während meine Kollegen mit ungezählten Gerichtsgutachten durch die Stadt hetzten oder versuchten, flüchtige Sexualtäter und wohnungslose Drogenabhängige ausfindig zu machen, hatte ich bis auf Weiteres nur diesen einen Bericht und diesen einen Fall. Ich entschloss mich deshalb, gründlich zu sein.

Ich rief Jeremys Anwalt an, einen jungen Mann mit liebreizendem englischem Akzent. Seiner Meinung nach war der Angreifer irgendein einschlägig bekannter Sexualtäter. In den letzten zwei Jahren habe es mehrere Vergewaltigungen in den Highlands gegeben, sagte er, außerdem einen Fall von sexueller Nötigung und Mord. Die Anklage gegen Jeremy halte er für schlecht begründet, denn sie beruhe lediglich auf dem fehlenden Alibi der Mutter und den DNA-Spuren.

Was das Alibi anging: Jeremys Mutter bestätigte die Aussage ihres Sohnes nicht. Sie hatte stets ausgesagt, dass sie nach ihrer Entlassung aus dem Krankenhaus allein nach Hause zurückgekehrt sei. Ihren Sohn habe sie nicht gesehen. Jeremy beharrte hingegen darauf, dass er seine Mutter zu ihrem Haus in Haringey gefahren habe und in der Mordnacht die ganze Zeit bei ihr gewesen sei. Der Anwalt stimmte aus vollem Herzen Amandas Behauptung zu, dass die Mutter lüge. Der Hass auf ihren Sohn und ihr Wunsch, ihn aus ihrem Leben zu verbannen, waren ihr wichtiger als die Wahrheit.

Und die DNA-Spuren? Der Anwalt erklärte, es seien Spuren genetischen Materials von Jeremy unter den Fingernägeln des Opfers gefunden worden.

»Scheiße«, sagte ich laut, nachdem ich aufgelegt hatte. Danny, der das Gespräch mitbekommen hatte, sah mich an.

»Sei vorsichtig mit Strafverteidigern«, warnte er mich. »Sonst benennen sie dich als Zeugin, wenn sie einen Antrag auf Strafmilderung stellen.«

»Klar, weiß ich doch. Ich finde den Fall einfach sehr interessant.«

Und das tat ich. Und wie!

Ich hatte einen Lauf. Zuerst rief ich bei der Kriminaldienststelle an, die für das schottische Vorstrafenregister zuständig ist. Ich fragte nach, ob die Vorstrafenliste aus England schon eingetroffen sei. Das war sie, und als das Fax ankam, überraschte es mich nicht, dass Jeremy keine Vorstrafen hatte.

Als Nächstes rief ich beim Sozialamt in Oxford an und fragte, ob es jemals einen Kontakt zu Jeremy Bagshaw gegeben habe. Nein.

Jeremy hatte mir erlaubt, mit seinem früheren Kinderarzt zu sprechen. Also rief ich Dr. Charles McQuillan in der John Street in Oxford an. Dr. McQuillan sagte, dass es seit Bellas Tod wenig Kontakt gegeben habe – hin und wieder eine Ohreninfektion, aber keine psychologischen und psychiatrischen Befunde. Ein bisschen Bettnässen, sonst nichts. »Scheint ein schrecklicher Unfall gewesen zu sein«, sagte Dr. McQuillan.

Dann rief ich Mrs. Anne Bagshaw an, Jeremys Mutter. Die beiden Varianten des Alibis unterschieden sich zu stark – einer der beiden log. Ich fragte mich, ob sie mit mir reden würde.

»Guten Tag«, sagte ich und stellte mich vor. Ich erklärte ihr, wer ich sei, wo ich arbeite, dass ich ein Gutachten für das

Gericht schreibe und dass der Richter alles über Jeremys familiären Hintergrund und seine möglichen psychologischen Probleme wissen wolle, was seine Reaktion auf die Haft beeinflussen könne. Ich wisse, so fuhr ich fort, dass all dies sehr schwierig für sie sein müsse, aber ich hätte Jeremy besucht und er komme mit der Situation im Gefängnis gut zurecht und habe gesagt, es würde ihm nichts ausmachen, wenn ich sie anriefe und mit ihr über –

Ungefähr zu diesem Zeitpunkt merkte ich, dass sie aufgelegt hatte.

Ich ärgerte mich. Warum hatte sie aufgelegt? Was immer Jeremy früher oder jetzt getan hatte, er war immer noch ihr Sohn. Das sollte doch –

»Ich glaube, die Verbindung ist weggebrochen«, sagte ich, als sie zum zweiten Mal abhob. Wieder war die Leitung sofort tot.

Ich war sauer.

»Legen Sie nicht auf!«

Aber sie hatte aufgelegt, und danach wuchs mein Ärger mit jedem Läuten des Telefons. Was ging hier vor? Offenbar hatte sie Jeremy völlig aus ihrem Leben verbannt. Was für eine Mutter ließ ihren Sohn einfach so im Stich?

Während der nächsten zwei Tage bekam ich fünf neue Fälle und zwei weitere Gutachten. Weil Hilary immer noch krankgeschrieben war, hatte sie Danny damit betraut, uns die Aufgaben zuzuweisen.

Bei den Meetings, die Danny dazu anberaumte, saßen wir zu viert um seinen Schreibtisch herum. Ein Stapel mit Anfragen und orangefarbenen Ordnern lag auf dem Schreibtisch, daneben Spielpapier, Schere und Stein.

Ich machte eine Bombe (Daumen hoch, schlägt alles), wann immer ein Sexualtäter auftauchte. Robert und Danny behaupteten, dass Bomben nicht zum Spiel gehörten, aber Penny meinte, das gehe schon in Ordnung.

»Lasst mal«, sagte sie. »Die nehme ich.«

Als das Spiel beendet war, verbrachten wir eine halbe Stunde damit, unsere Fälle zu tauschen. Folgende Argumente kamen dabei zur Sprache:

Er wohnt bei mir in der Nähe. Ich will ihn nicht, weil ich ihm dauernd über den Weg laufen würde.

Er wohnt bei mir in der Nähe. Ich nehme ihn, weil ich ihm dann jeden Freitag um halb vier einen Hausbesuch abstatten kann.

Die hatte ich schon beim letzten Mal. Jetzt bist du dran.

Gib mir den. Ich liebe Schlägertypen.

Gib ihn mir, den kleinen Schweinehund.

Und so kam ich zu fünf Fällen und zwei Berichten, von denen keiner etwas mit Sexualtätern zu tun hatte.

Außerdem gewöhnte ich mir das Rauchen an.

Wie hätte ich dem Rauchen am Arbeitsplatz widerstehen können? Raucher haben das Gen der Unangepassten: coole Typen, die die Gefahr suchen und sich dabei von Regen und Husten nicht beirren lassen. Die Raucher in meinem Büro waren laut und verkatert (meistens), und sie kannten allen Bürotratsch. Während der ca. sechs Kippenpausen in meinen ersten zwei Tagen als neu konvertierte Raucherin fand ich Folgendes heraus:

- Robert, mein lustiger, hoch gewachsener Kollege, hatte letztes Jahr bei der Weihnachtsfeier eine Assistentin namens Jane flachgelegt. Ihre Liebe zu ihm bestand fort, wie man nach Weihnachten an ihrem Gewichtsverlust, ihrer neuen Frisur und ihrer gescheiterten Ehe erkennen konnte. Robert bestand darauf, dass da nie etwas gewesen sei, aber zwei Raucher hatten es gesehen: der eine leibhaftig und der andere auf einem A4-Blatt Kopierpapier.
- Charlie aus Govan schmuggelte in seiner Umhängetasche Gin an den Arbeitsplatz.
- Charlie aus Govan bezichtigte Jill, seine Vorgesetzte, des Mobbings.
- Charlie aus Govan war ein Schwachkopf.
- Seine Vorgesetzte auch – und eine Mobberin.

Ach, die Raucher! Was wäre die Arbeit ohne sie? Sie lachten. Sie stöhnten das glorreiche Stöhnen der Sozialarbeiter. Sie wussten, wie man aus Benzinquittungen und Überstundenlisten das meiste herausschlug. Vor allem aber hatten sie Zigaretten. Ich befand mich nämlich noch im unschuldigen Stadium des Raucherdaseins, soll heißen: Ich war noch nie in einer Menschenmenge auf- und hatte meine Sucht eingestanden. Soll auch heißen: Ich hatte noch nie welche gekauft.

So verstrich meine erste Woche, und als sie zu Ende ging, war ich zu einer saucoolen – wenn auch etwas zu teilnahmsvollen – Bewährungshelferin geworden, zu einer Raucherin und zu einer fast so pflichtvergessenen Mutter wie Mrs. Bagshaw.

Es kam mir vor, als ob Robbie drei Meter gewachsen sei und mindestens hundert neue Wörter gelernt habe, als ich am Freitag nach der Arbeit nach Hause kam. Er rannte nicht auf mich zu, um mich zu umarmen und nie wieder loszulassen. Er sah nur kurz zu mir hoch und fuhr fort, mit Chas einen Feentrank zu brauen. Bislang hatten sie Mehl mit Backpulver, Wasser, Nesquik (Schokolade *und* Banane), Haferflocken und Honig vermischt, und nun überlegten sie, was als Nächstes hinzukommen solle.

»Loganbeeren!« sagte Robbie.

Dieses Wort hatte er noch nie zuvor ausgesprochen. Offen gestanden: Die wenigsten Leute aus meiner Bekanntschaft hatten das getan.

»Woher kennst du Loganbeeren?« fragte ich, aber zum Antworten war er viel zu beschäftigt. Chas und er waren nämlich zu dem Schluss gekommen, dass die Feen in ihrem vertrockneten Wald einen Spritzer Schaumbad bevorzugen würden.

Ich spiele in Robbies Leben keine Rolle mehr, dachte ich und seufzte. Ich war jeden Tag weg, und er war mit anderen Menschen zusammen: Er lernte von ihnen, verbrachte Zeit mit ihnen, veränderte sich. Als ich ihn später badete, wurde mir klar, dass es nicht so sehr auf die Qualität als auf die Quantität der Zeit ankommt, die man miteinander verbringt. Wir waren schlichtweg zu selten zusammen. Wie Jeremys Mutter hatte ich mich aus seinem Leben zurückgezogen.

»Ach, Quatsch!« sagte Chas nach der Gutenachtgeschichte und unserer Familienumarmung. »Jede Mutter macht das durch. Das ist ganz normal. Du bist eine wunderbare Mum, und Robbie vergöttert dich. Du bist bloß erschöpft. Jetzt ist Freitag und du hast zwei ganze Tage mit Robbie vor dir.«

Am nächsten Morgen ging Chas ins Atelier, und Robbie und ich machten Pfannkuchen und eine gewaltige Unordnung. Er saß kerzengerade auf der Küchenbank (ein Geschirrtuch steckte in seinem »Ich-bin-leicht-abzulenken«-T-Shirt) und schlug drei Eier an einer Glasschüssel auf. Das erste landete auf dem Boden, aber das letzte öffnete Robbie mit der Grazie eines echten Fernsehkochs – ein präziser Schlag aus dem rechten Handgelenk, die linke Hand nähert sich zur Zerteilung, ein schneller Aufwärtsruck, und voilà: ein perfektes, schalenloses Ei in einer Schüssel! Zur Feier des Tages sangen wir ein selbstgemachtes Lied – etwas wie »Donald-Eierknacker sind die besten Eierknacker auf der Welt«. Es war toll.

Danach gingen wir in den Park und warfen den Enten verbrannte Pfannkuchenstücke zu. Dann gingen wir ins Verkehrsmuseum, und ich schaute zu, wie Robbie von der Straßenbahn zum Bus zum Fahrrad zum Auto zur historischen-Straßenszene-mit-zeitgenössischer-Untergrundbahn-Station lief. Es war ein famoser Tag voller Spaß und Gelächter. Zur Schlafenszeit fragte ich Robbie, was ihm am meisten gefallen habe, und er sagte: »Alles, Mami.« Dann umarmte er mich so fest, dass ich vor Glück am liebsten geweint hätte.

16

Nach seiner ersten Befragung durch Krissie Donald war Jeremy in seine Zelle zurückgekehrt und hatte überrascht festgestellt, dass der Wärter, der ihn begleitet hatte, seine Zellentür nicht abschloss.

Er ging zu seiner Pritsche, um darüber nachzudenken, was er mit Krissie besprochen hatte – seine Liebe zu Amanda, wie sehr er sie vermisste, dass er sie nie wiedersehen konnte. Die Sozialarbeiterin hatte ihm angeboten, bei einem Besuch dabei zu sein, falls ihm das die Sache erleichtern würde, aber er hatte abgelehnt. Er konnte Amanda einfach nicht sehen, punktum. Es war zu schwierig.

Während er nachgedacht hatte, war ein unbeaufsichtigter Gefangener in seiner Zellentür erschienen: vernarbt, furchteinflößend, breit wie ein Schrank. Er war Jeremy schon früher aufgefallen – im Innenhof, auch im Besuchsbereich für Offizielle. Vorhin hatte er in dem Befragungsraum auf der anderen Seite des Ganges gesessen und Jeremy lange angeschaut – leise lächelnd, mit den furchteinflößenden Augen eines Rudelführers.

Jeremy setzte sich auf, in seinem Kopf hämmerte es. Was würde jetzt geschehen? Würde ihn der Kleiderschrank vergewaltigen? Würde Billy ihn festhalten, während der andere ihm seinen dreckigen Schwanz in den Hintern schob? Oder andersherum? Oder beides?

Er schaute dem großen Gefangenen über die Schulter. Auf dem Treppenabsatz stand ein Wächter, aber der zwinkerte bloß. O Gott, beide plus Wache, alle drei. Scheiße, Mann. Scheiße.

»Billy hier kennt deine kleine Freundin«, sagte der Kleiderschrank. Er hatte immer noch das Psychopathengrinsen im Gesicht.

»Was?« fragte Jeremy und versuchte, seine Panik zu bezwingen.

»Deine Freundin vom Sozialamt, Krissie Donald.«

»Ach ja?« Jeremy fiel nichts weiter zu sagen ein. Wie sich herausstellte, war das auch nicht nötig, denn jemand anders hatte seine Rolle in diesem Drehbuch schon geschrieben.

»Billy hier hat mit ihrem Freund vor ein paar Jahren in der Küche gearbeitet. Stimmt's, Billy?«

Billy antwortete nicht.

»Billy sagt, dass der Typ überall in seiner Zelle Fotos von ihr gehabt hat. War richtig verliebt, Billy, hab ich recht? Billy ist immer noch sein Freund. Stimmt's, Billy?«

Billy hatte immer noch nichts zu sagen.

»He, Billy! Ihr seid immer noch Kumpel, oder?«

»Ja«, lautete die verschüchterte Antwort.

»Weiß alles über ihn, wo er wohnt, und so. Also auch, wo sie wohnt. Ich schätze mal, diese Freundschaft könnte bald ganz nützlich werden.«

Billy sah von seiner oberen Pritsche zu, wie der Kleiderschrank Jeremy in Bauch, Kopf, Beine, Arme trat. Er rührte sich nicht.

Jeremy erinnerte sich an das Gefühl von Faustschlägen, die auf sein Gesicht, seine Knie, seine Eier niederprasselten. Er hatte sein letztes Stündlein schlagen hören, und es hätte vermutlich auch geschlagen, wenn er nicht ›Ja‹ gesagt hätte.

Ja, er habe verstanden, dass sie nur flüchtig durchsucht werde.

Ja, Billy würde bestimmt bald herauskommen.

Ja, er würde sie dazu bringen, den Stoff in den Knast zu schmuggeln.

Ja, wenn nicht, würde der nächste Besuch nicht so angenehm ausfallen.

Jeremy sah Krissie während der gesamten zweiten Befragung an und dachte über ihre familiären Verhältnisse nach. Sie hatte ihm von ihrem Sohn erzählt. Sie hatte ihm gesagt, dass auch sie in jemanden verliebt sei und verstehe, wie schwierig es für ihn sein müsse. Es war klar, dass sie nett und naiv war und dass es in ihrem Leben Liebe und Hoffnung gab.

Und weil er es nicht fertigbrachte, verließ er den Raum.

Aber danach waren es nicht nur Prügel. Es war genauso schlimm wie in seinen wildesten Vorstellungen.

Doch das Schlimmste war nicht der Schmerz oder dass man ihn festhielt oder dass man einen Portionsbecher Flora-Light-Margarine vom Mittagessen auf seinem Weißbrot verstrich, während sein Mund mit einer alten Socke geknebelt war. Das Schlimmste und Schrecklichste war, dass Jeremy mittendrin eine Erektion bekam. Wann immer Jeremy an sein zwanzigminütiges Martyrium dachte (und er wachte oft schweißgebadet mit dieser Erinnerung auf), dann war es dieses Detail, das ihn wütender als alles andere machte. Während er von einem hässlichen, stinkenden, gefährlichen Kerl brutal vergewaltigt worden war (und ein krimineller Junkie von der oberen Pritsche aus zugesehen hatte), hatte er irgendwie einen Steifen bekommen.

17

Etwas war anders, als Jeremy zur dritten Befragung in den Besuchsraum kam.

»Sie sehen etwas besser aus«, log ich. Er hatte frische Prellungen und wirkte wie ein gebrochener Mann.

»Danke«, sagte er und ließ sich vorsichtig auf seinen Stuhl nieder.

Ich entschied mich, ihm wegen der Prellungen nicht weiter zuzusetzen. Es war sinnlos. Sobald er dazu bereit war, würde er mit jemandem darüber sprechen. Stattdessen verbrachte ich die nächsten zwanzig Minuten mit der ›abschließenden Befragung‹. Dazu gehörte, dass ich meinen bisherigen Bericht durchging und, wo nötig, Änderungen vornahm. Mir gefiel das ganz und gar nicht, aber er hatte ein Recht zu hören, was ich über ihn geschrieben hatte. Ich stellte mir vor, wie ich mich fühlen würde, wenn mir jemand seine Version meiner Lebensgeschichte vorläse. Angekotzt ohne Ende – das wär's, wie ich mich fühlen würde. Aber völlige Offenheit war das einzig Richtige, und so kämpfte ich mich durch meinen Text, nachdem ich Jeremy gebeten hatte, mich zu unterbrechen, falls bei ihm irgendwelche Fragen oder Probleme auftauchten.

1. *Angaben zur Familie:*
Amanda Kelly, Ehefrau, Nageldesignerin
Richard Bagshaw, Vater, Steuerberater (kein Kontakt, seit Befragter 4 Jahre alt)
Anne Bagshaw, Mutter, Rechtsanwältin (kein Kontakt, seit Befragter 16 Jahre alt)

2. *Einkommen:*
120 000 £ p. a.: selbstständiger Immobilienentwickler.

3. *Persönliche Lebensumstände:*
Jeremy Bagshaw ist Einzelkind. Er wuchs in Oxford, England, auf. Seine Eltern ließen sich nach einem schrecklichen Unfall scheiden, den der Befragte im Alter von vier Jahren verursachte. Er hatte seine drei Wochen alte Schwester getötet, indem er sie in einen Wäschetrockner legte, um sie am Weinen zu hindern. Der Befragte ist der Ansicht, dass dies die Beziehung zu beiden Elternteilen nachhaltig beeinflusst hat. Der Vater verließ das Elternhaus kurze Zeit später und hatte seitdem keinen Kontakt mehr mit dem Befragten. Nach Mr. Bagshaws Kenntnis heiratete sein Vater erneut und ist nach Kanada verzogen. Die Mutter schickte den Sohn im Alter von neun Jahren auf ein Internat. Sie hatte während der Internatszeit nur wenig Kontakt mit ihm; in den Ferien schickte sie ihn in Ferienlager. Nach dem Schulabschluss hatte sie überhaupt keinen Kontakt mehr zu ihm. Mr. Bagshaw glaubt, dass es für seine Mutter sehr schwierig sei, ihn zu sehen, da sie dies an den schrecklichen, von ihm verschuldeten Verlust erinnere. Er bereut seine Tat sehr. Die von Dr. McQuillan, Oxford, zur Verfügung gestellten psychiatrischen und psychologischen Gutachten (siehe Anhang) konstatieren Bettnässen im Alter von vier Jahren. Jedoch habe der Befragte keine der weiteren Anzeichen einer beginnenden Persönlichkeitsstörung gezeigt. Allerdings äußerte der Psychiater die Ansicht, dass es schwierig sei, bei einer so jungen Person zu sicheren Schlussfolgerungen zu gelangen.
Mr. Bagshaws Verhalten scheint nach dem Alter von vier Jahren keinen Anlass zu Sorge gegeben zu haben. Aufgrund seiner hohen Intelligenz beendete er die Schule mit außerordentlich guten Ergebnissen. Er hat danach einen naturwissenschaftlichen Abschluss der Universität Oxford und später einen Abschluss in Betriebswirtschaftslehre an der Universität London erworben.
Der Befragte hat nach seinem Studienabschluss bei PPC Jams gearbeitet und dann seine eigene Firma im Bereich Immobilienentwicklung gegründet. Seine Firma ist erfolgreich und beschäftigt drei weitere Personen.
Mr. Bagshaw ist weder vorbestraft noch anderweitig auffällig geworden. Er befindet sich in guter körperlicher Verfassung und ist

seelisch stabil. Der Befragte trinkt in Maßen, und wenngleich er gelegentlich Cannabis und Ecstasy zur Entspannung konsumiert hat, war er nie drogenabhänging.

Mr. Bagshaw zufolge hält seine Frau sich gegenwärtig bei ihren Eltern in Glasgow auf und arbeitet im *Pine Tree Unisex Salon* in Newton Mearns. Er findet die Vorstellung, dass sie ihn besucht, gegenwärtig problematisch. Sollte er für nicht schuldig befunden werden, beabsichtigt er, »es langsam angehen zu lassen«.

Ich wollte Jeremy gerade die Schlussbemerkung vorlesen – dass er wisse, dass im Fall eines Schuldspruches eine lebenslange Freiheitsstrafe die einzige dem Gericht zur Verfügung stehende Möglichkeit sei, und dass er dieses Urteil meiner Meinung nach sehr problematisch finden werde, aber allem Anschein nach keine Probleme wie Autoaggressionen oder Selbstmord zu erwarten seien –, als Jeremy plötzlich die Hand ausstreckte.

Er versetzte der Hand, in der ich das Gutachten hielt, einen leichten Schlag, sodass sie auf den Tisch sank.

»Was tun Sie da?« fragte ich, plötzlich verängstigt. Seine Hand lag immer noch auf meiner.

Jeremy sah über meine Schulter, um festzustellen, ob jemand uns beobachtete. Dann beugte er sich zu mir vor, und der Ausdruck des Entsetzens in seinem Gesicht ließ mich frösteln. Als er sprach, war es fast ein Flüstern.

»Ich bin in Gefahr«, sagte er.

»Bitte?«

»Ich bin in Gefahr.« Diesmal sogar noch leiser.

»Um was geht es?«

Aber er weinte so heftig, dass er die Worte nicht herausbrachte. Ehe ich wusste, was ich tat, befand ich mich auch schon auf der anderen Seite des Tisches. Ohne auch nur einen Gedanken an meine professionelle Distanz zu verschwenden (oder daran, dass er mich für ein Weichei halten könne), hatte ich meinen Arm um ihn gelegt.

»Ist ja gut, ist ja gut. Erzählen Sie mir alles.«

»Bitte setzen Sie sich einfach wieder auf Ihren Stuhl. Wenn

ich Ihnen davon erzähle, könnte es wieder passieren ... oder etwas noch Schlimmeres.«

»Erzählen Sie mir, was hier vor sich geht.«

»Ich kann nicht, Krissie. Ich bin in Gefahr, verstehen Sie? Wir sind *beide* in Gefahr.«

18

Was zum Teufel hatte Jeremy damit gemeint, dass wir beide in Gefahr seien? Kaum dass er damit herausgeplatzt war, war er aus dem Befragungsraum gestürzt und hatte mich verwirrt und besorgt zurückgelassen. Da ich dringend Rat brauchte, fuhr ich schleunigst zurück ins Büro. Aber als ich dort ankam, machte Danny gerade Hausbesuche. Robert war im Gefängnis in Shotts, Penny verschob Aktenberge auf ihrem Schreibtisch (und war sowieso der letzte Mensch, mit dem ich reden wollte), meine Chefin war immer noch krankgeschrieben, und der Chef meiner Chefin nahm gerade an einer Verwaltungskonferenz mit seinem Chef und der Polizei teil.

Ich hasse es, die Neue zu sein. Den ganzen Tag lang tut man so, als ob man das Zeug lesen würde, das einem gegeben wird, trifft Leute, die man gleich wieder vergisst, fragt sich, wie man am besten einen funktionstüchtigen Tacker ergattert. Auf allen vier Etagen meines Bürogebäudes saßen die Leute (Raucher ausgenommen) wie Kaninchen in ihren Abteilungen: Manchmal hüpfte einer raus, um etwas einzusammeln, aber ansonsten überwinterten sie in ihren elenden dunklen Löchern. Sekretärinnen waren in Wahrheit verkappte Spione, die (unter anderem) die Überbeanspruchung von Tackern prüften und sich Notizen machten. Chefs waren respekteinflößende Riesen hinter verschlossenen Türen und vor allem in Krisenzeiten nur selten ansprechbar. Niemand sollte sie mit denen von uns verwechseln, die die Arbeit erledigten (Gefängnisse, Krankenhäuser und Wohnungen aufsuchen) und deren Namen in der Zeitung stehen würden, wenn etwas schiefginge.

Ich entschloss mich zu warten, bis der Chef meiner Chefin –

er hieß dem Vernehmen nach Peter McDonald – aus seiner Besprechung käme. Ich wollte ihm erzählen, was Jeremy gesagt hatte, um dann gemeinsam mit ihm über das weitere Vorgehen zu entscheiden.

Besorgt und beunruhigt setzte ich mich an meinen Schreibtisch und rief im Sekretariat an, um eine Nachricht für ihn zu hinterlassen. Ich hoffte, dass er mich zurückrufen und mir den Rat und die Unterstützung gewähren würde, die ich so dringend brauchte.

»Woher haben Sie diese Nummer?« fragte eine anklagende Stimme.

»Sie steht auf meiner Telefonliste, als Nummer des Sekretariats.«

»Nun, hier ist der Empfang.«

»Oh, verstehe. Sie sollten vielleicht die Telefonliste ändern.«

»Streichen Sie die Nummer einfach durch.«

»Aber andere Leute könnten denselben Fehler machen.«

»Vor Ihnen hat noch nie jemand diese Nummer mit dem Sekretariat verwechselt.«

So ging es weiter, bis die Frau am anderen Ende der Leitung – offenkundig vom Empfang und nicht vom Sekretariat – einfach auflegte.

Ich entschloss mich, eine Kippe zu schnorren, ins Sekretariat zu gehen und persönlich nachzufragen.

»Können Sie mir Bescheid sagen, wenn Peter McDonald aus seinem Meeting zum Risiko-Management kommt? Ich muss ihn dringend sprechen.«

»Um was geht es?«

»Das würde ich gern persönlich mit ihm besprechen.«

»Welche Durchwahl haben Sie?«

»Das weiß ich nicht aus dem Kopf. Wahrscheinlich etwas mit einer 3 und einer 1.«

»Wenn Sie Ihre Durchwahl nicht kennen, wie soll ich Sie dann anrufen, um Ihnen Bescheid zu geben, wenn er aus seinem Meeting zum Risiko-Management kommt?« Sie äffte mich absichtlich Wort für Wort nach.

»Ich heiße Krissie Donald. Hilary Sweeneys Team. Warum schauen Sie nicht auf Ihrer Liste nach?«

»Weil ich sehr beschäftigt bin.«

Als ich wieder an meinem Schreibtisch saß und wartete, klingelte Dannys Telefon. Ich ging dran. Was dann geschah, lehrte mich, dass ich einen großen Fehler begangen hatte: Sozialarbeiter sollten niemals an die Apparate ihrer Kollegen gehen.

Es war einer von Dannys Bewährungsleuten, ein Mittfünfziger namens Chris Campbell, und ein Alkoholiker. Er wolle sich dafür entschuldigen, dass er sein Anti-Aggressionstraining verpasst habe.

»Er wird mich doch nicht einfach abschießen, jetzt, wo ich angerufen hab und alles, oder?«

»Warum haben Sie das Training verpasst?« fragte ich.

»Irgendein Scheißkerl hat mich drüben in Green blöd angeglotzt.«

»Sie haben sich an einer Schlägerei beteiligt?«

»Er hat mich blöd angeglotzt.«

»Okay, ich schreibe einfach Ihre Nachricht für Danny auf: ›Chris Campbell hat angerufen, um zu sagen, dass er sein Anti-Aggressionstraining verpasst hat, weil er in Glasgow Green mit einer Schlägerei beschäftigt war‹.«

Er schrie mich eine Weile an – Sozialarbeiter seien allesamt Arschlöcher und so weiter –, und während er noch zeterte, klingelte mein Telefon. Ich konnte nicht einfach auflegen und an meinen Apparat gehen, denn jetzt hatte er zu weinen begonnen. Er war in Wahrheit das Arschloch, richtig? Ein Arschloch und das Allerletzte, und vielleicht sollte er einfach Schluss mit allem machen.

Nachdem mein Apparat dreimal vergeblich angeklingelt worden war, versprach ich, die Nachricht ein wenig zu modifizieren: »Danny, Chris Campbell hat angerufen. Sagt, dass es ihm nicht gutgeht und er gleich morgen früh vorbeikommt.«

Ich rief sofort im Sekretariat an, wo man mir sagte, dass der Chef meiner Chefin und dessen Chef nach ihrem Meeting das Haus verlassen hatten.

Scheiße.

»Ich hatte Sie doch gebeten, das zu verhindern!«, sagte ich, nachdem ich ins Sekretariat zurückgerast war.

»Ich habe Sie dreimal angerufen. Ihre Nummer ist übrigens die 3153«, sagte sie.

In der guten, alten Zeit, als ich noch nicht über die Reife und Weisheit verfügt hatte, die aus Mutterschaft und wahrer Liebe erwachsen, hätte ich die Schlampe am Kragen gepackt und geschüttelt. Oder zumindest eine schneidende und geistreiche Bemerkung über ihr Köpergewicht gemacht. Aber ich hatte mich weiterentwickelt. Selbst ein Mörder aus Europas gefährlichstem Gefängnis hatte mir Geheimnisse anvertraut, die er besser für sich behalten hätte. Und so sagte ich nur: »Stimmt, das haben Sie.« Dann setzte ich mich auf einen Stuhl neben ihr, um der Rückkehr des Chefinnenchefs zu harren.

Ich wartete zwei Stunden lang neben der Sekretärin, die währenddessen unbehaglich mit ihren Stiften herumspielte. Von Zeit zu Zeit ging sie ans Telefon und war unglaublich freundlich zu allen Anrufern. Sie verlieh ihrer Meinung Nachdruck. Mit Nachdruck.

Sozialarbeiter, die in Kinderschutzbelangen ein und aus eilten, griffen sich im Vorübergehen Kindersitze von einem Stapel, der gegenüber dem Fotokopierer stand. In den Befragungsräumen hörte man Frauen und Männer brüllen – sie brüllten sich gegenseitig an, und sie brüllten ihre Betreuer an. Sekretärinnen gingen an ihre Telefone und unterhielten sich miteinander über das Wochenende. In der Zwischenzeit wartete ich.

Und wartete.

Aber der Chefinnenchef und sein Chef kehrten nicht mehr zurück, und schließlich saß ich allein in dem geschlossenen Büro. Als ich ging, wurde es dunkel. Jemand hatte ›Fuck You‹ auf die Motorhaube meines Autos gekratzt.

Ich musste nach Hause fahren. Ich musste mit Chas sprechen. Er würde dafür sorgen, dass ich mich besser fühlte. Er würde mir sagen, was zu tun sei. Er würde mich in den Arm nehmen.

»Wo zum Teufel bist du gewesen?« Er sprach mich an, ehe ich Gelegenheit gehabt hatte, im Badezimmer meinen Tabakmief loszuwerden.

»Dir auch einen guten Abend.«

»Ich habe dir doch gesagt, dass ich um sieben ins Atelier muss!«

»Oh Gott!« Ich konnte nicht fassen, dass ich das vergessen hatte. Chas blieben nur noch wenige Tage, um die Ausstellung vorzubereiten, von der so vieles abhing.

»Ist das die Art, wie es künftig ablaufen soll? Robbie schläft. Du hast ihn seit acht Uhr nicht mehr gesehen, und du kommst hier zwölf Stunden später herein, ohne dich auch nur zu entschuldigen!«

Er zog seinen Mantel an, als Kampf Nummer zwei begann.

»Tut mir leid, Chas, bitte hör mir zu. Ich hatte einen absolut schlimmen Tag –«

Aber er war schon zur Tür hinaus, die Atelierschlüssel in der Hand.

Er würde so lange weg sein, wie er brauchte, um sich zu beruhigen, und er würde malen, was immer er dazu malen musste.

Ich blieb allein mit meinem Problem zurück. Ich spähte ins Kinderzimmer, wo Robbie mit in die Luft gerecktem Popo schlief. Sein leicht geöffneter Mund ruhte auf dem Kissen, und seine langen Wimpern bogen sich in Richtung der Augenbrauen. Mein Junge.

Nachdem ich wieder einmal eine Pizza in die Tonne geworfen hatte, erinnerte ich mich an mein vorschwangerschaftliches Kippenversteck. Ich hatte sie immer in einem Plastikbehälter über einem Hängeschrank in der Küche gebunkert. Jetzt rauchte ich alle sieben hintereinander auf, alt und eklig, wie sie waren, und dann lag ich die ganze Nacht lang wach, nickte kurz ein, schreckte wieder hoch und fragte mich, ob ich eingenickt und wieder hochgeschreckt sei oder einfach die ganze Nacht lang wachgelegen hätte. Chas kam nicht nach Hause.

Am nächsten Morgen bekam Robbie meine schlechte Laune zu spüren. Wie ein Besessener suchte er Spielzeug zusammen, das er zum Verkaufen in den Kindergarten mitnehmen wollte. Ich hatte keine Ahnung, mit welchem Krempel er seinen »Thomas-die-kleine-Lokomotive«-Koffer vollstopfte. Er wollte sein Porridge nicht essen und weigerte sich, stillzustehen, während ich ihn anzog und ihm die Zähne putzte. Ich musste ihm die ganze Zeit mit hundert Stundenkilometern hinterherrennen, und meine Stimme nahm allmählich den Tonfall »Böse Hexe aus der Hölle« an. Jede Runde durch die Wohnung ließ mich erschöpfter zurück.

Zum ersten und letzten Mal in meinem Leben versetzte ich ihm einen leichten Klaps. Auf die Hand. Er blieb stocksteif stehen und sah mich mit enttäuschten Augen an, während er für das Geheul seines Lebens Luft holte.

Als ich ihn im Kindergarten abgab, fühlte ich mich nicht nur schrecklich, weil ich ihn dazu verdammte, den Tag mit jungen Kindergärtnerinnen zu verbringen, die ihn nicht liebten. Ich fühlte mich auch schrecklich, weil ich gerade meinem wehrlosen dreijährigen Liebling eine geklebt hatte.

19

Jeremy war tags zuvor hart mit sich ins Gericht gegangen, nachdem er von der Befragung zurückgekehrt war. Wie hatte er nur tun können, was er gerade getan hatte? Wie hatte er Krissie Angst machen können, indem er ihr sagte, dass sie in Gefahr sei? Er mochte sie. Sie war ehrlich und unvoreingenommen. Er hatte ihr keine Angst machen wollen.

Dies war der Tropfen, der das Fass zum Überlaufen brachte, und so bat er darum, einige Telefongespräche führen zu dürfen, ehe man ihn in seine Zelle zurückbrachte.

Er hatte Amandas Stimme seit seiner Verhaftung nicht mehr gehört. Das war in dem braunen Backsteingebäude einer Polizeiwache in Glasgow gewesen. Die vorletzte Begegnung war besser gewesen: Er hatte vor dem Haus in Crinan gestanden und ihr zum Abschied gewunken. Sie hatten beide Tränen in den Augen gehabt, weil sie sich nicht voneinander trennen wollten, und dennoch waren sie randvoll mit Liebe und Glück gewesen. Und hier stand er nun in einem viktorianischen Gefängnis und hörte ihre Stimme durch einen dreckstarrenden Telefonhörer. »Auf Wiedersehen, Amanda«, sagte er, während er sie in sich aufsog. »Ich will nur Auf Wiedersehen sagen.«

Der nächste Anruf fiel ihm schwerer.

»Es tut mir leid«, sagte er seiner Mutter, als sie endlich ans Telefon ging. »Ich rufe bloß an, um zu sagen, dass es mir leid tut. Für damals und für jetzt.«

Zuerst hatte sich Anne Bagshaw nicht gerührt, als das Telefon wieder und wieder klingte und sich der Anrufbeantworter mit weinerlichen, verzweifelten Betteleien füllte:

»Bitte sprich mit mir, bitte verzeih mir.«

»Mutti? Bitte heb ab ... Ich bin's, Jeremy. Ich hab das nicht gewollt.«

»Ich verdiene es, bestraft zu werden, und ich will auch bestraft werden, aber du sollst wissen, wie sehr ich dich liebe.«

»Du sollst wissen, dass ich dein Leben nicht zerstören wollte.«

»Bitte heb ab, lass mich deine Stimme hören, ehe ich Schluss mache. Du musst hören, wie leid es mir tut. Ich habe mit dieser Sozialarbeiterin gesprochen, Krissie heißt sie. Sie ist das beste Mädchen, das man sich vorstellen kann, und sie will mir helfen. Ich weiß, was zu tun ist. Selbst von hier drinnen kann ich die Sache in Ordnung bringen.«

Als sie die letzte Nachricht ihres Sohnes hörte, hatte Jeremys Mutter ihr Glas Gin abgestellt. Sprachlos und beschämt hatte sie den Hörer abgenommen und ihrem Sohn zugehört, und zum ersten Mal seit vierundzwanzig Jahren hatte sich ihr Blick verändert: Das Eis war an den Rändern geschmolzen und herabgetropft.

»Es tut mir leid«, hatte Jeremy gesagt. »Ich rufe bloß an, um zu sagen, dass es mir leid tut.«

Beide schwiegen einen Moment lang.

»Amanda ist ohne mich besser dran.«

»Jeremy?« fragte seine Mutter. »Ist mit dir alles in Ordnung?«

Aber er hatte schon aufgelegt. Sie starrte ausdruckslos vor sich hin und wusste, dass sie ihn nicht länger aus ihrem Leben ausblenden konnte. Es war an der Zeit, ihn zu besuchen, mit ihm zu sprechen, ihm vielleicht sogar zu verzeihen.

Einige Augenblicke später buchte Anne Bagshaw einen Flug nach Glasgow.

Einige weitere Augenblicke später ließ sich Jeremy auf dem Rückweg zu seiner Zelle über das Metallgeländer des Treppenabsatzes im zweiten Stock fallen.

Als er kurze Zeit später wieder zu Bewusstsein kam, ragte seine Nase durch den Maschendraht, und mehrere Wachen und Krankenpfleger standen unter ihm.

Sie legten eine Trage auf das Drahtgitter und schoben ihn darauf, und er war sich nicht sicher, ob er sich nicht bewegte, weil er es nicht konnte oder weil man es ihm gesagt hatte. Das Gefängnis wippte auf und ab, während er getragen wurde – nichts als Decken und Leuchten und besorgte Gesichter –, und stand still, als sie die Krankenstation erreicht hatten, ein Steingebäude zwischen seiner Halle und dem Trakt der Sozialarbeiter. Das Nächste, woran er sich erinnern konnte, waren fünf Personen, die um ihn herumstanden und Formulare ausfüllten.

»Wenn du es wirklich ernst gemeint hättest, Junge, dann wärst du von ganz oben gesprungen.«

Er war vom Treppenabsatz im zweiten Stock gesprungen, nur einen Stock über dem Netz. Deshalb tat ihm zwar alles weh, aber er hatte sich kaum verletzt.

Sie löcherten ihn mit Fragen, die im Grunde Anklagen waren:

Wollen Sie sich umbringen?

Haben Sie schon einmal versucht, sich umzubringen?

Haben Sie sich schon einmal eine Verletzung zugefügt?

Was sind das für Male auf ihrer Brust?

Meine Güte, dachte Jeremy, während die Formulare ausgefüllt wurden. Im Gefängnis wird man sogar dafür bestraft, dass man sich umbringen will – tu dies nicht, tu das nicht, du lächerliches Bürschchen, du Vollidiot, wir werden dich wegen dieser Sache beobachten, viermal stündlich.

Schließlich gingen die Uniformierten aus dem Raum, um sich untereinander zu besprechen. Jeremy blieb in einer Zelle zurück, die keine Selbstmörderzelle war und in der es folglich Betttücher, Holzpritschen und die üblichen Sachen gab.

20

Auf dem Weg zur Arbeit trat ich in das selbstreflexive Stadium des Rauchens ein: Der Raucher gesteht seine Sucht ein, indem er ein eigenes Päckchen erwirbt. Es war ein notwendiger Schritt, denn meine bis dahin netten Raucherkollegen hatten angefangen, Sachen wie »Ich hab nur noch zwei übrig« oder »Das war gerade meine Letzte« zu sagen.

Am Empfang händigte man mir einen Zettel mit einer telefonischen Nachricht aus: »Amanda anrufen. Es ist dringend.«

»Jeremy hat gestern versucht, sich umzubringen«, sagte Amanda, als ich sie aus dem Dienstraum im Empfangsbereich anrief. »Können Sie mich irgendwie zu ihm bringen? Ich will ihn sehen.«

Einige Anrufe später holte ich Amanda in ihrer Wohnung ab und fuhr mit ihr nach Sandhill.

In Sandhill hatten sechs Selbstmorde in ebensovielen Monaten stattgefunden. Das war sehr schlechte PR. Man hatte drastische Maßnahmen ergriffen, um zu vermeiden, dass das Planziel von drei Selbstmorden im Jahr weiterhin überschritten wurde. Aus diesem Grund hatte der Direktor uns den Zutritt zur ›Sui‹-Zelle gestattet. Amanda war die erste Verwandte, die Zutritt erhielt, seit 1998 während einer Geiselnahme eine Mutter hier gewesen war und ihrem Sohn gesagt hatte, er solle »das Mädchen SOFORT« freilassen. (Es hatte funktioniert.)

Die Zelle hatte zwar dieselbe Größe und Form wie alle anderen Zellen – zwei mal zweieinhalb Meter, cremefarben gestrichene Backsteinmauern (man hatte der Farbe irgendwelche Holzspäne beigemischt) und eine Gewölbedecke –, aber mit Ausnahme einer großen Uhr war sie vollkommen leer. Die Uhr tickte und tickte und tickte, und wer sich vorher nicht wirklich hatte umbringen wollen, der wollte es jetzt auf jeden Fall.

Tick Tick Tick Tick. Das war alles, was wir hörten, als wir in der Tür standen. Jeremy lag zusammengekauert in der Ecke. Er war vollkommen still und hielt sein Gesicht mit den Armen bedeckt. Er sah sehr klein aus.

Amanda machte einen verängstigten Eindruck. Sie erkannte ihn kaum wieder, und sie wusste nicht, was sie tun sollte. Ich schob ihren Arm sanft in seine Richtung, und sie bewegte sich in seine Ecke des Rings.

Langsam kauerte sie bei ihm nieder. Er rührte sich nicht. Sie kniete sich auf den Boden. Sie drückte langsam ihren Kopf an seinen Hals und stupste ihn sanft mit der Nase, und er stöhnte auf. Sie umschlang ihn mit den Armen, umschloss ihn ganz und gar, und dann sackten die beiden zu Boden und umklammerten einander heulend. Sie konnten sich nicht nah genug sein.

»Ich kann dich nicht anschauen«, sagte Jeremy. »Ich habe dein Leben zerstört. Ich zerstöre alles.«

»Du hast gar nichts zerstört«, sagte Amanda. »Du hast mein Leben erst lebenswert gemacht. Wir werden diese Sache gemeinsam durchstehen.«

Ich war den Tränen nahe, als ich ihnen zusah – sie versuchte, ihm in die Augen zu schauen, er war zu erschüttert, um es zuzulassen –, und ich hätte sie in ihrer Vertrautheit gern alleingelassen und wäre aus dem Raum gegangen. Aber das durfte ich nicht, und so blieb ich, während Amanda mit ihm sprach. Er könne sie nicht verlassen. Sie brauche ihn. Der Prozess habe noch nicht einmal begonnen. Er würde freikommen. Es würde ihnen immer noch gut gehen. Sie würden ihre Flitterwochen nachholen. Er dürfe nirgendwo hingehen, nicht ohne sie, nicht ohne sie.

Nach ungefähr vierzig Minuten wurde Amanda zum Gehen aufgefordert, und ich saß eine Zeitlang bei ihm.

»Sie werden diese Geschichte überleben«, sagte ich. »Sie können gar nicht anders. Sehen Sie, wie sehr sie Sie liebt?«

»Ich habe diese Frau nicht umgebracht. Aber ich habe meine kleine Schwester umgebracht. Ich verdiene das alles.«

»Sie müssen sich selbst verzeihen«, sagte ich. Ich wusste, dass er niemals mit der Gegenwart klarkommen würde, solange er sich nicht seiner Vergangenheit stellte.

»Aber wie?« fragte er.

Ich war ratlos. Wie verzeiht man sich selbst?

Musste ihm zuerst jemand anders verzeihen?

Sein Vater, der sich kurz nach Bellas Tod aus dem Staub gemacht und in Kanada ein neues Leben angefangen hatte?

Seine Mutter, die sich weigerte, ihn zu sehen, sogar mit ihm zu sprechen, und die vermutlich die Polizei anlog, damit man ihn wegsperrte und sie ihn nie wieder sehen musste?

In Ermangelung anderer Ratschläge fragte ich ihn zu meiner eigenen Verblüffung: »Sind Sie religiös?«

»Ich bin katholisch getauft worden, aber nach dem Begräbnis sind wir nicht mehr in die Messe gegangen.«

»Vielleicht sollten Sie den Priester aufsuchen«, schlug ich vor. Ausgerechnet ich, die schlechteste Katholikin der Welt. Einmal hatte ich zwanzig Pence aus der Kollekte geklaut. Während der Predigten hatte ich die Arme fest verschränkt und Geoffrey McTavish in den Arm gekniffen, bis der geweint hatte. Als Teenager hatte ich mir Geschichten ausgedacht (*Vergeben Sie mir, Pater, denn ich habe Shane O'Dowds Penis berührt, hinter dem Schuppen auf dem Tennisplatz*), nur um zu hören, wie sich Pater O'Hair in seinem kleinen Verschlag verschluckte.

»Ich kümmere mich drum«, sagte ich.

Ich ließ Jeremy in seiner schrecklichen ›Sui‹-Zelle zurück und ging hinüber in den Besuchsbereich, wo ich einen Termin mit James Marney hatte.

»Ich werde Ihre Aufsichtsbeamtin sein«, sagte ich und versuchte mit Macht, das flaue Gefühl im Magen zu unterdrücken.

Okay, es war Teil meines Berufes, seine Kinder zu schützen, und das hatte ich bislang gut gemacht. Aber bis ich mit Hilary sprechen konnte, war es auch Teil meines Berufs, ihm zu helfen, ein gesetzestreuer Bürger zu werden. Um das tun zu können, musste ich wissen, was für ein Mensch er war – abgesehen von seinem Verbrechen. Ich musste ihn kennenlernen. Ich verbannte meine Vergangenheit so weit wie möglich aus meinen Gedanken und fuhrt fort:

»Der Bewährungsausschuss hat mich gebeten, eine neue Unterkunft für Sie zu finden. Falls diese angemessen ist, bleibt es bei Ihrem anberaumten Entlassungstermin. Ich werde mit der Polizei, dem Wohnungsamt und den Leuten vom Kinderschutz zusammenarbeiten, um eine Wohnung für Sie zu bekommen. Sobald Sie entlassen worden sind, werde ich Ihnen regelmäßig Besuche abstatten. Ich werde mit Ihnen zusammenarbeiten und Ihnen dabei helfen, nicht wieder straffällig zu werden. Am besten ist es, wenn wir ganz offen miteinander reden können. Sie müssen also mir gegenüber ehrlich sein. Der Kinderschutz wird die Situation Ihrer Kinder beurteilen. Wenn man dort den Eindruck gewinnt, dass Ihre Eltern die Kinder nicht ausreichend schützen können, müssen eventuell weitere Maßnahmen ergriffen werden, um die Sicherheit der Kinder zu gewährleisten. Wir müssen in dieser Sache kooperieren.«

Er hatte sich seit der Fallbesprechung offensichtlich entschlossen, einen neuen Kurs zu fahren. Er starrte mich an, durch mich hindurch, und schwieg standhaft. Als ich ihm in die Augen schaute, versuchte ich, mir nicht vorzustellen, wie er sich Hardcore-Pornos ansah und seine Söhne aufforderte, seinen Penis anzufassen. Ich versuchte, mir nicht vorzustellen, wie Sarahs Stiefvater die Tür zum Bad abschloss, und nicht zu hören, wie Sarah drinnen klopfte und weinte, während ich tat, was man mir gesagt hatte.

»James?« wiederholte ich, aber er antwortete nicht. Er hasste mich aus tiefstem Herzen.

Trotz meiner Bemühungen beruhte das Gefühl auf Gegenseitigkeit.

Ich schlug vor, dass er in seine Zelle zurückgehen und darüber nachdenken solle, ob er überhaupt entlassen werden wolle. Dann ging ich hinüber zu den Sozialarbeitern. Ihr Trakt war in der Mitte des Gefängnisses in einem separaten Gebäude untergebracht, das wie ein abgewirtschaftetes Landhaus aussah. Drinnen wimmelte es von geschwätzigen Verwaltungsleuten und einem erlesenen Sortiment durchgeknallter Sozialarbeiter, die – anscheinend ohne jedes Schamgefühl – ausgedehnte Zeitspannen mit Nichtstun füllten.

Nachdem mir die freundliche Frau am Empfang Kekse und Pralinen angeboten hatte, machte ich die Beamtin ausfindig, die für die Unterbringung entlassener Strafgefangener zuständig war und für den liebreizenden James Marney eine Zweizimmer-Sozialwohnung aufgetrieben hatte. Die Polizei würde die Wohnung überprüfen und mich wissen lassen, ob sie angemessen sei. Dann bat ich darum, Bob zu sehen, den Sozialarbeiter des Gefängnisses, der bei der Fallbesprechung dabei gewesen war. Sein Büro befand sich unter dem Dach. Aus dem Radio drang klassische Musik, und auf einem Tisch in der Ecke lag ein beachtliches Sortiment von Lebensmitteln, fast wie in einem Geschäft. Bob saß an seinem Schreibtisch und genoss die Vorzüge eines ordentlichen Büroschlafes. Er wachte vom Geräusch der sich schließenden Tür auf – »Guten Morgen, Miss Donald!« – und bot mir etwas von dem türkischen Konfekt an, das er während eines zweiwöchigen Urlaubs in Istanbul gekauft hatte. Dann drückte er mir eine Einladung zum nächsten Treffen der betriebseigenen Lesegruppe im Beer Café in die Hand. Bob sagte mir, dass Jeremy Bagshaw nach unserem letzten Termin einige Telefonate geführt habe. Dann habe er sich vom Treppenabsatz im zweiten Stock gestürzt. Weil ein Netz den Sturz auf Höhe des ersten Stocks abgefangen habe, sagte Bob, habe Jeremy keine ernsthaften Verletzungen davongetragen. Aber als man ihn für fünf Minuten in der Krankenabteilung alleingelassen habe, habe er sich seine Hemdsärmel um den Hals geknotet, den Rest seines Hemdes zerrissen und um die Beine des Bettes geschlungen und die nächsten vier Minuten mit dem Versuch verbracht, sich zu strangulieren (zum Erhängen habe es an Höhe gefehlt). Er habe lange und entschlossen in Gegenrichtung des Bettes Zug ausgeübt – ziehen,

ziehen, Kopf vom Bett weg, weg –, bis die Luft knapp wurde und dann völlig wegblieb. Ich fragte mich, wie jemand so etwas fertigbringen konnte. Ich verstehe ja, wie man von einem Hochhaus springen oder einen Stuhl wegtreten kann, wenn das die eine, schnelle und unwiderrufliche Bewegung ist, die jede Umkehr ausschließt. Aber wie man die ganze Zeit eine körperliche Anstrengung aufrechterhalten kann, wenn man nur seine Meinung ändern muss, um weiterzuleben, ist mir unbegreiflich.

Es habe nicht funktioniert, sagte Bob, weil die Uniformierten im Flur der Krankenstation ihre Formulare weggelegt hätten und zurückgekehrt seien.

Bob beendete eine Partie Mini-Basketball (er hatte einen Korb über seiner Bürotür angebracht) und führte mich zum Dienstzimmer des Kaplans.

Pater Moscardini war schottisch-italienischer Abstammung und ein gut aussehender Mann um die vierzig. Er trug sorgfältig gebügelte Kleidung, bot einen gepflegten Anblick und hatte stets ein Lächeln auf den Lippen. Sein winziges Dienstzimmer war mit Kochbüchern und Biografien vollgestopft. Das Radio lief. Pater Moscardini hatte nichts von Pater O'Hair an sich, und wie die anderen, unglücklich wirkenden Priester meiner Kindheit alle hießen. Er liebte seinen Beruf und fand es sehr befriedigend, Männern Trost zu spenden, die an einem Tiefpunkt ihres Lebens angekommen waren. Soeben hatte er einen Häftling in der Gefängniskapelle getraut.

»Sie schienen sich sehr zu lieben«, sagte der Priester. »Es war sehr bewegend.«

»Ich möchte mit Ihnen über Jeremy Bagshaw sprechen«, sagte ich und erläuterte Jeremys Situation und seine tragische Vergangenheit. »Er hat Schwierigkeiten, sich jemandem anzuvertrauen.«

»Er muss keine Angst haben«, sagte Pater Moscardini. »Ich werde ihn heute Nachmittag besuchen.«

21

Seltsame Dinge widerfuhren mir. Alles hatte ganz unschuldig angefangen, mit einer als Maniküre getarnten Befragung. Aber dann hatte die Sache ein Eigenleben gewonnen, und jetzt ertappte ich mich bei allerlei klischeehaftem Weiberkram: Parfüm kaufen zum Beispiel, und in einer Boutique für Hochzeitskleider herumstöbern, vor der ich versehentlich geparkt hatte.

»Wann ist denn der große Tag?« fragte mich die Verkäuferin bei Guiseppina Botti.

Ich entgegnete, dass das Datum noch nicht feststehe. Selbst wenn, würde ich vermutlich einen preiswerten Hosenanzug kaufen, den ich später auch zu anderen Gelegenheiten tragen könne. Hatte ich das laut gesagt? Wenn ja, dann hatte die Verkäuferin mir nicht zugehört – sie war viel zu sehr damit beschäftigt, meine Größe festzustellen.

Ich hatte überhaupt nur ein einziges Mal in meinem Leben ein Kleid getragen, und das war kein angenehmer Anlass gewesen. Ich hatte den ganzen Abend lang finster dreingeschaut und inständig gebetet, nicht zum Notausgang laufen zu müssen. Kleider waren einfach absurd, und dennoch brachten mich die weißen Prachtstücke, die ich gerade anprobierte, zum Erröten. Vor allem ein Kleid aus Rohseide löste beim Anfassen eine Erregung in mir aus, die ich erst in letzter Zeit richtig zu verstehen gelernt hatte.

Ich probierte so einiges an, aber schließlich war es das eng anliegende Meerjungfrauenkleid mit V-Ausschnitt, vertikalen Posamentierarbeiten und blumenbesticktem Oberteil, das so laut »Kauf mich!« schrie, dass ich die 1320 £ dafür mit meiner Visa-Karte bezahlte. Ich würde es natürlich zurückbringen.

Aber ich konnte einfach nicht der Versuchung widerstehen, es mit nach Hause zu nehmen. Es war ja nur für ein paar Tage.

Warum tat ich das? Etwas sehr Seltsames widerfuhr mir gerade. Vielleicht lag es an dem Kaplan, der mich an die lange verdrängte Welt der Rituale erinnert hatte, oder an den beiden tragischen Neuvermählten, oder daran, dass ich mit Chas zusammengezogen war. Oder vielleicht lag es an Robbie, der viel besser schlief, und daran, dass mein Leben wieder einfacher wurde? Und das wollte ich ja nicht, oder?

Zu Hause stahl ich mich durch die Wohnungstür, zog mein Kleid an, schlich in das blitzsaubere Wohnzimmer und machte »Buh!« Chas und Robbie saßen Arm in Arm auf dem Sofa und sahen sich die *Tweenies* an. Robbie stürzte sich auf mich. Er hielt einen Nutella-Toast in der Hand und bedeckte die vertikale Posamentierarbeit der Länge nach mit Schokoschmadder.

»Scheiße!« sagte ich.

»Scheiße!« sagte Robbie.

Chas stand nervös in der Badezimmertür, während ich das Oberteil hektisch mit einem nassen Waschlappen bearbeitete. Es wäre jetzt sehr hilfreich für Chas gewesen, wenn sich unten rechts von mir ein kleiner Kerl mit der »Übersetzung für Personen männlichen Geschlechts« befunden hätte:

CHAS: Werden wir heiraten?

ICH: Nein, ich bin bloß ein bisschen übergeschnappt, und dieses Kleid hat es mir angetan, und jetzt ist es ruiniert, und ich kann es nicht mehr zurückbringen!

KLEINER KERL, DER FÜR PERSONEN MÄNNLICHEN GESCHLECHTS ÜBERSETZT: Nein, weil du mich nicht gefragt hast, du Sauhund.

CHAS: Ich dachte, wir glauben nicht an die Ehe.

ICH: Tun wir auch nicht.

KLEINER KERL, DER FÜR PERSONEN MÄNNLICHEN GESCHLECHTS ÜBERSETZT: Warum soll man daran nicht glauben, du Arsch?

CHAS: Robbie hat heute im Kindergarten Sachen verkauft!

ICH: Tatsächlich?

KLEINER KERL, DER FÜR PERSONEN MÄNNLICHEN GESCHLECHTS ÜBERSETZT: Tatsächlich? Und schon hast du das Thema gewechselt? Das war alles? Alles, was du zu sagen hast, wenn ich hier in einem umwerfenden Kleid mit einem riesigen Nutellafleck stehe, mit komplett verwuschelten Haaren und total verschmierter Wimperntusche, und wie eine verrückte alte Jungfer aussehe?

Chas nahm meine Hand und führte mich ins Wohnzimmer.

»Sag Mami, wie viel Geld du verdient hast, Kleiner!« sagte Chas zu Robbie.

»Mrs. Watson ist fast umgefallen!« sagte Robbie.

»Du hast nicht darauf geachtet, was er eingepackt hat«, sagte Chas und erzählte, was passiert war, nachdem ich Robbie morgens im Kindergarten abgegeben hatte.

Robbie hatte mir zum Abschied zugewunken und die Fensterscheibe berührt, wie er das immer tat. Dann war er in das gelbe Zimmer gelaufen. Seine Freunde Mark Campbell und Evie Brock legten gerade ihre Waren am großen Plastiktresen aus. Die Kinder kauften und verkauften, ließen die Kasse klingeln und füllten entzückt ihre Einkaufswagen, bis Mrs. Watson hereinkam, um dem Spiel mehr Struktur zu geben, und sah, dass nur noch ein einziger Artikel zum Verkauf stand: ein Analvibrator.

Klein-Evie hatte bereits den schwarzen Dreißigzentimeter-Dildo, den Brustwarzenstimulator mit Chili-Sexgel, die Turbozunge und die Lustrutsche gekauft. Mark Campbell hatte den Zapfen, den Dreifachhasen, den Lüsternen Lecker und die kleinen Thaikugeln gekauft. Er lachte wie verrückt, weil die im Schritt offene, essbare Unterwäsche zu vibrieren begonnen hatte (sie lag auf den Vibratoreiern, die sich in seinem blauen Plastikeinkaufswagen von selbst eingeschaltet hatten).

»Brummsachen!« sagte Robbie breit lächelnd, als ich in seinen mit Sexspielzeug vollgestopften Thomas-die-Lokomotive-Koffer sah.

»O Gott«, sagte ich zu Chas. »Ich bin die schlechteste Mutter der Welt.«

22

Jeremy war nie ein religiöser Mensch gewesen. Seine Mutter hatte ihn nicht dazu ermutigt, an irgendetwas zu glauben. Sie hatte ihn so früh wie möglich in ein nichtkonfessionelles Internat geschickt, und er hatte, sich selbst überlassen, Trost lieber im Erfolg als bei Gott gesucht. Aber nachdem Krissie mit ihm über Vergebung gesprochen hatte, sah Jeremy ein, dass er den unvoreingenommenen Glauben eines Außenstehenden wollte und brauchte.

Und so kam es, dass Pater Moscardini Jeremy jeden Tag nach jenem schrecklichen Tiefpunkt, als er versuchte hatte, sich die Luft aus den eigenen Lungen zu quetschen, einen Besuch abstattete. Er saß im Befragungsraum des Zellenblocks und hörte Jeremy zu, der über scheinbar belanglose Dinge wie Arbeit, Musik und Kochen sprach. Der Priester war ein kluger, freundlicher Mann, und er verschreckte Jeremy nicht mit Bibelvorträgen.

Er trieb ihn auch nicht zur Eile an.

»Wenn Sie so weit sind, können wir über die schwierigeren Sachen sprechen«, sagte Pater Moscardini. »Das hat keine Eile.«

Jeden Tag zur selben Zeit verbrachte Jeremy eine Stunde damit, über »leichtere Sachen« zu sprechen (zum Beispiel, wie er sich in Amanda verliebt hatte), und jedes Mal fühlte er sich etwas sicherer und ruhiger. Nach einiger Zeit erkannte er, dass er nicht allein war, dass er nicht böse war und dass er nicht wertlos war. Er war ein Mensch, und einem Menschen konnte vergeben werden.

Einige Stunden nach Pater Moscardinis siebtem Besuch drückte Jeremy den Summer neben seiner Zellentür und bat darum, dass man ihn in die Kapelle führe.

Es dauerte ein wenig, aber schließlich kam ein Wärter und öffnete Jeremys Zellentür.

»Du hast so viel Zeit, wie du brauchst«, sagte der Beamte. »Pater Moscardini hat das mit dem Oberaufseher der Halle so besprochen.«

Der Beamte führte ihn durch Halle B und öffnete eine Metalltür neben dem Isolationsbereich. Drinnen führte ein langer Gang mit Zementwänden zu einer zweiten unscheinbaren Metalltür. Der Beamte öffnete sie.

Jeremy war tief bewegt, als er die Kapelle sah. Der große, höhlenartige Raum war gut getarnt und bildete den denkbar größten Kontrast zu allen anderen Gebäuden auf dem Gefängnisgelände. Das Gefühl, willkommen zu sein, überwältigte ihn fast, als er den Anblick des weitläufigen und schönen Gotteshauses in sich aufnahm.

Als er den kleinen Beichtstuhl in einer Ecke sah, ging Jeremy darauf zu, holte tief Atem und öffnete die Tür.

»Bist du da?« fragte Pater Moscardini aus der Dunkelheit. »Du musst vor nichts Angst haben. Es ist sicher hier drinnen. Nichts von dem, was du sagst, wird jemals nach draußen dringen.«

»Pater, ist es schlecht, jemanden mit allem, was man hat, zu lieben?« fragte Jeremy.

»Das ist etwas Wunderbares. Liebe ist das wunderbarste Geschenk, das wir haben. Sie ist unerschöpflich.«

»Aber sie tut weh.«

»Möchtest du über deine Schwester reden, Jeremy?«

Stille.

»Jeremy? Bist du da?«

Er war nicht mehr da. Es war zu schwer. Er hatte gedacht, dass er es schaffen würde, aber er brachte es nicht fertig. Schon bei dem Wort »Schwester« hätte er sich am liebsten übergeben.

»Bringen Sie mich zurück«, sagte Jeremy zu dem Wärter, nachdem er den Beichtstuhl verlassen hatte. »Bringen Sie mich einfach zurück in meine Zelle.«

23

Die Zeit, seit ich in meine Wohnung zurückgezogen war und mir eine Vollzeitstelle gesucht hatte, war für mich nicht leicht gewesen.

Während der zwei Jahre davor hatten meine Eltern sich darum gekümmert, dass ich genug schlief und aß und dass meine Kleider gewaschen und gebügelt waren. Chas hatte natürlich bei der Hausarbeit geholfen und sich an den Rechnungen beteiligt, aber damals hatte ich mich nicht um eine Stelle kümmern müssen und all meine Energie Robbie, Chas und mir selbst widmen können. Gleichzeitig hatte Chas mit seiner Malerei herumtrödeln können. Man hatte uns mehr oder weniger von der harten Realität des Alltagslebens abgeschirmt.

Aber jetzt schien einfach keine Zeit mehr zum Entspannen und Zusammensein übrig zu sein. Jeder Morgen war eine einzige hektische Herumrennerei: Frühstück machen, alle anziehen, Mittagsmahlzeiten einpacken. Die Abende fühlten sich oft so an, als ob ein weiterer kompletter Arbeitstag in sie hineingequetscht worden wäre: Kochen, Baden, Waschen, Aufräumen, Robbie ins Bett bringen.

Oft schliefen wir auch schlecht. Anscheinend hatte ich die Zappelfüße meiner Mutter geerbt. Chas schnarchte. Und in den frühen Morgenstunden kroch Robbie immer zu uns ins Bett, drehte sich hin und her und schob uns so lange weg, bis Chas und ich an den äußersten Bettkanten lagen.

Schließlich wachten wir zum Schrillen des Weckers auf, und die ganze Prozedur begann von vorn.

An den Wochenenden war es auch nicht viel besser. Den Großteil des Samstags verbrachten wir damit, uns von der Arbeit zu erholen, und der Sonntag bestand zu einem beträchtlichen Teil darin, der kommenden Woche furchterfüllt entgegenzusehen.

So sehr wir es auch versuchten, wir schafften es nicht, die Arbeit an unserem jeweiligen Arbeitsplatz zurückzulassen. Dauernd musste ich an Jeremy denken, und das Gleiche galt für einige andere anstrengende Fälle, die man mir zugeteilt hatte. Und Chas war immer wie im Tran, mit leerem Gesichtsausdruck und innerlich weit weg, wenn er darüber nachdachte, welchen Pinselstrich, welche Farbe, welchen Rahmen er für eines seiner Bilder verwenden solle. Es dauerte nicht mehr lange bis zu seiner Ausstellungseröffnung, und es war unübersehbar, dass er deswegen ziemlich nervös war.

Manchmal fragte ich mich, ob es für Chas und mich einen Unterschied bedeutet hätte, wenn wir schon ein Paar gewesen wären, ehe das Baby kam. Dann hätten wir zumindest etwas Zeit für *uns* gehabt. Aber Chas und ich waren ein Paar geworden, als Robbie neun Monate alt war. Chas liebte ihn von ganzem Herzen, aber Robbie war nicht sein Sohn, und unsere Beziehung war in einer häuslichen Routine gefangen, bei der uns wenig Zeit blieb, einander als Menschen – und nicht nur als Eltern – kennenzulernen.

Aber das Besondere an uns – das, was uns von vielen meiner Freunde unterschied, die fremdgegangen waren oder einander Sex und Zuneigung vorenthalten hatten oder sich getrennt hatten oder bloß ununterbrochen übereinander jammerten – war, dass wir miteinander redeten.

Während der Nutellafleck in der Badewanne einweichte, gingen Chas und ich unsere Fehler durch. Als da waren:

Dass ich eine ordentliche Wohnung erwartete, obwohl eine ordentliche Wohnung als Selbstzweck völlig bedeutungslos war.

Dass Chas jede Nacht für seine Ausstellung durcharbeitete, sich in Gedanken dauernd damit beschäftigte, Lampenfieber hatte und sich die ganze Zeit Sorgen machte, ob er je genug verdienen würde, um für uns sorgen zu können.

Dass ich mich zu sehr mit einem meiner Klienten beschäftigte und bei meiner Arbeit Unterstützung brauchte, aber nicht bekam.

Dass Chas sich von der ganzen Orgasmusgeschichte ausgeschlossen fühlte und sich fragte, ob etwas mit ihm nicht in Ordnung sei.

Dass ich glaubte, eine schlechte Mutter zu sein, weil ich nicht rund um die Uhr auf Robbie aufpasste.

Wieder einmal schmiedeten wir Pläne:

Normale Arbeitszeiten von neun bis fünf mussten zur Regel werden, sowohl für Chas als auch für mich. Keine Nachtschichten, keine Ausreden. Die Familienzeit war unantastbar.

Da meine Chefs nie da waren, musste ich mehr mit meinen Kollegen reden.

Chas musste aufhören, sich hinsichtlich meiner maschinellen Orgasmen zu kasteien.

Ich musste aufhören, mir wegen Robbie Vorwürfe zu machen, der vormittags sehr gern in den Kindergarten ging und den Rest des Tages mit Menschen verbrachte, die ihn abgöttisch liebten.

Chas musste die Sorgen über seine Karriere als Maler abschalten, wenn er nicht im Atelier war.

Ich musste endlich eine Putzhilfe finden!

Ich musste mir die Sache mit der Hochzeit erst mal abschminken. Wir waren gerade erst zusammengezogen, und es war besser, einen Schritt nach dem anderen zu machen.

Als wir uns im Bett aneinanderschmiegten, waren wir zuversichtlich, dass Arbeit und Haushaltsprobleme nie wieder die Oberhand über uns gewinnen würden.

24

Am nächsten Morgen lagen zehn Fälle und drei Gutachten in meinem Fach. Außerdem hatte meine Chefin – frisch zur Arbeit zurückgekehrt – eine Nachricht hinterlassen: Sie werde an einer Fortbildung teilnehmen und deshalb nicht im Büro sein. Ich musste lachen, als ich sah, um was für eine Fortbildung es sich handelte: »Fehlstunden-Management – wie Sie mit den Fehlzeiten Ihrer Mitarbeiter umgehen und diese reduzieren können.« »Bei Fragen wende Dich bitte an Eileen« – mit diesen Worten endete die Nachricht.

Ich hatte keine Ahnung, wer Eileen sei, aber ich war mir ziemlich sicher, dass sie entweder krankgeschrieben, in einer Besprechung oder bei einer Fortbildung war. Oder dass sich eine lange Schlange hyperventilierender Kinderschutzmitarbeiter vor ihrer Tür gebildet hatte.

Es folgte die übliche Kippe samt Tratsch. Ich lauschte Robert, der ein selbstverfasstes Lied über ein berühmtes Model zum Besten gab, und blätterte in meinen neuen Fällen.

Der erste war ein Lebenslänglicher, fünfundfünfzig Jahre alt. Als Zwanzigjähriger hatte er sein Baby zu Tode geschüttelt – seine Rechtfertigung lautete, dass seine Freundin ihn niemals auf das schreiende Kind hätte aufpassen lassen dürfen. Er hatte zehn Jahre bekommen und war seit seiner Entlassung wegen alkoholbedingter Straftaten dreimal wieder im Gefängnis gewesen: Trunkenheit am Steuer, Tätlichkeit und Landfriedensbruch.

»Ach, der. Das war mal meiner«, sagte Danny. »Ich habe Hilary gebeten, ihn mir nicht mehr zu geben, weil sein Sofa so klebt.«

»Danke, Dan«, sagte ich und blätterte in den zwei anderen Fällen: eine ältere Asiatin, die mit fremden Kreditkarten Marmor im Wert von 13000 £ für ihre Küche, ihre Diele, ihr Badezimmer, Duschbad und Wohnzimmer gekauft hatte, und ein siebzehnjähriges Mädchen, das sein Elternhaus absichtlich in Brand gesteckt hatte (»weil sie schlecht gelaunt war«); ihr Cousin war seitdem chronisch krank und stark entstellt.

Ich hatte gerade einen Stapel Briefe verschickt, in denen ich mich vorstellte und die Empfänger bat, mich im Büro aufzusuchen, als das Telefon klingelte. Es war Jeremys Mutter, Mrs. Bagshaw. Und sie war in Glasgow.

Eine Stunde später traf ich vor einem gläsernen Gebäude ein, den »Clyde View Self-Catering Apartments«. Mrs. Bagshaw wohnte in Nummer zwölf, einer modernen Wohnung mit Aussicht auf den trüben Clyde River.

»Was für ein Blick!« sagte ich in dem Versuch, ihre Zuneigung zu gewinnen.

Es brauchte eine Tasse Tee und mehrere Minuten, ehe unsere Unterhaltung sich den drängenderen Themen Mord und Selbstmord zuwandte.

Anne Bagshaw war eine kalte, starke Frau mit strengen, wenig liebenswerten Gesichtszügen. Ihre Kleidung war zu oft gebügelt worden, und sie roch nach Gin. Sie erkundigte sich auf eine mir befremdlich erscheinende Weise nach ihrem Sohn, wollte etwas über die Details der Tat erfahren, die ihn ins Gefängnis gebracht hatte, und fragte nach der Art seiner Verletzungen. »Hat man ihn auf die Stirn geschlagen?« fragte sie, als ich ihr sagte, dass er verprügelt worden sei.

Ich konnte verstehen, dass Anne Bagshaw Schwierigkeiten damit hatte, über ihren Sohn zu sprechen. Ihr Leben war durch Bellas Tod entzweigerissen worden, und die Umstände ihres Todes mussten sie ständig heimsuchen.

Aber sollte sie nicht auch etwas für ihren Sohn empfinden? Ich hatte mich gefragt, welche Gefühle ich für Robbie empfinden würde, wenn er als Kleinkind etwas Schreckliches tun würde, und ich glaubte, dass er mir leid tun würde, dass ich ihn noch mehr lieben würde und alles täte, um ihn vor den Schuldgefühlen und dem Schmerz zu beschützen, die das Geschehene ihn im ausgelöst haben würde. Aber ich hatte gut reden: Mir war so etwas nie widerfahren.

Selbst wenn man von der Vergangenheit absah, überraschte mich Anne Bagshaws Mangel an Anteilnahme. Warum stellte sie so skurrile Fragen? Was bedeutete das alles schon? Ihr Sohn, ihr kleiner Junge, den sie einmal von ganzem Herzen geliebt, dem sie die Brust gegeben und den sie auf der Schaukel angeschubst hatte – er saß nun wegen Mordes in U-Haft. Noch hatte man ihn nicht schuldig gesprochen. Er war verprügelt und vielleicht vergewaltigt worden. Und er hatte sich umbringen wollen.

»Sie müssen ihn sehr lieben«, sagte ich, und mein Tonfall bezichtigte sie des Gegenteils.

»Nein«, sagte sie rundheraus. »Und es ist sehr schwierig, wenn man sein Kind nicht liebt. Es ist schwierig, weil man sich schuldig fühlt. Schwierig, weil das Kind immer da ist. In meinem Fall ist es schwierig, weil ich einen sehr guten Grund habe, ihn nicht zu lieben. Bella konnte seinetwegen nie ihren Geburtstag feiern, meine kleine Bella … Ich habe vor, ihn zu überraschen«, sagte sie plötzlich.

Noch so eine Seltsamkeit. Sie wollte ihn überraschen. Sie war die ganze Strecke von London aus gefahren – ich nahm an, dass sie beabsichtigte, sein Alibi zu bestätigen –, aber sie schaffte es noch nicht, ihn zu sehen. Also nahm sie mir das Versprechen ab, dass ich ihm nichts erzählen würde.

Als ich ging, war ich gründlich verwirrt, und meine Verwirrung betraf so ziemlich alles an ihr: von der Intensität, mit der sie mir in die Augen geschaut hatte, als ob sie meine Seele ergründen wolle, über die Unfähigkeit, ihrem Sohn zu vergeben, bis hin zu der Weigerung, ihn zu treffen. Ich war stinksauer, dass sie nicht direkt in ein Taxi nach Sandhill gestiegen und zu ihm gelaufen war: »Ist ja gut, ist ja gut, ich bin doch da!«

Zurück im Büro ging ich meinen Bericht über Jeremy noch einmal durch. Ich war fast fertig damit. Vorschriftsmäßig hatte ich mich weder mit der Tat beschäftigt noch eine Beurteilung des ihm angelasteten Verbrechens abgegeben. Aber als ich dort saß und an Jeremy, seine Frau und seine Mutter dachte, überwältigte mich plötzlich die Neugier: Wer war diese Frau, die Jeremy getötet haben sollte? Ich googelte ihren Namen: Bridget McGivern.

Mehrere Treffer erregten meine Aufmerksamkeit:

1. Todesanzeige, »Glasgow Herald«:
Im Alter von 45 Jahren starb die geliebte Mutter von Rachel, 18, Ehefrau von Hamish, schmerzlich vermisst, etc. etc.

2. Artikel, »Daily Record«:
HAUTÄRZTIN VON IRREM SCHWIEGERSOHN UMGEBRACHT
Heute wurde ein Mann wegen Mordes an seiner Schwiegermutter festgenommen. Der bösartige Londoner wurde angeklagt, BRIDGET McGIVERN in Crinan, Argyll, brutal ermordet zu haben. Die Getötete, eine Hautärztin aus Stirling, war gerade erst wieder mit ihrer Tochter zusammengekommen, die sie als Siebzehnjährige zur Adoption freigegeben hatte. Nachforschungen haben ergeben, dass der Beschuldigte auch früher schon gewalttätig war.

3. Artikel, »The Scotsman«:
FAMILIEN BEFÜRWORTEN KINDESPRÜFUNG
Als Konsequenz aus der Ermordung von Bridget McGivern ist eine Überprüfung des Verfahrens zur Zusammenführung adoptierter Kinder mit ihren leiblichen Eltern angestrengt worden. Die Fünfundvierzigjährige wurde zwei Wochen nach der Zusammenführung mit ihrer Tochter getötet, die sie als Siebzehnjährige zur Adoption freigegeben hatte. Der Vorfall hat die Frage aufgeworfen, ob unsere Adoptionsbehörden ausreichende Beratung und Unterstützung für derlei folgenschwere und weitreichende Entscheidungen anbieten. Im vorliegenden Fall hätte durch Beratung und Unterstützung eine schreckliche Tragödie verhindert werden können.

Als ich das las, wurde mir klar, wie schrecklich und falsch es von mir gewesen war, das Opfer zu vergessen und zur Seite zu schieben, als ob es nicht weiter von Bedeutung wäre. Ganz egal, worin meine Arbeit bestand: Das war unverzeihlich. Ich hatte mich so sehr für Jeremy Bagshaw engagiert, dass ich an die arme Bridget McGivern nicht einmal gedacht hatte.

Bridget McGivern, die verheiratet gewesen war. Die eine achtzehnjährige Tochter zurückgelassen hatte. Die eine erfolgreiche Hautärztin gewesen war …

… und die nur zwei Wochen, nachdem sie ihre längst verloren geglaubte Tochter zum ersten Mal getroffen hatte, gestorben war.

25

Amanda Kelly war Bridget McGivern zum ersten Mal in einer großen Wohnküche in Ballon, Stirlingshire begegnet.

Na ja, das war eigentlich *nicht* das erste Mal gewesen. Das erste Mal waren sie sich achtundzwanzig Jahre früher in einem kleinen weißen Krankenhauszimmer in London begegnet: auf einem Metallbett mit dünner Matratze, neben einem Labortisch, auf dem verschiedene Apparate zur Geburtshilfe lagen.

Ehe Bridget eines vorzeitigen Todes starb, hatte sie oft von diesem Zimmer geträumt. Von einer der Wände war die Farbe abgeblättert, und in der Ecke hatte ein über und über mit Blut bespritztes Paar Schuhe gestanden. Neben dem Labortisch hatte ein billiges, kleines Radio gestanden, aus dem so sanfte und ruhige Musik säuselte, dass sie es am liebsten aus dem Fenster geschleudert hätte.

Außerdem waren drei Menschen bei ihr gewesen: eine dünne Hebamme mit der Haut einer Raucherin und Brüsten, die ein bisschen höher saßen, als es nach menschlichen Maßstäben möglich war; eine vielleicht zwanzigjährige Auszubildende, die sich mehr Sorgen um ihre zipfelbrüstige Chefin zu machen schien als darüber, für die Plazenta verantwortlich zu sein. Und dann war da noch Margaret gewesen, Bridgets Mutter, die es ganz und gar nicht freute, dass ihre hochbegabte Tochter da lag, ihre hübschen Beine spreizte und keinen Ton von sich gab. Ihre gerade mal siebzehnjährige Tochter, die zwei Klassen übersprungen hatte und die so gescheit war, dass sie schon mit dem Medizinstudium begonnen hatte.

Margaret Garden war damals vierzig Jahre alt und hatte große Pläne für ihre Tochter. Keiner dieser Pläne sah die frühe Produktion eines Kindes vor. Sie hatte eine wunderschöne Abschlussfeier für Bridget geplant, hatte sich darauf gefreut, in ihrer früheren Nachbarschaft mit ihr anzugeben, wo keines der Kinder ihrer Freundinnen es weiter als bis in die Krankenpflegeschule gebracht hatte (oder, in einem Fall, zu drei Vierteln irgendeines geisteswissenschaftlichen Wischiwaschi-Abschlusses). Margaret hatte keinesfalls die Absicht, all diese Pläne aufzugeben, nur weil Bridget mit einem gewissen Hamish aus Stirling geschlafen hatte, der noch nicht einmal mit der Schule fertig war.

Wenn sie Bridget doch nur bei sich zu Hause behalten hätte, schalt sie sich, anstatt sie in ein Studentenwohnheim in London ziehen zu lassen – dann hätte sie das nahende Unheil rechtzeitig bemerkt. Sie durfte gar nicht daran denken, wie diebisch ihre Freundinnen sich freuen würden, wenn sie von diesem Baby erführen – vor allem jene, die ganz bestürzt gewesen waren, dass sie Bridget erlaubt hatte, auf einem Campus so weit weg zu wohnen. »Bridget ist ein sehr vernünftiges Mädchen«, hatte sie ihnen damals gesagt. Und es stimmte ja auch, dass Bridget ihr nie Scherereien gemacht hatte: Sie war nicht wie die anderen Mädchen, die an der Bushaltestelle *Marlboro Lights* rauchten und ihre Zeit damit verplemperten, mit Jungs zu reden, oder die Jungs manchmal in der Gasse hinter der Croftwood High School auf den Mund küssten.

Wenn Bridget doch nur ihrem Rat in Sachen Sex gefolgt wäre: Benutz keine Kondome, nimm nicht die Pille, vergiss das alles, hab einfach keinen. Er ist ungesund, er wird überschätzt, und er hält dich bloß auf.

Wenn sie früher davon erfahren hätte, wäre all das niemals passiert. Aber Bridget war zu Weihnachten nicht nach Hause gekommen, zu Ostern hatte sie sich entschuldigt, und als Margaret nach London gereist war, um ihre geliebte Tochter mit zwei Tageskarten für das Schwimmbad in Haymill zu überraschen, da hatte sie schon fast in den Wehen gelegen.

»Herrje!« hatte Margaret ihre Tochter angeschrien, als sie in das schäbige WG-Wohnzimmer geplatzt war. »Herrje, herrje, herrje!«

Danach hatte sie sich auf die Kante eines Stuhls gesetzt, sich Luft zugefächelt und noch viele weitere Male »Herrje!« gesagt.

Am nächsten Tag hatte sie die Initiative ergriffen, und ehe Bridget wusste, wie ihr geschah, hatte sie ihr Baby zur Adoption freigegeben.

Bridget erinnerte sich an das Gesicht ihrer Mutter in jenem weißen Raum: wie sie den ganzen Ablauf von Anfang bis Ende überwacht und dafür gesorgt hatte, dass die Umarmung nach der Geburt nicht lange genug dauerte, um Zweifel aufkommen zu lassen.

Sie erinnerte sich an das Gefühl der Erleichterung, als das Baby in die Arme der Hebamme geplumpst war, und an das Gefühl für die Bedürftigkeit des schreienden Neugeborenen, als die Krankenschwester es beruhigte – ein kleines Mädchen, das so laut heulte, dass Bridget es mit der Angst zu tun bekam.

Bridget hatte die Kleine im Arm gehalten, und aus dem Heulen war eine Art Wimmern geworden. Ein fast schon sexuelles Geräusch. Ekstase. Erleichterung. Entspannung.

Der Mund des Babys hatte sich seitwärts verzerrt und nach etwas gesucht. Plötzlich hatte Bridget verstanden, dass sie ihr T-Shirt hochheben und dem Baby die Brust hinhalten müsse. Das Mündchen suchte ihre Brustwarze, und die verzerrten Lippen spitzten sich. Obwohl die Kleine die Augen geschlossen hatte, wusste sie doch aus irgendeinem Grund genau, wo sie hinwollte. Bridget war von Freude überwältigt, sie schmolz förmlich dahin. Sie musste diese kleine Person berühren, sie halten, ihre Arme und Beine und ihr Bäuchlein streicheln, ihre Stirn, ihre Ohren und ihre makellosen Händchen küssen und ihr unendlich lange in die Augen schauen, diese wunderschönen Augen.

»Das reicht!« hatte ihre Mutter gesagt, und man hatte ihr das Baby weggenommen. Seine spitzen Schreie hatten durch den Gang gehallt.

Und Bridget war auf dem weißen Bett zurückgeblieben: mit hochgezogenem T-Shirt, entblößter rechter Brust und weit gespreizten Beinen. *How Deep is Your Love* triefte aus dem Radio, während eine zitternde Lernschwester etwas, das wie ein großer Klumpen Leber aussah, zwischen ihren Beinen hervorzog und auf den Labortisch unter dem Fenster klatschte.

So waren sie sich also zum ersten Mal begegnet, Bridget und Amanda. Und wenngleich sie herzzerreißend und tragisch und verstörend und unvergesslich gewesen war, diese erste Begegnung, so war sie doch nichts im Vergleich zu der zweiten.

26

Rückblickend frage ich mich, ob ich es damals geschafft hätte, die Sache einfach auf sich beruhen zu lassen. Amanda nicht wiederzusehen. Keine Fragen über ihre leibliche Mutter, die verstorbene Bridget McGivern, zu stellen. Jeremy nicht zu besuchen.

Hätte ich die Sache einfach auf sich beruhen lassen, wenn Billy Mullen nicht kurz vor dem Prozess plötzlich auf meiner Türschwelle gestanden hätte? Billy Mullen, der (wie ich später herausfand) Jeremys Zellengenosse gewesen war. Billy Mullen, der vor Jahren mit Chas in der Küche von Sandhill gearbeitet hatte.

Billy war gerade mal fünfundzwanzig Jahre alt und ein schmächtiges, zu kurz geratenes Großmaul. Er trug grelle Designerklamotten, die seinen Status als Glasgower Kleinkrimineller bekundeten. Das Gleiche galt für seine Narben: gemäß den Traditionen in Sandhill hatte er eine auf seiner rechten Wange und eine auf seinem rechten Oberschenkel. Letztere zeigte er bei jeder nur denkbaren Gelegenheit vor, obwohl er dazu seine Jeans ausziehen musste und obwohl sie immer noch an der Stelle entzündet war, »wo dieses Arschloch mich mit der Machete erwischt hat«.

Billy Mullen klopfte eines Abends um acht Uhr an meine Tür. Ich war gerade nach Hause gekommen, und hinter mir lag ein langer Arbeitstag: Ich hatte mehrere Klienten besucht, diverse Berichte begonnen sowie Jeremys Gutachten um einige Informationen ergänzt (seinen Selbstmordversuch und die Anmerkung, dass seine Frau ihn immer noch liebevoll unterstütze). Nachdem ich mich über Jeremys mutmaßliches Opfer im

Internet schlaugemacht hatte, hatte ich das Gutachten ausgedruckt und unterschrieben, es in einen Umschlag gesteckt und auf meinen Schreibtisch gelegt. Mehrfach im Verlauf des Tages hatte ich mich dabei ertappt, dass ich mit den Fingern darauf herumtrommelte. Ich wusste, dass ich den Umschlag abschicken musste, aber ich wusste auch, dass ich das nicht konnte.

»Ist der Große da?« fragte Billy, als ich die Tür öffnete.

»Bitte?« fragte ich.

»Der Große?«

»Wer?«

»Bist du Krissie?«

»Warum wollen Sie das wissen?« fragte ich.

Plötzlich hörte er auf mit den Fragen und knipste seinen Charme an. Glasgow-Slang: lauter »ochs« und »you knows«, alles so rhythmisch und unverständlich wie Rap. Nach einer Weile dämmerte mir, dass er Chas aus seiner Zeit im Gefängnis kannte.

Gerade wollte ich die Existenz von jemandem namens »Großer« leugnen und Billy die Tür vor der Nase zuschlagen, als Chas mich und meinen Plan mit einem »Ja, Scheiße auch!« und einer ungestümen Umarmung zur Seite schob.

Streit Nummer drei.

Und diesmal würde es keiner sein, der schnell vorbei war.

Ich wusch Robbie vor dem Schlafengehen mehrmals die Hände. Währenddessen quasselte Chas mit Billy Mullen, der mir mit seinem zerschrammten, zerschnittenen, irgendwie außerirdisch wirkenden Schädel ebenso Angst machte wie damit, dass er dauernd seine Jeans herunterließ, um mit seiner kaum verschorften Machetennarbe anzugeben. Dreimal hatte er sie entblößt und uns gezeigt – erst Chas, dann mir und schließlich Robbie, der sie ANGEFASST HATTE!

Auch Chas hatte sich in einen Außerirdischen verwandelt. Nachdem ich den widerstrebenden Robbie ins Bett gebracht hatte, lauschte ich einen Moment lang an der Wohnzimmertür. Mir fiel auf, dass sogar Chas' Akzent sich verändert hatte. Ein piekfeiner Knabe aus Edinburgh, der auf eine Privatschule gegangen war und Tennis gespielt hatte und der jetzt Wörter wie »dicke Latte« benutzte und sich über Billys Geschichten von »ausgeleierten Dosen« und »strammen Ständern« lautstark amüsierte? Wer war dieser Mann?

Ich ging für eine Stunde in die Küche und kochte vor mich hin, während die beiden fünf Flaschen Bier tranken (jeder) und so laut lachten, dass ich mir sicher war, dass sie Robbie wecken würden. Ich stapfte mindestens zweimal lautstark an der Wohnzimmertür vorbei, und sie zuckten nicht mal zusammen. Dann versuchte ich eine Ewigkeit lang, den uralten Videorekorder zu programmieren, weil *Mein neues Leben auf dem Lande* lief und ich die Sendung verpassen würde. Sie versuchten nicht mal, mir zu helfen.

»Willst du mich verarschen?« schrie ich Chas an, als das giftige Unkraut namens Billy Mullen endlich weg war.

»Was?« Chas fiel aus allen Wolken.

»Wie kannst du den hier reinlassen?«

»Der iss'n 1a-Kumpel«, sagte Chas.

»Der iss'n 1a-Kumpel!« äffte ich ihn nach, als ob ich immer noch in die vierte Klasse ginge.

»Du bist ein Snob und kannst mich mal«, sagte er mit zornrotem Gesicht, als er nach seinem Mantel griff.

Das war das erste Mal, dass ich Chas mal was konnte.

»Du gehst jetzt nicht!« schrie ich, während er seinen Mantel anzog, um mal wieder eine »Auszeit« zu nehmen.

»Doch, das tu ich.«

»Wie kannst du sagen, dass ich dich mal kann?«

»Ganz einfach: weil's stimmt«, sagte er und löste meinen Griff um seinen Arm.

»Lass mich hier nicht so stehen. Komm, wir sprechen über alles«, bat ich.

»Wenn ich noch ein einziges Beziehungsgespräch führen muss, explodiere ich. Das ist ja, als ob ich mit einer Seelenklempnerin zusammen wäre.«

Diese Äußerung überraschte mich. Ich hatte gedacht, unsere Dialogfähigkeit sei etwas, das uns von Zaras Mutti und von meiner alten Arbeitskollegin Marj unterscheide, die mit ihren Partnern niemals über irgendetwas sprachen. Zaras Mutti hatte mal einen Streit ausgesessen, indem sie drei Wochen lang Zettel an den Kühlschrank geklebt hatte, und Marj unterhielt sich mit ihrem abstoßenden Ehemann ausschließlich darüber, welche Art von Fleisch er gern zum Abendessen haben wolle.

»In den letzten Wochen habe ich nichts anderes getan, als auf Robbie aufzupassen und von dir aufs Dach zu kriegen. Vorausgesetzt natürlich, dass ich nicht gerade mitten in einem stundenlangen Problemgespräch gesteckt habe.«

»Du hast also nichts anderes getan, als auf meinen Sohn aufzupassen?«

»Das habe ich nicht gesagt«, schnauzte er zurück.

»Wenn dir daran was nicht passt, Chas …«

»Alles, was ich heute Abend gemacht habe, war, mit einem alten Freund einen zu trinken. Einem Freund, der zufällig einem anderen sozio-ökonomischen Umfeld entstammt. Und damit kommst du nicht klar.«

»Er ist ein Straftäter, und ich bin Bewährungshelferin. Robbie schläft, und du sitzt hier und fluchst und trinkst Bier!«

»Großer Gott!« sagte Chas. Und statt mich in den Arm zu nehmen und mir charakterliche und menschliche Besserung zu geloben, fügte er hinzu: »Du bis ein Snob und eine Heuchlerin.«

»Ein Snob? *Ich?«*

»Und du bist so was von naiv, Krissie. Du nimmst alles, was du siehst, für bare Münze und glaubst einfach irgendeinen Scheiß. Du bist leichtgläubig, Krissie. Du bist ein naiver, leichtgläubiger Snob.«

»Ich bin leichtgläubig? Ich kenne diese Typen, ich *arbeite* mit diesen Typen. Die sind gefährlich. Und du hast deine Bewährungszeit gerade hinter dir, Chas! Ganz zu schweigen davon, dass es unprofessionell ist, ihn hierzuhaben.«

»Er war bei Weitem der witzigste Typ, den ich im Gefängnis getroffen habe. Wenn du die Anwesenheit eines Burschen von der anderen Flussseite in unserer Wohnung nicht akzeptieren kannst, dann hast du den falschen Beruf *und* die falsche Beziehung.«

Ehe ich etwas antworten konnte, war er schon zur Tür hinaus.

Und ich war es auch. Ich folgte ihm die Treppe hinab und machte Krawall, ganz egal, was die Musiker im Stockwerk unter uns mitbekamen oder was die alte Dame von gegenüber dachte.

»Komm zurück, Charles!« »Charles« war ein schlechtes Zeichen. So nannte ich ihn sonst nie.

»Komm sofort zurück, oder ...«

Er blieb auf dem Treppenabsatz im zweiten Stock stehen und sah zu mir hoch.

»Oder was, *Kristina?*«

»Oder ich werde ... komm einfach zurück.«

Aber er drehte sich um und ging, und ein paar Sekunden später hörte ich, wie die Tür ins Schloss fiel.

27

Am nächsten Tag kritzelte ich ein wütendes, lächerliches Kündigungsschreiben. Robert und Penny waren weg, um ein Seminar zum Thema häusliche Gewalt abzuhalten, und ich war mit Danny allein im Büro.

»Wie klingt das?« fragte ich und las ihm das Schreiben vor.

Ehe Danny antworten konnte, ließ ich das Schreiben sinken und setzte mich aufs hohe Ross.

Ich erklärte ihm, es müsse mehr als ein Zufall sein, dass mein Leben seit meinem Arbeitsantritt begonnen habe, auseinanderzufallen. Ich hätte jede Menge Stress: mit den bösartigen Hexen aus der Verwaltung, die sich weigerten, einem zu helfen, ganz gleich, wie schwierig das Nichthelfen im Vergleich zum Helfen sei. Mit meiner Vorgesetzten, die niemals da sei, sondern in den frühen Morgenstunden Nachrichten und Gutachten und Akten in meinem Postfach hinterließe und dann zu einer Scheiß-Fortbildung ausgerechnet über Fehlzeitenmanagement entschwinde. Mit meinen Klienten, die betrunken oder unhöflich seien und sich weigerten, den Befragungsraum zu verlassen, ehe man ihnen Geld oder eine Zigarette geschenkt habe. Mit meinem Kind, das ich diversen über die ganze Stadt verteilten Menschen zum Aufpassen überlassen müsse. Und dazu noch den Scheißstress, die Familienernährerin zu sein … Den mit meinem Freund, der Tag und Nacht weg sei und der Himmel weiß was mache – vielleicht sogar mit einer anderen vögele. Den, dass ich wieder rauche und schreckliche Kopfschmerzen hätte und nur einen Tag lang Zeit, um ein Gutachten über einen Mann zu schreiben, der einem anderen Mann ein Ohr abgebissen habe. Und ein niemals endender Haufen Weißwäsche …

»Aufhören!« schrie Danny.

Was für eine Erleichterung es war, dass ich aufhören sollte. Mein Gesicht war aus Luftmangel schon ganz rot angelaufen, aber ich hatte einfach nicht mehr von selbst aufhören können.

»Tief einatmen«, sagte Danny. »Dein Leben liegt nicht in Trümmern. Du bist müde, und du hattest Streit mit deinem Freund. Gib mir den Bericht. Den mache ich.« Er fügte noch hinzu: »Und geh nach Hause«, ehe er mein um Aufmerksamkeit heischendes Kündigungsschreiben zerriss.

An diesem Abend schafften Chas und ich unsere Probleme nicht aus der Welt, und wir führten auch nicht das Gespräch, das uns von anderen Paaren unterschied. Stattdessen verweigerten wir uns Liebe und Sex, und ich musste mir eingestehen, dass wir genauso wie alle anderen Paare waren. Mein hämisches Gefühl der Überlegenheit entbehrte jeder Grundlage.

Unsere Körperchemie hatte sich offenbar erschöpft – zwei Jahre waren wohl die Grenze. Es kribbelte nicht mehr, wenn wir aneinander dachten, und die Zeit, in der wir die kleinen Eigenheiten des anderen süß gefunden hatten, war auch vorbei.

Ich fand die Art, wie Chas sich manchmal an den Zehen herumpulte, nicht im Geringsten süß. Ebensowenig seine Angewohnheit, die ganze Nacht lang im Atelier zu arbeiten und sich zu weigern, mir seine Bilder zu zeigen. Ganz und gar nicht süß fand ich auch, dass er meinen Mach-Drei-Rasierer benutzte und keinen der drei, die ich eigens für ihn gekauft hatte. Ganz zu schweigen davon, dass er immer nur Pizza machte und blind für überquellende Wäschekörbe war. Oder dass ich mich dumm fühlte, weil er immer so vernünftig war und andauernd recht hatte.

Es heißt, dass die Eigenschaft, durch die man sich zu jemandem hingezogen fühlt, genau diejenige ist, die einen auseinanderbringt. Ich hatte mich in Chas verliebt, weil er realistisch war, weil ihm egal war, was andere über ihn dachten, und weil er Menschen unabhängig von ihrem Aussehen und ihrem sozialen Hintergrund gut behandelte. Und genau das war anscheinend unser Problem, denn ich wollte nicht, dass er sich mit Billy Mullen abgab. Mir war deswegen unbehaglich zumute. Ich hatte ein ausgesprochen schlechtes Gefühl dabei.

Wir achteten darauf, dass Robbie von unserer Entfremdung nichts mitbekam. Ich badete ihn, Chas las ihm seine Gutenachtgeschichte vor, und beide lagen wir beim Schlafengehen ein paar Minuten lang neben ihm, jeder auf einer Seite, ehe wir uns zurückzogen und unseren stillen Streit fortsetzten.

Ich saß einsam in der Küche und aß mein thailändisches Mikrowellencurry. Dann machte ich den Abwasch, fegte und wischte den Boden, räumte das Badezimmer auf, hängte eine Maschine voller Wäsche zum Trocknen auf, füllte eine neue Ladung ein, legte die Kleider für den nächsten Tag heraus und steckte Videos in ihre Hüllen. Währenddessen erstellte ich im Kopf eine Liste all dieser Sachen und eine zweite mit den Sachen, die Chas gemacht hatte (nichts). Dann kam er ins Zimmer und verkündete: »Lass uns eine Party geben.«

»Bitte?«

»Lass uns am Freitag eine Party geben. Deine Eltern passen bestimmt gern auf Robbie auf.«

»Du hast nächste Woche Vernissage, Chas.«

»Ich muss mal ausspannen. Ich will was trinken und mich unterhalten, und ich will auf einer Party mit dir flirten und mich wieder jung fühlen.«

»Mir ist nicht nach einer Party zumute.«

Er wusste, dass ich Partys verabscheute. Ich war schon gestresst, wenn ich an den Organisationskram bloß dachte – was auch einer der Gründe dafür gewesen war, dass ich nie hatte heiraten wollen. Jedenfalls nicht, bis der unbeabsichtigte Kauf eines Hochzeitskleides mein Hirn lahmgelegt hatte.

»Das ist schade. Ich habe schon ein paar Leute eingeladen.«

Und schon war er wieder auf und davon, um sich in seinem beschissenen Atelier (in dem es nach meinem Kenntnisstand von barbusigen Ladys nur so wimmeln konnte) die Zeit zu vertreiben.

An Schlaf war nicht zu denken. Ich warf und drehte mich hin

und her und fragte mich, was er jetzt wohl gerade mache und wie wir das alles jemals überstehen sollten. Als er nach Hause kam und sah, dass ich noch wach war, sagte er: »Du bist angespannt. Du kommst nicht klar. Wir müssen ein paar Sachen von Grund auf ändern.«

Ich lag schweigend da und fragte mich, wie ich die Liste von vorhin zur Sprache bringen könne (die mit den Hausarbeiten, die ich gemacht und die er nicht gemacht hatte) und wie ich sagen könne, dass es keine gute Idee sei, eine Party zu geben und … Ich war die mit den Problemen. ICH!

Er seufzte, als ich nicht antwortete, und ging zum Schlafen aufs Sofa.

Scheißc.

Das waren doch nicht wir. Wir waren nicht dieses Paar.

Scheiße.

28

Eine Entbindungsstation mit leeren Händen zu verlassen, ist eine schreckliche Erfahrung. Fragen Sie jede Mutter, deren Baby man in eine Plastikröhre gesteckt hat, damit es noch ein Stück wächst, oder zu einer Entgiftung mit anschließender Unterbringung bei Pflegeeltern weggegeben hat. Fragen Sie jede Mutter, die ein totes Baby zur Welt gebracht hat oder deren Baby nach der Geburt starb. Fragen Sie jede Mutter, die ihr Baby zur Adoption freigegeben hat. Es ist nicht schön, mit leeren Händen und dem Hinken der frisch Entbundenen neben Frauen mit dicken Bäuchen zu gehen, oder neben Frauen mit kleinen Kindersitzen, in denen Babys sitzen, oder neben Frauen mit einem Lächeln, das nur eines zu sagen scheint: Baby, Baby, Baby.

Bridget Garden, gerade siebzehn Jahre alt, verließ die Entbindungsstation mit leeren Händen. Ihre Brüste waren prall und groß, und auf ihrem T-Shirt zeichneten sich nasse Flecken ab. Sie blutete immer noch in die extrastarke, superdicke Binde, die man ihr im Krankenhaus gegeben hatte – und das ging tagelang so weiter, wie auch der Milchstrom tagelang nicht nachließ. Ihr Körper weinte eine Trauersuppe aus Milch, Blut und Tränen, und ihr Herz würde bis zu ihrem Lebensende die Flecken davon haben.

Zu Hause in Ballon legte sie sich ins Bett. Sie lag einfach da, und ihr Körper trieb Flüssigkeiten aus.

Als die Tage vergingen, machte sich Bridgets Mutter zunehmend Sorgen über die seelische Gesundheit ihrer Tochter.

»Lass uns einen Spaziergang machen«, schlug sie vor, wenn sie morgens die Vorhänge öffnete. »Oder magst du lieber ins

Kino gehen? Bitte, Bridget, schau mich an. Sprich mit mir. Es tut mir leid, dass du Schmerzen hast, meine Kleine. Es tut mir so leid.«

Wochenlang, vielleicht monatelang lag Bridget in ihrem Zimmer. Die Lichter waren gelöscht, die Tür war geschlossen. Sie hoffte darauf, dass ihre Wunden heilten. Ihre Mutter war der festen Überzeugung, dass das nur eine Frage der Zeit sei. Aber die Zeit heilte ihre Wunden nicht. Stattdessen wuchs dort, wo ein sieben Pfund schweres Kind sich in ihren Bauchraum geschmiegt hatte, eine große Leere. Die Leere wurde so groß und so schwer, als ob das Kind wirklich da wäre. Schließlich erdrückte sie Bridget fast mit ihrem Gewicht, und ihre Mutter musste einsehen, dass sie einen großen Fehler begangen hatte.

Aber jetzt war es zu spät. Ein Formular war unterschrieben worden und hatte die Kontrollinstanzen passiert, während Bridget dagelegen und darauf gewartet hatte, dass die Zeit sie heilen würde. Jetzt war es zu spät. Das Baby gehörte zu einer anderen Frau, und die führte nun das Leben einer Mutter, mit all der dazugehörenden Fürsorge, Einfühlsamkeit und Liebe.

Bridget ließ ihren Namen auf eine Liste setzen, und die lange Zeit des Wartens begann. Mindestens achtzehn Jahre würde sie warten müssen. Es hing von der Kleinen ab, die sie »Jenny« genannt hatte. Ein einfacher Name, wie in einem Kinderlied. Jenny.

Als die Monate vergingen, linderten viele Dinge die Traurigkeit über das verlorene Kind. Bridget vergrub sich in ihre Examensvorbereitungen und machte einen hervorragenden Abschluss. Sie wählte ein Fachgebiet, das sie faszinierend fand, und sie liebte ihre Arbeit. Sie beschloss, in der Nähe ihrer Familie und ihrer Freunde zu bleiben, und so hatte sie stets Menschen um sich, die ihren Verlust verstanden und sie unterstützten.

Und sie hatte Hamish.

Monatelang weigerte sich Bridget, ihn zu sehen. Aber er blieb hartnäckig, rief täglich an und klopfte mindestens einmal wöchentlich an die Tür ihres Elternhauses.

»Es tut mir leid«, sagte sie, als sie endlich öffnete. »Es tut mir so leid. Ich liebe dich.«

Er war ein netter, ehrlicher junger Mann. Ihre Beziehung würde nie wieder eine simple Jugendliebe sein. In Hamishs Armen hatte Bridget das Gefühl, etwas von der Last ihrer Trauer abgeben zu können. Sie liebte ihn, und sie musste für den Rest ihres Lebens mit ihm zusammenbleiben.

Es dauerte Jahre, ehe sie auch nur daran denken konnten, ein zweites Kind zu bekommen. Sie sprachen niemals darüber. Aber eines Tages benutzte Hamish kein Kondom, und Bridget erhob keine Einwände. Nachher weinte sie.

»Ich kann das nicht. Ich sollte es nicht. Es ist falsch, das zu wollen«, sagte sie.

Wie immer spürte er, was er ihr sagen musste. Sie seien damals so jung gewesen. Es sei ein schrecklicher Fehler gewesen, aber sie müssten darüber hinwegkommen. Die kleine Jenny sei gut aufgehoben. Sie müssten versuchen, glücklich zu sein.

Als Bridget jeden Monat während des nächsten Jahres pünktlich ihre Regel bekam, verwandelten sich ihre Schuldgefühle und ihr Selbsthass in Verzweiflung und Anspannung. Sie wollte und musste schwanger werden. Und schließlich wurde sie es auch.

Rachel. Ein Geschenk des Himmels. Ein anderes Mädchen. Ein Neuanfang.

Aber manchmal kehrte der Schmerz zurück, und Bridget hatte das Gefühl, nicht wirklich lebendig zu sein. Es war, als würde sie die Abläufe des Lebens nur nachahmen: den Abfall zur Mülltonne bringen, Rachel zur Leichtathletik fahren, am Wochenende im Baumarkt einkaufen, und all das in den Ochil Hills, die mindestens achtzehn Jahre lang die Wände ihrer Zelle bilden würden.

29

Trinken hat bei mir noch nie was gebracht. Wenn es mir schlecht geht, ist danach alles noch schlimmer. Ich kann nur trinken, wenn ich hundertprozentig glücklich bin, und an dem Abend, als die Party stattfand, war ich nicht einmal zu zehn Prozent glücklich.

Seit Streit Nummer drei hatten Chas und ich nicht mehr miteinander gesprochen. Zu Hause hatten wir Verstecken gespielt: Ich kam ins Zimmer, er ging hinaus. Er schlief auf dem Sofa, ich schlief im Bett. Er ging mit Robbie in den Park, ich sah fern. Ich ging mit Robbie auf den Spielplatz, er ging ins Atelier. Es war eine schreckliche Zeit der Furcht, des Hasses und der sehr schlechten Partyvorbereitung. Schließlich hastete ich in letzter Minute zu Marks & Spencer, Oddbin's und meinen Eltern und führte ungefähr siebzig Telefonate mit Freunden, zu denen ich keinen Kontakt mehr gehabt hatte, seit mein Leben von zwei Männern und einer Strafanstalt durcheinandergebracht worden war.

Das andere Problem am Abend der Party waren meine Nerven. Ich machte mir große Sorgen, dass die exzentrische Mixtur von Freunden, die sich durch meine Wohnung schob, nicht miteinander klarkäme. Um meine Sorgen zu betäuben, trank ich drei Wodka Tonic und war um acht Uhr betrunken.

Was mich noch unglücklicher und nervöser machte. Vor allem, als der exzentrische Freundemix dann eintraf:

Da waren die jungen Yuppie-Mütter mit ihren Low-Cut-Jeans, geglätteten Haaren und neuinstallierten Küchen; die Hippie-Mütter, die in letzter Zeit viele gute Bücher gelesen hatten; die berufstätigen Mütter, die gern mehr Zeit für Küchen und Bücher gehabt hätten; die Schulfreunde, die über Sarahs

Tod sprechen wollten (ich nicht); die, die überrascht waren, wie gut ich alles überstanden hätte, und die, die feixten, weil ich alles so schlecht überstanden hätte.

Dann waren da die Unifreunde von Chas, die das Medizinstudium, das er geschmissen hatte, beendet hatten und niemals genug trinken konnten, um ihre Langweiligkeit zu verschleiern; eine sehr attraktive Bildhauerin aus dem Atelier in Hillfoot; eine bunt gemischte Truppe schottischer Sozialisten, die immer noch denselben Kleidungsstil wie im Grundstudium pflegten; ein versprengtes Häuflein schottischer Ex-Sozialisten, die jetzt in sehr großen Häusern wohnten; ein schwuler Cousin; eine Ex-Schnelle-Nummer aus der Wohnung unter mir mitsamt psychotischem Musikerfreund; die Ische, mit der ich in den Semesterferien im Freizeitcenter geputzt hatte und die mich in meiner Uniform scharf gefunden hatte (und mich, wie ich sah, immer noch scharf fand); drei starke Raucher aus dem Korbballteam von New Gorbals, dem ich an diesem Morgen versehentlich beigetreten war; ein Kollege, dessen Blindheit einige der Mütter (vor allem aus Kategorie eins) dazu brachte, sich unbehaglich zu fühlen; zwei Nachbarn, mit denen ich noch nie zuvor gesprochen hatte; Sozialarbeiter, die über den Niedergang (oder Nicht-Niedergang) des Multikulturalismus eine Menge zu sagen hatten, desgleichen über diesen Mord im Grenzland, nächtliche Bergtouren, bei denen man nichts als einen Hut trug, über die Autowaschanlange im tiefsten, finstersten East End, bei der scharfe Bikinimädchen die Schwämme schwangen, über Kuchen, gebacken mit echter Butter, Heftklammern, Robert Frost und darüber, ob es okay sei, wenn sie noch eine winzige Line Speed im Badezimmer ziehen würden?

Und Billy Mullen, der eintraf, als ich gerade zu Musik zu tanzen begonnen hatte, die nichts mit Zeichentrickfiguren oder Kinderliedern zu tun hatte. Nach der Begrüßung durch Chas peilte Billy Mullen fast sofort meine Ex-Kollegin Marj an, obwohl sie – wenn auch unglücklich – verheiratet war.

Allmählich tat der Wodka das Seine: Er befeuerte den Geist mit Wahrheiten, nach denen es zu handeln galt – sofort.

»Wir sprechen nicht mehr miteinander!« sagte ich. Gerade war ich zu meinem Mann gegangen und hatte einen Arm um ihn gelegt, nachdem er viel zu lange mit der gutaussehenden Bildhauerin geredet hatte.

»Das ist schade«, sagte sie.

»Ja, das ist schade. Nicht wahr, Chas?«

Er antwortete nicht, berührte aber meine Hand.

»Er spricht nicht mit mir, weil ich zu viel rede«, sagte ich.

Chas' Hand schloss sich etwas fester um meine.

»Er hat einen sehr großen Schwanz«, sagte ich zu der sprachlosen Bildhauerin, die aus der Nähe gar nicht mehr so gut aussah. Ihre Nase war voller Poren und Mitesser – wie eine Erdbeere. Eine Mikrodermabrasion hätte ihr gutgetan.

»Und was bildhauerst du so?«

»Ich arbeite an einem großen Ball, der nur aus Draht besteht.«

Ich musste so heftig lachen, dass ich dabei fast umgekommen wäre. Ein großer Ball aus Draht! Das war unglaublich. Als ich schließlich mit dem Lachen aufhörte, fühlte ich mich völlig ausgeschlossen – so sehr, dass ich mich laut fragte …

»Du hattest ihn in deinem Mund!«

»Bitte?« fragte das Drahtballmädel.

»Seinen Schwanz!«

»Das reicht, Krissie!« sagte Chas und zog mich fort.

»Das hassu!« lallte ich. »Und das Schlimmste ist, dass er dabei deine Nase von oben gesehen hat, mit all diesen riesigen Kratern! Geschieht dir recht, du blöde Drahtballvotze!«

Chas knallte die Tür zu und wir standen im Treppenhaus, zusammen mit Mrs. McTay – die alte Schachtel von gegenüber wollte ihren Teil an der Abendunterhaltung nicht verpassen.

»Das ist meine Party, verdammt!« fing ich an. Von Chas, der mir so fremd geworden war, würde ich mich nicht beschwichtigen lassen.

»Krissie, beruhige dich. Hör auf und sieh mich an. Schau mir in die Augen. Ich will dir sagen, warum ich diese Party organisiert habe.«

»Weil du dich mit mir langweilst.«

»Hör mir zu.«

»Lass mich zufrieden, ich will wieder rein.«

Ich drängelte mich an ihm vorbei.

»Versprichst du mir, dich zu benehmen?«

»Ich verspreche dir nicht nur, mich zu benehmen, ich verspreche, dass ich das gleich bei deinem kleinen Freund Bobby ausprobieren werde.«

»Billy«, sagte Chas. Er nahm mir die Flasche Wodka aus der Hand und gab die Tür frei.

Ich suchte Billy Mullen in der ganzen Wohnung und fand ihn schließlich mit Marj unter der Dusche. Ich stellte die Dusche ab, um die beiden herauszuziehen, und sie schrien erst und lachten dann. Dann kam Marj heraus, und es machte ihr gar nichts aus, dass man deutlich sehen konnte, wie ihre stark erigierten Brustwarzen gegen ihr nasses weißes Kleid drückten.

»Ich will deine Freundin sein!« sagte ich zu ihm.

»Gut«, sagte er, und das war alles. Wir waren Freunde.

Freunde, die sich nicht das Geringste zu sagen hatten.

Danach schwirrte ich hierhin und dorthin, und Billy Mullen brachte Leute dazu, vor seiner neuen Sony-Digitalkamera zu posieren, die er vermutlich einige Stunden zuvor gestohlen hatte.

Ich schaute kurz bei den Müttern vorbei und kam gerade rechtzeitig, um folgenden Dialog mitzubekommen:

MUTTI VON ZACH: Zach hat mit Euan die ganze Strecke geschafft. Euan ist sehr gut, lässt sich nichts gefallen – ganz anders als der Schwimmlehrer von deinem Sohn, Amelia.

MUTTI VON PETER: Peter ist viel besser geworden. Er schafft jetzt fünfzig Meter Freistil mit einer Kraulrollwende.

MUTTI VON ZACH: Kraulrollwende? Wer bringt einem Dreijährigen denn so etwas bei?

MUTTI VON PETER: Er ist vier.

MUTTI VON ZACH: Er ist toll, ein prima Junge.

MUTTI VON PETER: Er benimmt sich sehr gut im Schwimmbad.

MUTTI VON ZACH: Er kackt also nicht mehr auf der Fontäne?

MUTTI VON PETER: Das war nicht Peter.

Irgendetwas trieb mich dazu, meinen Finger auf den Mund von Peters in die Ecke gedrängter Mutti zu legen und »Psst!« zu sagen: »Hört um Gottes willen auf, über Schwimmstunden zu reden. Nicht mal tot sein ist langweiliger. Habt ihr denn nichts, worüber ihr sonst reden könnt? Scheiße noch mal! Als ob euer Verstand aus tropfnassen Windeln bestünde und ihr nur noch über Pisse reden könntet.«

Dank meines beherzten Eingreifens konnten die Mütter nun über etwas anderes als ihre Kinder sprechen.

Ich schnappte mir einen neuen Drink und spürte Robert auf, der zusammen mit Billy Mullen und Marj im Badezimmer stand und eine Line Speed zog. Ich wartete, bis ich an die Reihe kam, pfiff mir eine Line ein und bewegte mich danach sogar noch schneller als zuvor zwischen den Partygästen – zu den Müttern (die gerade grußlos gingen), den Ärzten (die über die Toskana laberten), den Sozialisten (die nichts so gern teilten wie ihre Anschauung) und Chas, der auf unserem Bett saß. Seine Knie waren denen des Drahtballmädels verdächtig nah.

Ich sah buchstäblich rot. Dann sah ich Danny über den Flur gehen und rannte ihm nach.

»Fass es an!«

»Was?«

»Mein Gesicht, na los. Ich weiß, dass du es willst.«

Da er auch ein bisschen besoffen war, lächelte er bloß und hielt seine Hände in die Höhe. Ich packte sie und legte sie auf mein Gesicht, und dann fragte ich mich, was als Nächstes passieren solle.

»WLST DE JLZT WLLDR LSLSN?«

Ich fragte ihn, ob er jetzt wieder loslassen wolle, und seine Hände lagen dabei auf meinem Mund. Es kann sein, dass ich seine Finger ein bisschen besabbert hatte, aber er hatte mitbekommen, worum es ging, und ließ los. Da standen wir nun also beide schwankend im Flur.

»Ich geh dann mal«, sagte er, und ich schaute wieder ins Schlafzimmer und sah Chas und seine Ische. Sie saßen aneinandergeschmiegt da und schienen die Welt um sich herum vergessen zu haben. Ich packte Danny und küsste ihn.

»Du bist eine Vollidiotin, Krissie.«

Komischerweise kam das nicht von Chas oder dem Drahtballmädel – die hatten sich nicht von der Stelle gerührt und wussten gar nicht, dass ich gerade jemandem meine Zunge in den Hals gesteckt hatte –, sondern von Danny, der die Tür öffnete und ging.

30

Die Flitterwochen wurden immer schlimmer für Amanda. Sie hatte zwei Nächte allein verbracht, und Jeremy war immer noch in London, um seine kranke Mutter zu besuchen. Sie hatte kein Auto. Und die Familien in den Booten gingen ihr dermaßen auf den Geist, dass sie schon überlegt hatte, einen der Schleusenhebel zu ziehen, wenn keiner hinsah. Was sollte sie hier mit sich anfangen? Politikerbiographien lesen? Einen Kinderfilm auf DVD anschauen? Den nassen grünen Hügel im strömenden Regen erklimmen, um dann wieder hinabzusteigen? Nachdenken?

Amanda wählte die letzte Option. Sie saß stundenlang da und dachte nach. Während der letzten Stunden saß sie neben dem Kartentelefon. Da waren die Falten auf ihrer Stirn am tiefsten.

»Guten Morgen, hier Familienzusammenführung«, zirpte eine fröhliche Stimme.

Sie legte auf und rief Jeremy an. Er klang unfroh. Er war zwei ganze Tage in London gewesen, und seine Mutter weigerte sich immer noch, ihn zu sehen. Und er weigerte sich immer noch, aufzugeben.

»Willst du nicht herkommen?« hatte er sie bei ihrem letzten Telefongespräch gefragt. »So bringt das doch nichts. Wir können unsere Hochzeitsreise später nachholen.«

»Sie wird heute also vielleicht entlassen, ja?« fragte Amanda.

»Das haben sie mir gesagt. Ich rufe dich an, sobald ich mehr weiß«, sagte er.

Amanda nahm wieder ihre Wartehaltung vor dem Telefon ein. Es schaute sie an, es lockte sie, und es sagte: *Du wirst alles hinter dir lassen und fortgehen.*

In ein neues Leben.

Raus aus Schottland.

Das ist deine letzte Gelegenheit.

Heb mich ab. Na los. Mach schon.

Sie hatte nichts dagegen, Schottland zu verlassen – sie wollte es sogar. Sie liebte Jeremy. Wenn sie mit ihm zusammen war, dann war sie glücklich. Und sie hatten jede Menge Spaß miteinander. Aber ihre Heimkehr hatte ihr gezeigt, dass es ganz gut ist zu wissen, wer man ist. Es ist sogar sehr gut. Sie verstand immer noch nicht ganz, wer sie war. Ihre Heirat, ihre Heimkehr, dass sie zum ersten Mal über das Kinderkriegen nachgedacht hatte – das alles hatte in ihr den Wunsch geweckt, mehr über ihre Eltern zu erfahren. Entsprach Wildheit ihrem Naturell oder war sie eine Folge ihrer Erziehung? Hatte sie Geschwister oder Halbgeschwister? Gab es in ihrer Familie psychische Erkrankungen? Hatten alle in ihrer Familie rotbraunes Haar (Gott bewahre, wie Jeremy und sie sich in schöner Offenheit eingestanden hatten)?

Sie wusste bloß, was ihre sehr netten und vernünftigen Eltern zu ihr gesagt hatten, als sie sechs Jahre alt gewesen war: Wir haben dich adoptiert, und wir haben dich deshalb kein bisschen weniger lieb.

Sie hob den Hörer ab und wählte die Nummer.

»Guten Morgen, Familienzusammenführung.«

Diesmal legte sie nicht auf.

»Ich heiße Amanda Kelly«, sagte sie. Unglaublich, sie hatte tatsächlich angerufen! Als sie ihre Situation erklärte, zitterte ihr die Stimme. Und als sie darauf wartete, dass die Sozialarbeiterin den Vorgang prüfte und zurückrief, zitterte sie am ganzen Leib.

Als das Telefon klingelte, sprang sie hoch.

»Am besten kommen Sie vorbei«, sagte die Sozialarbeiterin. »Morgen Nachmittag habe ich noch etwas frei.«

Danach hatte Amanda bei Jeremy angerufen, aber er war nicht dagewesen. Sie wollte ihm alles erzählen. Er wusste sowieso, dass ihr die Sache nicht aus dem Kopf ging, hatte sogar vorgeschlagen, ihr beizustehen, aber als sie seine Festnetznummer wählte, hob niemand ab, und sein Handy schaltete sofort auf die Mailbox um. Bestimmt ist er im Krankenhaus, dachte sie. Verdammt, es hätte ihr wirklich gutgetan, seine Stimme zu hören.

So kam es, dass sie vor dem Termin mit niemandem über ihr Vorhaben sprach. Gegenüber ihren Eltern hatte sie zu große Schuldgefühle. Sie hätten sie nicht davon abgehalten, aber es hätte sie verletzt. Als Amanda vor zehn Jahren einmal beim Abendessen darauf zu sprechen gekommen war, hatte sie ihren Gesichtern angesehen, dass das keine gute Idee gewesen war.

An diesem Abend lag sie lange wach und fragte sich, was dieser Termin für ihr Leben bedeuten könne. Vielleicht gar nichts. Vielleicht alles.

Am nächsten Morgen trank sie drei Tassen starken Kaffee, feilte sich die Nägel und zog sich an. Da Jeremy das Auto genommen hatte, fuhr Amanda mit dem Bus nach Oban. Stundenlang schlängelte sich die Straße an der Küste entlang. Unter anderen Umständen wäre die Aussicht atemberaubend gewesen, aber Amanda hatte für reizvolle Aussichten schon unter normalen Umständen wenig übrig, und an diesem Morgen galt das erst recht. In Oban ging sie zu einer Autovermietung am Stadtrand. Mit jedem Abschnitt der Reise stieg ihr Adrenalinspiegel. Als sie in Glasgow vor dem Büro der Familienzusammenführung ankam, schlug ihr Herz so heftig, dass es wehtat.

Sie stand vor dem großen, hässlichen Verwaltungsgebäude und holte tief Luft. Musste sie wirklich mehr wissen? Was würde sie herausfinden? Wie würde sie sich danach fühlen? Amanda holte noch einmal tief Luft, schob die Fragen beiseite – Fragen, die sie sich im Stillen seit Jahren gestellt hatte – und betrat das Gebäude.

Im Nachhinein machte es sie völlig verrückt, wie leicht das Ganze seit Jahren gewesen wäre. Der Name ihrer Mutter stand in einer Datenbank, und er stand dort, seit Amanda zwölf Monate alt gewesen war. Ihre leibliche Mutter hatte sie schon seit Langem treffen wollen.

Die Beratung war langatmig und belanglos. Eine Sozialarbeiterin informierte sie über die Unterstützung, die man ihr anbieten könne. Sie erklärte, dass Familienzusammenführungen schwierig und verwirrend seien, und legte ihr nahe, sich mit einer Person ihres Vertrauens zu besprechen, ehe sie eine Entscheidung träfe.

»Sie sollten nichts übereilen«, sagte die Sozialarbeiterin und gab ihr Informationsmaterial und Internetadressen. »Denken Sie über alles nach, sprechen Sie mit jemandem und bereiten Sie sich innerlich auf die möglichen Folgen vor.«

Amanda war völlig durcheinander. Alles, was sie von dieser Frau wollte, war der Zettel mit dem Namen und der Adresse ihrer Mutter. Dann wollte sie zur Tür hinausrennen und …

Endlich hatte sie genug genickt und Gelassenheit vorgetäuscht. Sie war mit dem Blatt Papier in der Hand zur Tür hinausgelaufen, ohne die geringste Ahnung zu haben, was sie als Nächstes tun solle. Einige Minuten lang saß sie einfach im Auto und hielt sich an dem Papier und den Worten fest, die ihr sagten, was sie unbedingt wissen wollte.

Dann las sie, was auf dem Blatt stand.

Ihre leibliche Mutter – damals Bridget Garden, heute Bridget McGivern – war bei Amandas Geburt siebzehn Jahre alt gewesen. Über den Vater stand nichts Näheres da. Bridget war einen Meter siebzig groß, genau wie Amanda, und sie hatte rotes Haar. Scheiße. Zum Zeitpunkt von Amandas Geburt hatte sie Medizin studiert. Als sie Amanda zur Adoption freigegeben hatte, wohnte sie in der Wood Street 24 in Ballon. Jetzt wohnte sie in der King Street 87 in Stirling.

Amanda hielt das Stück Papier in der Hand und schaute auf die feinen schwarzen Druckbuchstaben, die ihre Mutter und sie selbst definierten. Kleine schwarze Buchstaben, auf einem Stück Papier zusammengesetzt, um *sie* zu bedeuten. Sie weinte nicht. Es wäre eine Erleichterung gewesen, aber die Tränen wollten nicht kommen.

Stattdessen fuhr sie los.

Nach Ballon.

31

Das ist ja prima gelaufen!, dachte ich, ich als ich am Morgen nach der Party auf dem Sofa zu mir kam, und verbarg mein Gesicht in den Händen. Ein paar Leute schliefen auf dem Wohnzimmerboden, der Teppich war voller Rotweinflecke, und überall lagen Zigarettenstummel, halb gerauchte Joints, Flaschen, leere Chipstüten und circa zwanzig Warmhaltepackungen mit halb verzehrtem Lamm Bhuna und Chicken Tikka Masala herum. Von Chas hingegen keine Spur.

Und auch keine Spur von Robbie, den ich um zwölf bei meinen Eltern abholen sollte. Scheiße.

Ich rannte ins Schlafzimmer, wo zu meinem Schrecken zwei nackte Menschen im Bett lagen: Billy Mullen und Marj. Dann rannte ich ins Badezimmer, wo jemand, den ich nicht einmal kannte, gerade ein Bad nahm.

Ich griff mir einige Kleidungsstücke, streifte sie rasch über und fuhr im Taxi zum Haus meiner Eltern.

Ich hasste mich. Das Trinken hatte gezeigt, dass ich ein aggressives, fluchendes Klümpchen Nichts von selbstzerstörerischer Widerwärtigkeit war. Nie wieder würde ich einen Tropfen Alkohol anrühren. Ich war eine Vollidiotin, und ich hatte einen infernalischen Kater, der meine Physis und meinen Intellekt auf Mückengröße schrumpfen ließ.

Als ich bei meinen Eltern die Tür öffnete, beschloss ich, in Zukunft mehr wie sie zu sein: frisch und freundlich, immer ein gesundes Süppchen auf dem Herd. Oder wie Robbie: rotbäckig, unkompliziert, liebenswert.

Mein Vater chauffierte uns zurück in die Wohnung, und ich

hoffte inständig, dass mit Ausnahme von Chas niemand mehr da sei.

Gott sei Dank war niemand mehr da, aber leider galt das auch für Chas.

Ich sah den blinkenden Anrufbeantworter und drückte mit einem Anflug von Panik den Knopf.

»K, ich bleibe bis zur Vernissage im Atelier. Wir brauchen mehr Abstand.«

Die Liebe meines Lebens brauchte mehr Abstand. Kein Wunder. Warum sollte er hier sein? Warum sollte er nicht kilometerweit davonlaufen?

Etwas anderes *war* hier: Auf dem Holzboden im Flur lag ein Umschlag mit Fotos auf DIN-A4-Papier. Fotos von mir auf der Party ...

Einen Joint rauchend (wann war das denn gewesen? Ich erinnerte mich nicht mehr daran) ...

Danny küssend ...

Speed schnupfend ...

Unter den Fotos lag ein Brief von Billy Mullen. Billy schrieb:

Hallo, Krissie!
Ich bin froh, dass wir Freunde sind.

32

Die Fahrt dauerte fünfundvierzig Minuten. Ballon war ein schickes Pendlerstädtchen mit schönen, großen Häusern, in dem es mehr Restaurants als Geschäfte gab. Jetzt, am späten Nachmittag, war der Ort mit Ausnahme einiger Damen beim Kaffeeklatsch wie leergefegt. Amanda wollte das Haus sehen, in dem ihre Mutter gewohnt hatte, als sie sie zur Adoption freigegeben hatte: das Haus, in dem sie hätte aufwachsen können. Die Wood Street verlief parallel zur Hauptstraße, und die Nummer 24 war eine Doppelhaushälfte: ein helles Sandsteinhaus mit einem Garten, der von einer Ansichtskarte zu stammen schien. Die Windfangtüren waren geschlossen: Die Eigentümer, wer auch immer das jetzt sein mochte, waren nicht da.

Hier hatte Amandas Mutter gelebt, als sie siebzehn Jahre alt gewesen war.

Amanda sah sich das Haus an, wie ein Kind ein verpacktes Geschenk ansieht, das es in seinem Versteck unterm Dach aufgespürt hat. Diese Vorhänge hätten ihre Vorhänge sein können, mitsamt ihren Befestigungskordeln und auberginefarbenen Schabracken. Dieses Fenster hätte ihr Fenster sein können; sie hätte sich hinauslehnen und einer Freundin auf ihrem Schulweg »Warte auf mich, warte auf mich!« zurufen können. Dieser Baum hätte ihr Baum sein können: zum Klettern, Verstecken, um heimlich dahinter zu rauchen. Ein Geruch, wie sie ihn nie gerochen hatte, hätte aus der Küche dringen können: der Geruch eines Essens, wie sie nie eines gegessen, auf einem Teller, wie sie nie einen kaputtgemacht hatte. Sie erforschte ihr Parallelleben – das Geschenk, das nie geschüttelt, geschweige denn geöffnet worden war.

Und jetzt kamen die Tränen – das ganze Auto bebte. Da saß sie nun an einem Freitagmorgen allein in einem silbernen Polo in einer Vorortstraße und weinte.

Irgendwann musste sie das Auto gestartet haben, und sie fragte sich, wie es sich von selbst wieder abgeschaltet habe. Hatte sie nicht mehr gewusst, wie man Auto fährt, und es selbst abgeschaltet? Sie war sich nicht sicher. Sie wusste nur, dass sie diesen Ort nicht verlassen konnte, und so blieb sie einfach da. Den ganzen Tag lang saß sie im Wagen, weinte und hörte wieder auf zu weinen, ließ den Wagen an und schaltete ihn wieder ab (oder auch nicht, sie erinnerte sich nicht genau daran). Und sie entdeckte immer neue Kleinigkeiten an dem Haus. Es war fast tröstlich, das leere Haus zu beobachten und sich allerlei Sachen auszumalen.

Und so war sie etwas überrascht, als ein Auto ziemlich rasch auf die Auffahrt glitt und stehenblieb.

Auch ihr Atem blieb stehen.

Gebannt sah sie zu, wie sich die Autotür öffnete und eine Frau ausstieg: eine gutaussehende Frau Ende sechzig, die mehrere Einkaufstaschen trug und Schuhe mit Absätzen, die nicht zum Gehen gemacht waren.

Amanda dachte nicht lange nach, sondern stieg aus dem Wagen und lief auf die Frau zu, die sich mit der Sturmtür abmühte und zweifellos ihre große, elegante Großmutter war.

»Entschuldigung!« sagte sie zu der zu Tode erschrockenen Frau, die die Sturmtür inzwischen geöffnet hatte und sich nun mit der inneren Tür abmühte.

»Meine Güte! Sie haben mich zu Tode erschreckt!«

»Ich will Ihnen nichts verkaufen.«

»Gut«, sagte die Frau. »Ich kaufe auch nichts.«

»Kann ich Ihnen mit den Taschen helfen?«

»Nein.«

»Tut mir leid, es ist nur … Ich heiße Amanda.«

»Ja, und?«

Ich muss damals einen anderen Namen gehabt haben, dachte Amanda.

»Ich bin gestern bei der Familienzusammenführung in Glasgow gewesen, und da hat man mir diese Adresse gegeben.«

Amanda hatte Sätze eingeübt, die sie bei der ersten Begegnung mit ihren Blutsverwandten sagen wollte. Aussagen wie: »Ich bin Ihre Tochter« oder »Sie sind meine Mutter«, oder »Sie haben mich zur Adoption freigegeben …« Auch die möglichen Reaktionen hatte sie sich ausgemalt. Ein Telefon, das aufgelegt wurde. Eine Tür, die man ihr vor der Nase zuknallte.

An dem, was sie gesagt hatte, war nichts Dramatisches gewesen, aber von dem, was nun folgte, hatte sie nur selten zu träumen gewagt. Die Frau ließ ihre Taschen fallen und schlug sich die Hand vor den Mund. Dann packte sie Amanda bei den Schultern und umarmte sie mit aller Kraft. »O mein Gott!« sagte sie, »O mein Gott!«

Sie war willkommen. Alles würde gut werden.

Schließlich löste sich Amanda aus der Umarmung und fragte: »Sind Sie Bridgets Mutter?« In ihren Augen standen Tränen.

»Ja, ja. Ja«, sagte die Frau und hielt Amanda weiterhin halb umarmt. Tränen strömten über ihr Gesicht. »Ich bin deine Großmutter.«

33

Bridget hatte ein ziemlich trockenes Salami-Hummus-Sandwich gegessen und die Kruste in den Müll geworfen – die Zeit, in der sie sich kindisch und schuldig gefühlt hatte, weil sie keine Brotkrusten mochte, war lange vorbei. Sie war fünfundvierzig Jahre alt, sah aber deutlich jünger aus: rötlichblonde, geglättete Haare und vielleicht ein Hauch von Botox im Gesicht, oder zumindest ein von der Sonne glücklich verschonter Teint. Immer trug sie Kostüme – Röcke mit passenden Hemden und Jacken – und Schuhe mit Keilabsätzen. Sie war schön. Große blaue Augen mit einem Anflug von Traurigkeit, ein Mund mit reichlich Lipgloss und ein schlanker Körper. Ihre Patienten und ihre Kollegen fanden sie attraktiv – Männer wie Frauen.

Bridget wollte gerade einen Schluck von ihrem Orangensaft nehmen, als das Telefon klingelte.

»Mein Gott, Bridget, sie ist hier«, schrie ihre Mutter.

»Was?« fragte Bridget verständnislos.

»Setz dich hin, setz dich«, tönte die überdrehte Stimme ihrer Mutter aus dem Hörer.

»Ich sitze schon. Setz du dich erst mal hin. Ist alles in Ordnung mit dir?«

»Bridge, du wirst es nicht glauben. Deine erste Tochter stand hier gerade vor Tür, und jetzt sitzt sie am Küchenti...«

Bridget hinterließ einen baumelnden Telefonhörer, einen halbausgetrunkenen Orangensaft und ein Stück krustenloses Salami-Hummus-Sandwich auf ihrem Schreibtisch, rannte aus ihrem Büro, den Gang entlang und auf den Parkplatz des Krankenhauses. Sie nestelte an ihren Schlüsseln herum, startete den

Wagen und fuhr so schnell sie konnte durch das vertrackte System von Einbahnstraßen in Stirling. Sie schoss an der Universität vorbei, schob sich in Ballon durch einen Verkehrsstau auf der High Street, bog hinter Somerfield links ab und dann rechts in die Wood Street ein.

Beim Einparken warf sie einen raschen Blick auf ihr Bild im Rückspiegel. Mit ihrem Haar (blonder als von Gott gewollt) war alles in Ordnung, und an ihrem Mund hingen keine Sandwichkrümel. Es gab sowieso nichts, womit sie diesen Menschen beeindrucken konnte. Warum also machte sie sich die Mühe, sich anzuschauen?

Wie lange schon hatte sie sich diesen Moment ausgemalt.

Nachdem es passiert war, hätte jedes Kind in jeder Straße ihre Jenny sein können.

Einmal hatte sie in London in einem Bus gesessen und eine Frau gesehen, die mit einem Kinderwagen eine Treppe hinabrumpelte. Sie war nach vorne zum Busfahrer gerannt und hatte ihn gebeten, SOFORT anzuhalten, weil sie ein kurzes Aufflackern von rotem Haar in dem Buggy gesehen hatte und weil das Kind klein war – etwa fünf Monate und drei Wochen alt, genau wie Jenny. Als der Fahrer angehalten hatte, war sie zu dem Buggy gerannt. Einer ihrer Schuhe war dabei auf der Strecke geblieben, und dann hatte sie die Frau am Arm gepackt und angehalten. Als sie in den Kinderwagen schaute, sah sie ...

... einen Jungen, der zudem noch viel größer als gedacht war – vielleicht ein Jahr alt. Und die Frau ging einfach weiter mit ihrem sorglosen, kindeserfüllten Leben.

Da war ihre Hochzeitreise nach Prag gewesen, wo ein fünf Jahre altes Mädchen auf der Brücke Modell für ein Porträt gestanden hatte. Aber das Mädchen wollte nicht stillstehen, und Bridget erkannte in den Augen des Kindes etwas von sich selbst wieder. Eine leise Verletzlichkeit, ein Funkeln von Amüsiertheit. Das Mädchen war aus Amerika.

In Glasgow, im Science Centre. Rachel war damals fünf gewesen. Ihre Älteste wäre fünfzehn gewesen. War sie das? Das Mädchen in der schicken Uniform, mit der schlimmen Akne, das hinter einer großen Kindergruppe herschlich, die gerade Notre Dame verließ?

Sie würde es niemals erfahren. Sie konnte nichts tun als warten – und am fünften Mai, jedes Jahr am fünften Mai, konnte sie eine Geburtstagskarte ohne Stempel und Adresse einwerfen: »Für meinen kleinen Rotschopf«. Sie konnte sie in den Briefkasten werfen, zusehen, wie sie verschwand, und fortgehen.

Nacht für Nacht (und vor allem am fünften Mai) fragte sie sich, wo ihre Erstgeborene sei, was sie tue, was sie esse, wer sie liebe. Achtundzwanzig Jahre Warten auf die Ergebnisse einer Biopsie, die Ergebnisse eines Schulabschlusses. Warten darauf, dass aus einer Schwangerschaft ein Menschenleben würde. Warten auf einen Schluck Wasser ...

Und jetzt untersuchte sie ihren Mund auf Essensreste, und das Warten schien ein Ende zu haben. Irgendwie. Wie hatte sie es geschafft, diese lange Wartezeit zu überstehen? Wie würde das Leben ohne Warten sein?

Auch Amanda drinnen im Haus kam diese halbe Stunde länger vor als all die Jahre, in denen sie sich gefragt hatte, warum ihre Mutter sie weggegeben hatte. Was hatte sie daran gehindert, sie zu behalten?

Sie saß in der prächtigen Küche ihrer prächtigen neuen Großmutter, schaute auf die Uhr und verfolgte die Bewegungen der Zeiger: die ersten fünf Minuten, die zweiten drei Minuten, die letzten zwei, dann eine. Und auf einmal wurde ein lebenslanger Zweifel durch das Knarren einer Tür und schnelle Schritte auf dem massiven Eichenboden beseitigt. Ihre Umarmung mochte unter Fremden unangebracht sein, aber für sie galten andere Regeln.

Gott, ich danke dir, sagten beide im Stillen während dieser ersten langen Umarmung. Gott, ich danke dir ... dass du sie mir zurückgegeben hast.

34

Was wäre passiert, wenn ich Billys Brief in den Müll geworfen hätte? Was, wenn ich ihn in kleine Fetzen zerrissen, zerknüllt und aus dem Fenster geworfen hätte? Hätten meine Probleme sich in Luft aufgelöst? Dieses Ding, das mir alles kaputtmachen konnte – meinen Job, meine Beziehung, alles. Wäre es verschwunden?

Einen Versuch ist es wert, dachte ich und zerriss ihn, zerknüllte ihn, warf ihn erst an die Wand und dann in den Müll.

In der Zwischenzeit lief Robbie in sein Zimmer, wo er eine Kiste voller Züge und Schienen auf den Boden entleerte und zu spielen begann. Nach einer Nacht außer Haus konnte er es anscheinend kaum erwarten, mit seinen eigenen Sachen zu spielen. Er wurde Tag für Tag hübscher, sein Haar immer blonder und lockiger, und weil er immer lächelte, war sein Mund eine einzige strahlend weiße Fläche. Er hatte Grund zum Lächeln gehabt. Bis vor wenigen Tagen waren sein Vater und seine Mutter das glücklichste Paar der Welt gewesen. Alles hatten sie gemeinsam gemacht. Hatten sich zu jeder Mahlzeit an den Tisch gesetzt, hatten jeden Einkauf zu dritt unternommen (Hand in Hand, mit vielen »1-2-3-Hopsassa!«). Robbies Schlafenszeit war Knuddelzeit für die ganze Familie gewesen, gleich nach der Gutenachtgeschichtenzeit für die ganze Familie. Und Baden war auch lustig, mit Rauschebärten aus Badeschaum und Rutschen für die Teletubbies. Sein Leben war gut.

Aber diese Fotos – die mich zeigten, wie ich Danny im Flur küsste, Speed im Badezimmer schnupfte, einen Joint rauchte –, diese Fotos konnten alles zerstören. Dies konnte der Moment sein, an dem ich – wenn ich später mal einen Bericht über

Robbie schreiben musste, weil er in einem geklauten Auto herumgefahren war oder sich beim Fußball geprügelt hatte – »Ach so!« sagen würde (im Stillen). »Ach so! Deswegen bist du so geworden. Als du drei warst, hat deine Mutter eine Affäre angefangen. Sie war drogenabhängig. Und dein Stiefvater, der dich von ganzem Herzen liebte, ging fort und wurde niemals wieder gesehen.«

Ich verbrachte Stunden unter einer Dunstglocke aus Besorgnis. Ich putzte wie eine Besessene und versuchte, Robbie zu bespaßen, der unaufhörlich nach seinem Vater fragte.

»Er malt«, sagte ich. »Er ist sehr beschäftigt.«

Nachdem ich Robbie ins Bett gebracht hatte, rief ich ungefähr hundertmal bei Chas an und hinterließ dieselbe Anzahl von Nachrichten. Sprich mit mir, verzeih mir, ich bin nicht ganz bei Trost, ich hätte mich nicht betrinken sollen, das erste Mal seit zwei Jahren, entschuldige bitte, sprich mit mir, ruf mich an, ruf mich an, antworte, heb ab, bist du bei ihr, vögelst du mit ihr, entschuldige, sprich mit mir, hätte das nicht sagen sollen, habe noch was getrunken, hätte ich besser nicht getan, ich bin nicht ganz bei Trost, sprich mit mir, verzeih mir, du bist bei ihr, stimmt's …

Es war wirklich kein Wunder, dass Chas an diesem Wochenende nicht nach Hause kam.

Und so blieb ich – nach einem Bad ohne Rauschebärte und einem Zubettbringen ohne Familienknuddeln – mit meinen Fotos und dem zerrissenen Brief zurück, den ich wieder aus dem Müll gefischt und zusammengeklebt hatte. Ich versuchte, logisch zu denken. Was bedeutete er, dieser Brief? Welchen Einfluss konnte er tatsächlich haben?

Würde ich meine Stelle verlieren? Und wäre das nach der Talfahrt, die mein Leben mit meiner neuen Arbeit genommen hatte, wirklich so schlimm? Ich hatte für einige Gefangene mehr Verständnis gehabt als für meinen Freund. Was wäre schon so schlimm daran, wenn ich bei Sainsbury's an der Kasse arbeiten würde. Mal abgesehen davon, dass wir dann die Tilgungsraten für den Wohnungskredit nicht mehr bezahlen könnten. Und wieder bei meinen Eltern einziehen müssten.

Im Grunde war es wahrscheinlich ganz gut, dass Chas nicht ans Telefon ging. Schließlich war seine Bewährungszeit gerade erst vorüber. Das Letzte, was er jetzt brauchte, war, in irgendetwas Kriminelles verwickelt zu werden. Ich kannte ihn gut genug, um zu wissen, wie er auf die Sache mit Billy reagieren würde. Er gehörte zu der Sorte Menschen, die ihre Probleme selbst in die Hand nehmen. Machte gern reinen Tisch. Vertraute nicht der Polizei oder den Gerichten. Wenn ich ihm von Billys Brief erzählte, würde er irgendeine Dummheit begehen, und dann würden sie ihn wieder wegschließen.

Dann war da dieser Kuss. Chas hatte meinen albernen Versuch, ihn bei der Party mit Danny eifersüchtig zu machen, nicht einmal bemerkt. Wenn das zu meinen anderen Schnapseskapaden noch hinzukäme, würde er wohl nie mehr zu mir zurückkehren.

Aber der Polizei konnte ich auch nichts erzählen. Wg. Arbeitsplatz, siehe oben.

Womit mir nur noch eine Option blieb.

Auf der Rückseite von Billys markiger Notiz stand eine Telefonnummer. Als ich zum ersten Mal dort anrief, hörte ich laute Tanzmusik, Stimmengewirr und dumpfe Partygeräusche. Ich legte auf, nahm ein Schlückchen Wein und versuchte es erneut.

»Ja?«

Es war Billy.

»Was willst du?« fragte ich.

»Du bist aber nicht sehr höflich, Mausi. Schließlich bist du die, die angerufen hat.«

»Was willst du?« fragte ich noch einmal.

Diesmal war er es, der auflegte.

Ich war erleichtert. Vielleicht wollte er gar nichts. Vielleicht hatte ich mich in etwas hineingesteigert, und die Fotos waren bloß Fotos. Immerhin war dieser Typ ein Freund von Chas, dachte ich bei einem weiteren Gläschen. Chas mochte ihn, hielt ihn für einen netten, vielleicht etwas komischen Typen, der leider heroinabhängig geworden war und gelegentlich klauen musste, um seine Sucht zu finanzieren. Kein fieser Typ, hatte Chas gesagt, keine große Nummer, nur ein Junkie.

Mitten in die Tröstlichkeit dieses Gedankens klopfte es an der Tür. Ich spähte durch den Spion.

Billy.

Ich legte die Kette vor und öffnete zögernd.

»Du musst bloß das hier zu deinem Freund bringen«, sagte er und hielt mir etwas entgegen.

»Wem?«

»Jeremy.«

»Bagshaw?«

»Genau, Jeremy Bagshaw. Wenn nicht, ist er ein toter Mann.«

»Was ist das?« fragte ich und schaute auf die zwei Zigarettenschachteln in seiner Hand.

»Was glaubst denn du?« knurrte Billy.

»Ich rufe die Polizei.«

»Würde ich nicht, wenn ich du wäre. Jeremy hat langsam die Nase voll von der Krankenstation. Und du willst bestimmt nicht, dass Chas etwas zustößt, oder? Wo er doch so ein guter Papi für den kleinen Robbie ist.«

Und weg war er. Ehe ich Zeit hatte, mit meiner blöden ausgestreckten Hand etwas *nicht* zu nehmen, war er weg. Und ich stand mit zwei Zigarettenschachteln da, die schwerer waren, als sie hätten sein sollen.

Ich saß auf der Fensterbank unserer Wohnung und sah hinaus auf den Kricketplatz. Die Zigarettenschachteln lagen auf dem Fenstersims und forderten mich auf, sie anzufassen, zu öffnen, an ihnen zu riechen. Ich zitterte. Ich rauchte eine nach der anderen. Ich trank meine zweite Flasche Rotwein.

35

Als ich Robbie am Montagmorgen in den Kindergarten brachte, wurde ich von der Belegschaft mit dem speziellen Grinsen empfangen, das sie seit der Sache mit dem Sexspielzeug für mich reserviert hatten. Robbie rannte sofort los, um mit seinem Kumpel Mark zu spielen, und ich gab Miss Watson sein Pausenbrot.

Trotz der möglichen Auswirkungen auf mich, Chas und Jeremy hatte ich mich im Verlauf einer schlaflosen Nacht entschieden, zur Polizei zu gehen und alles zu erzählen. Billys Zigarettenschachteln lagen im Auto, und ich hatte nicht den geringsten Zweifel daran, dass ich das Richtige tat. Nie mitspielen. Nie tun, was sie wollen. Ich sagte es mir immer wieder. Das ist dämlich, das ist es nicht wert, das sind anderer Leute Angelegenheiten. Sehr dummer Leute.

Aber gerade als ich die Tür öffnete und gehen wollte, sagte Miss Watson: »Wir brauchen Ihre Unterschrift, wenn Sie wollen, dass Robbie heute Nachmittag von seinem Onkel abgeholt wird.«

»Wie bitte?«

»Billy Mullen. Er rief an, um zu sagen, dass er Robbie heute abholt.«

Ich lief los und schnappte mir einen höchst verdutzten und lautstark protestierenden Robbie.

»Er bleibt heute nicht hier … und Billy Mullen ist nicht Robbies Onkel. Lassen Sie ihn auf keinen Fall herein.«

Ich brachte Robbie zu meinen Eltern.

»Könnt ihr auf ihn aufpassen, bis ich einen neuen Kindergarten gefunden habe?« fragte ich. »Der hier geht nicht mehr.«

»Natürlich«, sagte meine Mutter. »Was ist passiert? Ist mit Robbie alles in Ordnung?«

»Ihm geht's prima. Er passt da bloß nicht hin. Kann ich ihn nach der Arbeit abholen? Chas arbeitet auf Hochtouren.«

Ich saß vor ihrem Haus im Auto und sah mich auf der Straße um. Ein alter Mann, der seinen Hund ausführte. Zwei Jugendliche, die die Schule schwänzten. Eine Katze.

Langsam wählte ich Billys Telefonnummer. Ich musste es versuchen. Wenn er meine Stimme hörte, merkte er vielleicht, dass er tief in seinem Herzen ein guter Mensch war, kein Schwein.

»Bitte. Lass ihn in Ruhe. Lass uns in Ruhe. Bitte.«

Er antwortete nicht gleich, und ein Fünkchen Hoffnung flackerte in mir auf. Aber dann sagte er: »Hör zu, es ist nur dieses eine Mal, man hat es mir versprochen. Nur dieses eine Mal. Du musst nichts anderes tun, als es ihm zuzustecken. Leg es zwischen ein Paar Akten, oder so. Anwälte machen das dauernd. Und dann, das verspreche ich dir, ist Schluss damit.«

»Wenn ich nicht ... Wenn ich zur Polizei gehe ...«, forschte ich.

»Ich kann dich sehen, Krissie. Du solltest nicht rauchen.«

Ich sah mich um. Scheiße, wo war er?

»... Robbie sieht in Rot wirklich süß aus.«

Ich spähte bei meinen Eltern ins Fenster. Mein Vater hatte Robbie auf dem Arm und tanzte zu irgendetwas. Robbie trug seinen handgestrickten roten Lieblingspullover.

Verdammt! Er beobachtete uns von irgendwo. Wo war er? Hinter dem Baum dort? In der Seitengasse? Er wusste, wo ich wohnte, wo meine Eltern wohnten, wo ich arbeitete, wo Robbies Kindergarten war, wo Chas arbeitete. Er wusste alles. Er konnte jederzeit zuschlagen und meinem Kleinen etwas antun – oder meinem Großen. Ich konnte beim besten Willen nicht die Polizei anrufen oder zur Wache fahren. Denn er beobachtete uns – jederzeit bereit, uns wehzutun; jederzeit bereit, zu töten.

»Ich weiß, dass du die richtige Entscheidung treffen wirst«, sagte Billy und legte auf.

Ich warf meine Zigarette aus dem Fenster und rief im Büro an, um zu sagen, dass ich später kommen würde. Dann fuhr ich zu Chas' Atelier, das mit Ausnahme eines Typen, der munter an einem riesigen Steinbrocken herumklopfte, menschenleer war.

»Er ist shoppen, mit Madeleine«, sagte er in mäßig freundlichem Tonfall. Offensichtlich waren mir Berichte von meinen Heldentaten vorausgeeilt.

So hieß also der Drahtball: Madeleine.

Wutbebend fuhr ich mit 130 Sachen über die M8, um genau das zu tun, was die wirklich dummen Leute im Fernsehen immer tun – Leute, denen man vom Wohnzimmer aus NEIN! TU ES NICHT! zuruft. Bring ihnen nicht die eine Million Dollar, sie werden sie trotzdem umbringen (haben es wahrscheinlich schon). Behalt es nicht für dich, erzähl es jemandem! Erzähl es allen!

Aber da waren keine Menschen, die mir von ihren Wohnzimmern aus zuriefen. Sonst hätte ich vielleicht auf sie gehört und wäre nicht nach Sandhill gefahren. Ich hätte nicht geparkt, wo ich immer parkte, ein paar Papiere und zwei Ordner über Jeremy zusammengerafft, dem Besuchsaufseher meinen Namen genannt, mein Handy in ein Schließfach und meine Handtasche unter den Scanner gelegt.

Aber da niemand mich anschrie oder aufhielt, tat ich, was die blöden Menschen tun: Ich folgte weiter meinem einsamen Weg und glaubte felsenfest daran, dass ein Besuch bei Jeremy die einzige Möglichkeit sei, für die Sicherheit meines Sohnes zu sorgen. Alles andere interessierte mich nicht mehr. Die Aussicht, meine Stelle zu verlieren oder mit meinem Freund zu streiten, war bedeutungslos angesichts Krimineller, die meinen Sohn bedrohten.

Zum Glück war der Aufseher im Besucherraum keine Plaudertasche. Eine Unterhaltung über das Wetter oder den letzten Urlaub hätte ich nie und nimmer durchgestanden. Ich holte meinen Koffer am Ende des Laufbandes ab und ging in die Glaskabine, die den Übergang in das Paralleluniversum von Sandhill bildete.

Die Schiebetür glitt auf, und ich nannte meinen Namen. Ich ging ins Wartezimmer, füllte ein Formular aus – mit Jeremys Namen, seiner Gefangenennummer, meinem Namen, meinem Autokennzeichen –, und dann betrat ich den Wartebereich für offizielle Besucher. Ich war oft hier gewesen in der letzten Woche, meistens wegen Jeremy, aber auch wegen James Marney, einem Drogenabhängigen und einem Fall von Trunkenheit am Steuer. Ich wusste, wie der Hase läuft.

»Raum 12«, sagte man mir, und als ich dorthin ging, kehrte etwas von meinem alten Selbstvertrauen zurück – meine Schritte waren nicht mehr so unsicher, mein Griff war weniger verkrampft.

Als ich die 12 erreichte hatte, setzte ich mich mit dem Rücken zur Tür und tat so, als würde ich Papiere durchgehen und Unterlagen sortieren.

Es dauerte ungefähr fünfzehn Minuten, bis Jeremy kam. Heute sah er etwas besser aus. Die Male an seinem Hals verblassten allmählich, die Prellung in seinem Gesicht war fast verschwunden, und er wirkte weniger verletzlich.

»In was haben Sie mich da verwickelt, verdammt noch mal?« verlangte ich von ihm zu wissen.

»Was? Was meinen Sie damit? O mein Gott, hat Billy Mullen Sie bedroht?« fragte Jeremy.

»Mich, meinen Partner und meinen Sohn. Wenn ich Ihnen kein Heroin mitbringe …« Ich machte eine Pause und dachte einen Moment lang nach, dann holte ich tief Luft.

»Ich werde es nicht tun …«

(Na bitte, ich bin also doch nicht so dumm!)

»Gott sei Dank«, sagte Jeremy. »Das ist das Letzte, was ich von Ihnen will. Krissie, es tut mir so leid. Ich wollte nicht, dass das passiert. Das war es, was ich meinte, als ich sagte, wir seien beide in Gefahr. Ich will den Stoff nicht. Er ist nicht für mich. Billy versucht bloß, den hier irgendwie reinzuschmuggeln. Er weiß, dass Sie mich besuchen und dass er sich über Ihren Freund in Ihr Leben einschleichen kann. Baz heißt er, glaube ich?«

»Chas. Tut mir leid. Ich wusste nicht, was ich machen soll.

Aber wir müssen es den Aufsehern sagen. Wir machen das zusammen. Man wird Sie in Schutzhaft nehmen. Alles kommt in Ordnung.«

»Wir dürfen niemanden verpfeifen«, sagte er furchtsam.

»Er hat damit gedroht, meinen Sohn im Kindergarten abzuholen. Der Kleine ist erst drei, Jeremy. Ich weiß nicht, was ich sonst tun könnte oder an wen ich mich wenden sollte.«

»Kann Chas die Sache nicht aus der Welt schaffen?«

»Wenn er nicht mit einer gewissen Madeleine shoppen wäre.«

»Ich kann Prügel einstecken, das ist überhaupt kein Problem«, sagte er. »Aber ich werde nicht zulassen, dass man Ihnen wehtut, Krissie. Sie sind die Einzige, die mich hier drin am Leben erhalten hat, und wenn Sie den Aufsehern oder der Polizei etwas sagen, macht das alles nur noch schlimmer, viel schlimmer. Glauben Sie mir: Ich weiß, mit wem Sie es zu tun haben, ich kenne diesen Billy. Hören Sie auf mich. Gehen Sie einfach und überlassen Sie mir die Angelegenheit. Ich könnte es nicht ertragen, wenn Ihnen meinetwegen etwas zustieße. Ich könnte es nicht ertragen, wenn jemand anders zu Schaden käme.«

Als er zu sprechen aufhörte, hatte er Tränen in den Augen, und er tat mir so leid, dass ich ihn am liebsten umarmt hätte.

»Sagen Sie Billy Mullen, dass ich es nicht angenommen habe. Ich kümmere mich um alles, was hier drinnen zu regeln ist. Ich werde dafür sorgen, dass Sie vor nichts Angst haben müssen. Verstehen Sie das? Sie sind in Sicherheit.«

»Jeremy, die werden Sie *umbringen.*«

»Sagen Sie es ihm. Sagen Sie ihm, dass ich abgelehnt hätte. Wenn er wissen will, warum, soll er sich direkt an mich wenden.«

»Was soll ich mit dem Zeug anstellen?«

»Das weiß ich noch nicht. Ich werde darüber nachdenken. Aber erzählen Sie niemandem etwas.«

Ich sammelte meine Sachen zusammen, und er stand auf, aber ehe er die Tür erreichte, sagte ich: »Ich glaube, dass Sie ein guter Mensch sind, Jeremy.«

Er sah mich nicht an, stand bloß an der Türschwelle.

»Ich bin kein guter Mensch. Ich verdiene es, bestraft zu werden.«

Ich saß mit schwirrendem Kopf auf dem Gefängnisparkplatz. Weiße Lieferwagen fuhren ein und aus, Polizeifahrzeuge fuhren ein und aus. Was nun, fragte ich mich. Was das Anschwärzen anging, hatte Jeremy recht. Im Gefängnis ist so etwas schlimmer, als ein Mörder, Vergewaltiger oder Triebtäter zu sein. Es ist unverzeihlich. Wer andere anschwärzt, wird niemals alt. Jedenfalls nicht, wenn er sich mit den großen Nummern anlegt. Vor einem Jahr hatte ein Gefangener den Sicherheitsbeamten gesteckt, dass eine Anwältin allerlei Sachen in den Knast schmuggelte. Die Anwältin wurde erwischt. Sie sitzt immer noch. Der Informant – ein kleiner Ladendieb aus Greenock – wurde eine Woche nach seiner Entlassung tot im Clyde aufgefunden. Wenn Jeremy oder ich jemanden anschwärzten, würden wir beide unter demselben Boot enden.

Wieder wählte ich Billys Nummer.

»Er hat es nicht angenommen«, sagte ich Billy.

»Was?«

»Er hat sich geweigert, es anzunehmen.«

»Ich verstehe nicht ganz«, sagte Billy, und seine Stimme klang eher verwirrt als drohend.

»Ich werde nicht zur Polizei gehen.«

»Gut! Damit würdest du dich nur noch tiefer in die Scheiße reiten. Aber ich verstehe das nicht. Was genau hat er gesagt?«

»Er hat gesagt, dass du dich direkt an ihn wenden sollst, wenn du mehr wissen willst.«

»Ach so? Scheiße. Ich melde mich wieder bei dir.«

Ehe ich etwas sagen konnte, hatte er aufgelegt.

Als ich ins Büro fuhr, hoffte ich, dass Danny und Robert da seien. Aber Robert machte Hausbesuche, und Danny war so einsilbig und abweisend (er sagte nur »Hallo«, ohne zu lächeln), dass ich mich selbst zu Hausbesuchen abmeldete. Und ich machte welche, aber sie führten mich nicht zu Klienten.

Zuerst machte ich einen Hausbesuch bei mir selbst. Die

Wohnung war dunkel, aber sauber (die Folge des Putzanfalls, den ich nach der Party gehabt hatte). Ich legte das Heroin oder Kokain, oder was auch immer es war, in den Plastikbehälter, den ich als Geheimversteck für meine Zigaretten benutzte. Ich drückte den Deckel auf den Behälter und tat das, was ich mit unangenehmen Dingen oft tue – ich versteckte ihn. Nachdem ich ihn oben auf die Küchenzeile gelegt hatte, beschloss ich, ihn völlig zu vergessen. Diese Zigarettenschachteln existierten nicht mehr.

Dann fuhr ich in das Gemeinschaftsatelier in Hillfoot. Es befand sich in einem alten Fabrikgebäude und hatte zerkratzte Wände, ein Dachfenster und ein winziges Badezimmer; in einer Ecke stand ein Sofa. Chas' Zimmer lag an der Rückseite. Es war vollgestopft mit Bildern, die mit den Vorderseiten an der Wand lehnten. Alles, was man sah, waren die Rückseiten von Leinwänden, Schraubenbolzen, Holzrahmen und Tücher.

Chas war da, steckte eine Blume in Madeleines Haar fest und sah sie prüfend an. Eine kleine Rose, die an einer Haarspange oder einem Stück Draht befestigt war. Er arbeitete also keineswegs wie ein Wilder, wie er es eigentlich hätte tun sollen. Er arbeitete nicht, und er beweinte auch nicht unseren Streit oder betrauerte den Verlust seiner Freundin und seiner Kleinfamilie. Stattdessen steckte er eine beschissene Blume in das Haar von Drahtball-Madeleine und sah sie prüfend an.

Ich glaubte es einfach nicht. Chas hatte mich verlassen. Er hatte Robbie verlassen. Der ganze Stuss, den er über uns gesagt hatte – dass wir uns immer wieder neu verliebten und neu kennenlernten und nicht kapitulierten –, all das war purer Schwachsinn gewesen.

Ehe ich wusste, was ich tat, ging ich hinein und starrte sie schweigend an. Sie starrten zurück, als ob ich diejenige wäre, die zuerst etwas sagen müsste.

»Hallo«, sagte Chas nach einer Weile.

»Ich hatte eine Menge Ärger«, jammerte ich.

»Du ziehst Ärger an, Krissie.« Es klang nicht ermutigend.

»Ist es vorbei, Chas? Schläfst du mit ihr?« fragte ich.

»Wie kannst du hier hereinkommen und mich das fragen? Das ist so typisch für dich. Einfach ein winziges Stückchen Information nehmen und so tun, als wäre es die Wahrheit. Wann wirst du jemals aufhören, voreilige Schlüsse zu ziehen? Nicht alles ist so, wie es auf den ersten Blick scheint.«

»Was? Warum benimmst du dich wie ein Arschloch? Wer bist du? Ich brauche dich, und du jagst mir einen Schrecken ein.«

»Ich benehme mich nicht wie ein Arschloch. Ich brauche bloß etwas Abstand. Du bist auf der Party völlig durchgedreht, K. Du hast Freunde von mir ›Votzen‹ genannt. Du musst wieder zur Besinnung kommen. Und ich muss meine Vernissage hinter mich bringen. Warum versuchst du nicht, pünktlich zur Vernissage zur Besinnung zu kommen? Dann können wir alles klären.«

Er warf der Bildhauerin einen kurzen Blick zu, und sie lächelte ihn an!

Ich wollte irgendwen oder irgendwas schlagen – ihn, sie. Sie hatten sich gegen mich verschworen. Mein Chas, mein Leben, der mich immer geliebt hatte, er hatte sich mit einer anderen verschworen, direkt vor meinen Augen.

Ich versuchte, mich an einige Anti-Aggressions-Techniken zu erinnern: kurze Auszeit nehmen, atmen, Augen schließen. Ich versuchte es, nur um tatenlos dabei zusehen zu müssen, wie ich die A4-Fotos aus meiner Tasche holte und schnell durchblätterte, um Chas nicht die wirklich beängstigenden mit den Drogen oder gar den Brief zu zeigen, sondern nur das Foto, auf dem ich Danny küsste.

»Dein Freund hat dieses Foto aufgenommen, um uns wehzutun. Wie du siehst, hatte ich also recht«, sagte ich und schaute die Bildhauertussi an. »Deine Freunde *sind* Votzen.«

36

Anscheinend war meine Beziehung am Ende. Ich heulte den ganzen Weg zurück ins Büro. Dann versuchte ich, mich so gut es ging mit Arbeit abzulenken. Es lag eine Menge an: eine Befragung für ein Gerichtsgutachten, Anrufe bei Ärzten und Verwaltungsangestellten, Schreiben mit Terminbenachrichtigungen für Klienten, Fallaufzeichnungen. Ich arbeitete mich so gut wie möglich durch diesen Wust und hoffte, dass meine Situation durch all die Ablenkung nicht mehr so trostlos erscheinen werde.

Um fünf Uhr schaltete ich meinen Computer aus und wurde sofort von einem Gefühl der Übelkeit überwältigt.

Chas hatte mich verlassen.

In meiner Küche lagerten immer noch Drogen.

Ich musste mich beruhigen, alles durchdenken, mit jemandem reden.

Ich brauchte eine Maniküre.

Und so sprach ich, ehe ich Robbie abholte, mit Amanda über Chas. Sie feilte, während sie mir beruhigend zuredete – betrunkenes Rumknutschen auf einer Party, Stress, Alkohol. Alles nicht so schlimm, wie es aussehe, sagte sie, und ich solle mir keine Sorgen machen. »Alles, was Sie und Ihr Freund brauchen, ist ein Tag Zeit zum Runterkommen. Geben Sie ihm einen Tag Zeit. Keiner von euch will wegen eines kleinen Flirts verlieren, was ihr habt. Es ist belanglos. Ihr werdet es überstehen. Schließlich sitzt er nicht wegen Mordes in Sandhill.«

Da war es wieder, wie ein Vogel, der gegen eine Fensterscheibe fliegt: knall! Berufliche Distanz. Sozialarbeiter und Klient. Und Amanda war nicht die Sozialarbeiterin (auch wenn sie jetzt für Geld Spitzen an meine Nägel klebte), sie war die Klientin, und letzten Endes würde sie nichts von dem interessieren, was ich über meine eigenen Probleme zu sagen hatte.

Noch etwas fiel mir ein, als Amanda das Gespräch auf ihr eigenes Höllenleben lenkte: dass es gut ist, die Dinge in den richtigen Proportionen zu betrachten (es ist zum Beispiel keine schlechte Idee, »Hungersnot« zu googeln, wenn man sich schlecht fühlt). Sofort schlüpfte ich in eine etwas weniger unprofessionelle Rolle und konzentrierte mich auf meine Klientin.

»Haben Sie etwas Neues über den Prozess gehört?« fragte ich.

»Eigentlich nicht. Ich kann nur beten, dass seine Mutter zur Vernunft kommt. Aber ich denke, dass Jeremy im Gefängnis sein will«, sagte Amanda. »Er will sich selbst bestrafen. Und er will mich schützen.«

»Wovor?«

Amanda zögerte. Sie war offenbar hin- und hergerissen. Aber dann änderte sich ihr Gesichtsausdruck, und ich wusste, dass sie kurz davorstand, etwas Wichtiges zu sagen.

»Ich muss es jemandem sagen. Meine Güte, ich muss darüber sprechen. Es macht mich völlig verrückt. Keiner weiß etwas davon. Keiner außer ihm.« Sie hatte Tränen in den Augen.

»Was?«

»Er will nicht, dass es jemand herausfindet. Er denkt, dass mir das zu sehr wehtun würde. Er glaubt, man würde dann denken, dass ich sie umgebracht hätte, weil ich dadurch eine ganze Reihe von Motiven hätte: verlassenes Kind, verschmähte Liebhaberin, perverse Irre ... Vielleicht bin ich das ja wirklich alles.«

»Wovon sprechen Sie? Was soll man nicht herausfinden?« fragte ich.

»Ich habe etwas wirklich Seltsames getan. Ich kann es selbst nicht erklären. Wenn ich daran denke, möchte ich mich am liebsten übergeben. Was bin ich bloß für ein Mensch?«

»Sagen Sie mir, was Sie getan haben.«

»Ich habe es Jeremy erzählt, als ich ihn kurz nach seiner Verhaftung besucht habe«, sagte Amanda. »Ich bin allein in Crinan gewesen, während er unten in London war. Ich habe allein in dieser Bude gesessen, und so vieles war passiert. Er wusste, dass ich meine leibliche Mutter am zweiten Tag gefunden hatte, aber es war noch viel mehr passiert, und er hatte keine Ahnung davon. Bis ich es ihm auf der Polizeiwache sagte.«

»Was war noch passiert?« fragte ich gebannt.

»Ich kann es nicht laut sagen.« Amanda sah aus, als ob ihr übel wäre.

»Dann flüstern Sie es«, schlug ich leise vor.

»Es ist zu schlimm.«

»Flüstern Sie es mir einfach ins Ohr.«

Sie sah sich nervös um, beugte sich zu mir vor und flüsterte: »Ich habe Jeremy gesagt, dass da mehr gewesen ist. Mehr als sie bloß zu treffen. Aber er wollte nicht, dass ich es der Polizei erkläre. Weil er nicht wollte, dass es jemand erfuhr.«

»Was?«

Sie lehnte sich zurück, sah mir in die Augen, holte tief Luft, um sich Mut zu machen, und sagte: »Er wollte nicht, dass jemand erfuhr, dass ich ... mit ihr geschlafen hatte.«

»Mit wem geschlafen hatte?«

»Mit Bridget.«

»Bridget McGivern?«

»... Ja.«

37

Amanda hatte mit ihrer Mutter geschlafen. Mein lieber Scholli!

Ich ging zurück ins Büro und setzte mich eine Weile vor den Computer. Schockiert stellte ich fest, dass es im Internet jede Menge Forschungsberichte über Wiedersehenstreffen adoptierter Kinder mit ihren Eltern gab. Einige dieser Berichte besagten, dass bis zu fünfzig Prozent solcher Treffen mit obsessiven Emotionen, oft auch mit sexueller Anziehung einhergingen. Das Ganze hatte sogar einen Namen – Genetisch-sexuelle Attraktion – und war im Hinblick auf In-vitro-Fertilisation und dergleichen offenbar so etwas wie eine Zeitbombe. In einem Land hatte es einen Fall gegeben, bei dem sich ein Bruder und eine Schwester, die gleich nach der Geburt von verschiedenen Familien adoptiert worden waren, gefunden und ineinander verliebt hatten. Man hatte sie zwangssterilisiert.

Nachdem ich wie blöd gegoogelt hatte, begann ich zu verstehen, um was es bei diesen Fällen ging: eine automatische und für selbstverständlich erachtete körperliche Nähe, intensiv und rückhaltlos, aber ohne die Tabus, die in jahrelangem Zusammenleben aus fest definierten Rollen entstehen.

Es war nicht so grobschlächtig wie Inzest. Es war kein Missbrauch. Es ging um ein Umarmen und Verschmelzen, bei dem keine Zeit zum Nachdenken blieb, keine Möglichkeit, aufzuhören.

Trotzdem: mein lieber Scholli!

Es war spät. Ich musste Robbie abholen.

Robbie hatte einen tollen Tag bei meinen Eltern verbracht. Sie waren mit ihm im Park und auf dem Spielplatz gewesen. Er hatte gut gegessen und war um sechs Uhr in den Armen meines Vaters eingeschlafen.

»Kann er über Nacht bleiben?« fragte meine Mutter. »Es wäre doch grausam, ihn jetzt aufzuwecken.«

Ich küsste Robbie auf die Stirn und schmiegte mich an seine warme Brust. Mein kleiner Sonnenschein.

»Wenn ihr mir einen Gefallen tun könnt?« sagte ich. »Schließt bitte alle Türen ab und behaltet die Straße im Auge. Da draußen laufen zu viele gruselige Typen herum.«

»Diese Arbeit macht dich paranoid«, sagte meine Mutter.

Wenn du wüsstest, dachte ich.

»Ich hab euch lieb«, sagte ich und umarmte meine Eltern zum Abschied. Am liebsten hätte ich ihnen alles erzählt, aber ich wollte nicht, dass sie sich noch mehr Sorgen machten. »Dieser Job ist ein Albtraum, aber ich denke, dass es mit der Zeit einfacher wird. Danke fürs Helfen.«

Beim Hinausgehen schaute ich mich um: Die Straße war leer. Robbie war in Sicherheit, oder? Wo hätte er denn sicherer sein können?

Als ich in meine leere Wohnung kam, leerte ich binnen zwanzig Minuten eine ganze Flasche Wein. Weil ich vorher nichts gegessen hatte, verwandelte sich mein Gehirn unverzüglich in Brei. Plötzlich stand ich mitten in der Küche und dachte mir:

Du hast zwei Möglichkeiten, Krissie Donald. Du kannst AUFHÖREN. Hör einfach einen Moment lang auf und DENK NACH. Dann wirst du sehen, dass Amandas Liebschaft mit ihrer Mutter ohne Bedeutung für dich ist. Du wirst sehen, dass Jeremys gnadenlose Eltern ohne Bedeutung für dich sind. Du wirst sehen, dass das Gleiche für seine Schuld oder Unschuld gilt.

Was Auswirkungen auf dich *hat,* Krissie Donald, sind die kompromittierenden Fotos, der Erpresserbrief und zwei Päckchen mit Drogen in deiner Küche. Ebenfalls Auswirkungen hat die Tatsache, dass dein über alles geliebter Mann sich nicht in deiner Küche befindet. Er ist bei einer anderen, kichert mit einer anderen. Alles ganz einfach. Zwei Sachen. Kläre sie. Handle. Schaff sie aus der Welt. Eine nach der anderen. Schreib eine Liste. Eins. Zwei. Dann handle.

Hatte jemand etwas Vernünftiges gesagt? Wenn ja, dann hatte ich seit dem fünften Glas Wein nicht mehr zugehört und stattdessen einer weitaus faszinierenderen Stimme zu lauschen begonnen. Einer Stimme, die mir von meiner einsamen Fensterbank aus ins Ohr flüsterte. Sie sprach von Jodie Foster und Hannibal Lecter, und sie sagte mir, dass ich die große Tafel aus Robbies Zimmer holen und in die Mitte des Küchenbodens legen solle, zusammen mit einigen bunten Kreideresten.

Du wirst langsam verrückt, K, beharrte die Stimme der Vernunft, aber ich brachte sie mit einem Totenschädel voll roter Flüssigkeit zum Schweigen und schrieb mit dem ernsten Mund von Ms. Foster in meiner neuen Ermittlungszentrale auf meine neue Ermittlungstafel:

Wer hat Bridget McGivern getötet?

Ich hatte heute Nachmittag mehr als dreißig Pfund für überflüssige Nagelpflege ausgegeben, und Amanda hatte mir dabei die schockierendste Geschichte meines Lebens erzählt. Stimmte das? War sie schockierender als Jeremys Geschichte? Oder schockierender als Roberts Geschichte über den demenzkranken Mann und seinen dreibeinigen Hund? Egal. Zu diesem Zeitpunkt, nach zwei Wochen in meinem neuen Beruf, war es meine schockierendste Geschichte oder zumindest eine aussichtsreiche Anwärterin auf Platz eins. Und als solche musste sie ausgiebig erwogen und durchdacht werden. Ich musste mir Notizen machen und einige Theorien wie die von Ödipus-Schmödipus und Elektra und von Vernachlässigung und Bindung nachschlagen.

»Wer hat Bridget McGivern getötet?« Ich hatte es oben auf meine Ermittlungstafel geschrieben.

(Natürlich gibt es etwas, worüber du dir Sorgen machen musst. Bring die Drogen zur Polizei, du hirnverbrannte Idiotin …)

»Jeremy?« schrieb ich in Spalte eins.

(Geh 999 wählen ...)

»Amandas Eltern, Mr. und Mrs. Kelly?« schrieb ich in Spalte zwei.

(Fleh Chas an, dass er zu dir zurückkehren soll ...)

»Bridgets Mann Hamish?«

(Kriech zu Kreuze, nieder auf die Knie ...)

»Amanda?«

(Du wirst doch wohl nicht etwa eine zweite Flasche öffnen wollen ...)

»Bridgets zweite Tochter, Rachel?«

ICH HEISSE CLARICE STARLING, UND ICH HABE KEINE GRÖSSEREN PROBLEME IN MEINEM LEBEN, ALS MORDFÄLLE ZU LÖSEN, UNSCHULDIGE MENSCHEN ZU RETTEN UND HUNGERNDE GEISELN MIT VERFILZTEM HAAR AUS IHREN VERLIESEN ZU BEFREIEN.

Oje, dachte ich, als ich mich später im Spiegel ansah. Jodie hat keine grauen Zähne und keinen roten Fleck rechts neben ihrem Mund, und sie hat nie vor dem Spiegel geweint, während ihr der Rotz das Gesicht runterlief. Scheiße. Scheiße.

Bett.

38

Definitionen erfordern ein gewisses Maß an Bedingungen oder Voraussetzungen, um einen Sinn zu ergeben: dass es falsch ist, jemanden zu streicheln, der schon vergeben ist, dass Blutsverwandte die Grenzen und Regeln ihres Umgangs mit der Zeit erlernen. Aber für Amanda und Bridget gab es keine solchen Bedingungen oder Voraussetzungen.

Affäre: unerlaubte, geheime Liaison sexueller Natur.
Inzest: sexuelle Beziehung zwischen Blutsverwandten.
Affäre: geheime sexuelle Liaison.
Mutter: weiblicher Elternteil.
Inzest: Beziehung zwischen Blutsverwandten.
Affäre: Liaison.
Inzest: Beziehung.
Inzest unerlaubt
Affäre
Blutsbeziehung
zwischen geheimen sexuellen Verwandten

Die McGiverns hatten feierlich auf die Rückkehr Amandas angestoßen, des verloren geglaubten Rotschopfs. An jenem ersten Abend war die gesamte Familie zu ihrer Begrüßung zusammengekommen: Onkel, Vater, Schwester. Autos hielten vor dem Haus, und Füße liefen über den Eichenboden, damit man sie in die Arme schließen konnte – so, wie man sie im Krankenhaus in die Arme geschlossen hätte, wenn sie auf die normale Art und Weise eingetroffen und geblieben wäre. Alle schauten sie an, glichen Augen, Hände, Haar und Nase ab. Es gab hysterische Ausbrüche, übertriebenes Lachen, herzzerreißendes Weinen. Der Kopf des Babys wurde nass gemacht.

Es ergab im Grunde keinen Sinn. Es war eine Fiktion. Am Anfang und am Ende kam Amanda sich vor, als ob sie Zeilen aus einer romantischen Komödie oder einer Familienhistorie oder einer Kriminalgeschichte oder einer Tragödie vorlesen würde, die so seltsam war und so wild zwischen den Genres schwankte, dass daraus nie ein Erfolg werden konnte. Aber sie nahm ihr Skript in die Hand, und dann begann ihr Part – die Affäre, die keine richtige Affäre war, der Inzest, der kein richtiger Inzest war. Sie nahm ihr Skript, und die Fiktion begann …

Tag eins

AUSSEN, SANDSTEINHAUS, BALLON, STIRLINGSHIRE
Es ist sonnig, und es ist Frühling. Gelbe Narzissen säumen die Straße. Autos wohlhabender Menschen parken auf den Auffahrten wohlhabender Menschen.

DRINNEN, SANDSTEINHAUS, BALLON, STIRLINGSHIRE
Sonne, Frühling. Narzissen stehen in kunstvoll verdrehten Glasvasen auf glatt polierten Sideboards mit Schellackoberfläche. Eine Familie lacht und weint wie bei einem Leichenschmaus. Amanda wirbelt durch den Raum, durchlebt die Verwirrung, die jäher Ruhm mit sich bringt. Sie muss Fragen beantworten, sich anschauen lassen, sich begutachten lassen. Sie fühlt sich geliebt: ein wunderbares, kribbliges Gefühl. Sie wirbelt durch den Raum, und man sieht ihrem Gesicht an, dass dies der schönste Tag ihres Lebens ist: der glücklichste, der aufregendste, der allerschönste.
Sie trifft ihren Onkel, einen Betrunkenen in einem Kilt.

AMANDA: Guten Tag, Onkel.
ONKEL: Guten Tag, Amanda.

Sie trifft ihre Schwester, einen feindselig wirkenden Grufti.

AMANDA: Hallo, Schwester.
RACHEL: Hallo.

Sie trifft ihren Vater, einen Anzug tragenden Lehrer.

VATER: Hi.
AMANDA: Hallo.

Und sie trifft ihre Mutter. Eine Frau in einem grauen Hosenanzug mit maßgeschneidertem weißem Hemd, schwarzen Schuhen mit Keilabsätzen und schwarzem Perlenschmuck. Sie ist elegant, aber nicht zu sehr, hübsch, aber mehr als bloß hübsch. Sie lächelt, aber eigentlich lächelt sie nicht. Sie lacht, aber eigentlich lacht sie nicht. Sie verfügt über alle Merkmale eines Models: Beine, Arme, Titten, alles modelmäßig. Und das soll ihre Mutter sein? Es ergibt keinen Sinn. Ihre Mutter ist eine siebzig Jahre alte Frau, die in einer Zementschachtel wohnt, sich in einem Drecksjob abrackert, in die Kirche geht, Strickjacken trägt und Suppe kocht – und trotzdem soll das hier auch ihre Mutter sein? Diese Frau, die ihre Schwester sein könnte, oder ihre Freundin. Die gern isst, was sie auch gern isst – schwarze Oliven, Thaichips –, die sexy aussieht und beim Lachen all ihre Zähne zeigt, während sich um ihre Augen kleine Lachfältchen bilden?

BRIDGET: Hallo, Jenny.
AMANDA: Jenny?
BRIDGET: Darf ich dich Jenny nennen?
AMANDA: Nein.
BRIDGET: Wie darf ich dich nennen?
AMANDA: Bei meinem Namen.

Bridget zögert.

BRIDGET: Hallo, Jenny.

SCHWARZBLENDE.

So hatte er begonnen, Amandas abgefuckter Film. Und am fünften Tag hatte er aufgehört.

Tag zwei

Es hatte einiges zu erklären gegeben. Sachen, über die man beim zweiten Essengehen redet, wenn man über frühere Partner spricht und herausfinden will, ob der andere ein herzloser Schweinehund, eine bedürftige Klette oder ein Psycho ist.

Amanda und Bridget saßen in einem Restaurant in Bridge of Allan. Alles dort war förmlich: Tische mit gebügelten Tischdecken und zu wenig Geräusche. Paare, die meilenweit auseinandersaßen und Gott dafür dankten, dass sie sich sowieso nichts zu sagen hatten. Blutige Fleischstückchen, umständlich auf Teller geschichtet, dazwischen Kartoffeln und irgendwelche Zweige. Der Wein kostete 18 £ die Flasche und stand in einem silbernen Kühler. Sie hatten zwei Flaschen getrunken und nach einer Weile aufgehört, sich über die fehlenden Geräusche Gedanken zu machen: Es gab einiges zu erklären.

Genau genommen war es Bridget, die einiges zu erklären hatte. Sie wusste, dass das eine unmögliche Aufgabe war: zu erklären, warum sie Amanda im Stich gelassen, den Mann dann trotzdem geheiratet und eine Ersatztochter bekommen hatte. Wie sollte man das erklären? Sie versuchte es trotzdem: »Ich wusste nicht, was ich tat …«; »ich war jung …«; »meine Mutter hat mich unter Druck gesetzt, sie weiß, dass sie auch einen Fehler begangen hat …« Aber sie konnte nicht rechtfertigen, warum sie Amandas Leben zwei fremden Paaren anvertraut hatte – zuerst den Kellys, diesem »netten Pärchen aus Glasgow, das Katzen so gern hatte«. Bridget setzte an …

»Puddles ist gestorben«, sagte Amanda. »Sie wurde von meinem Schulbus überfahren, als ich sieben war. Ich habe den Stoß gespürt.«

(Leicht würde sie es ihr nicht machen.)

»Und sie sind im Urlaub gern nach Spanien gefahren?« fuhr Bridget fort.

»Ich hatte eine Lebensmittelvergiftung. Wir waren nie wieder da.«

»... einen großen Verwandtenkreis?« Bridgets Stimme bebte, aber sie konnte einfach nicht aufhören.

Amanda schwieg. Sie wollte rüpelhaft und wütend sein, wollte »Ich hasse sie alle« sagen, aber sie tat es nicht. Im Grunde hatte sie ihre große Sippe sehr gern.

»Wie ist Rachel so?« fragte Amanda. Rachel war der Mensch, der Amandas verpasstes Leben leben durfte, und Bridget spürte, dass dies ein heikles Thema war, über das man lieber vor als nach zwei Flaschen Wein sprach.

»Ich will nach Hause gehen«, sagte Bridget, und ihre Verabredung bekam eine neue Dynamik. Sie hätte gern geweint, ihren Kopf in der Bettdecke vergraben und geheult, und Amanda war klargeworden, dass sie ebenfalls einiges erklären musste.

»Es tut mir leid. Ich habe ein sehr glückliches Leben geführt, und ich hasse dich nicht. Ich gebe dir keine Schuld und will nicht darüber streiten, wer wann was getan hat. Das ist doch Mist. Ich will bloß, dass wir Freunde sind, falls das geht, und wenn das bedeutet, dass wir eine Zeitlang nicht über heikle Themen reden, dann ist mir das recht.«

Sie blieben noch auf eine dritte Flasche und sprachen eine Zeitlang nicht über heikle Themen.

Sie saßen am selben Tisch, tranken den gleichen Wein, aßen das gleiche Essen.

»Ich habe nichts als Eiscreme gegessen, als ich mit dir schwanger war.«

»Welche Sorte?« fragte Amanda.

»Chocolate Chip.«

»Häagen Dazs?«

»Häagen Dazs ... hoppla, Entschuldigung.« Amanda hatte Bridget unter dem Tisch versehentlich einen Tritt verpasst. »Du hast erst mit dem Herumzappeln aufgehört, wenn ich den ganzen Becher aufgegessen hatte.«

Amanda nahm etwas Dessert vom vollen Löffel, den Bridget ihr hinhielt.

»Das ist köstlich«, sagte sie, als ihre Lippen den Kuchen vom Löffel in ihren Mund beförderten.

Schließlich landeten sie auf dem Sofa in Bridgets Wohnzimmer. Das Haus war sogar noch größer als das ihrer Großmutter. Riesig und schick und alt, und die Lichter, mit denen das Schloss von Stirling nachts angestrahlt wurden, fielen auch in den Garten und fanden ihren Weg ins Wohnzimmer.

»Ich hätte dich nie verlassen dürfen. Du mit deinen roten Stachelhaaren …«

»Wenn ich gebetet habe, habe ich auch für dich gebetet … Mach, dass meine Mami gesund und glücklich ist.«

»Ich mache das immer noch.«

»Wirklich?«

»Du bist so schön.«

Sie hielten Händchen, streichelten sich über Arme und Wangen und weinten, ohne auch nur einen Gedanken an Taschentücher zu verschwenden. Dann kamen Hamish und Rachel herein.

Rachel war achtzehn Jahre alt. Sie war schlank, muskulös und allem Anschein nach topfit. Sie hatte eine Vorliebe für schwarze Gruftiklamotten und das entsprechende Make-up, was zu ihrer allgemeinen Ausstrahlung von Missmut beitrug. Mit verschränkten Armen stand sie in der Tür.

»Hallo, Amanda«, sagte Rachel peinlich berührt und betrachtete die beiden Frauen, die sich schuldbewusst voneinander lösten und vom Sofa erhoben.

»Wie war das Konzert?« fragte ihre Mutter.

»In Ordnung. Ich gehe jetzt schlafen«, sagte sie.

»Gute Nacht, Rachel«, sagte Amanda.

Als Rachel gegangen wird, stand Hamish unschlüssig in der Tür. Er fragte sich wohl, ob er auch gehen könne.

»Amanda zieht demnächst nach London«, sagte Bridget, um Hamish in das Gespräch einzubinden.

Das Wiedersehen von Vater und Tochter hätte in keinem größeren Kontrast zur Reaktion der Mutter stehen können.

Hamish war nervös und unbehaglich zumute, was er mit einer geschäftsmäßigen, schulterklopfenden Jovialität zu überspielen versuchte. Er hatte keinen direkten Draht zu Amanda. Sie war nicht in seinem Bauch herangewachsen, nicht von seiner Brust gerissen und aus seinem Krankenhauszimmer entfernt worden. Sie war eine Geschichte, die man ihm später erzählt hatte, und er hatte in dieser Geschichte kein Mitspracherecht gehabt. Aber er hatte dafür gezahlt, als er sah, wie die Frau, die er liebte, ihren Verlust betrauerte. Jenny, Amanda – wer immer sie war, für ihn war sie eine Fremde. Er fühlte sich unbehaglich in ihrer Gegenwart. Er hätte sie lieben sollen, so wie Bridget sie offenbar liebte. Er hätte den Wunsch verspüren sollen, sie zu umarmen, mit ihr zu sprechen, sie zu bedauern, sie näher kennenzulernen. Doch alles, was er empfand, war Sorge: dass Bridget erneut in ihrer Depression versinken könne, dass diese Fremde ihre Familie zerstören könne, dass seine hübsche Rachel sich vernachlässigt fühlen könne.

Hamish fragte, wo genau sie in London lebe, denn er hatte 1988 (oder war das 1989 gewesen?) in Holland Park gewohnt. Auf jeden Fall war es sehr teuer gewesen.

Amanda hatte gern mit Bridget auf dem Sofa gesessen und geredet. Aber sie fand es schrecklich, in dem förmlichen Wohnzimmer herumzustehen. Ihr war übel. Sie fühlte sich wie eine Einbrecherin, die plötzlich im Leben dieser Menschen aufgetaucht war und in ihren Schubladen wühlte.

»Es ist spät«, sagte Bridget. »Wir beide sollten nach der ganzen Aufregung ein wenig schlafen.« Sie brachte Amanda in das Gästezimmer.

»Gute Nacht«, sagte Bridget und umarmte Amanda liebevoll. Sie weinte schon wieder. »Gute Nacht, mein kleiner Rotschopf.«

Amanda wachte früh um sechs Uhr auf und schrieb eine Nachricht, bevor sie in größter Eile aufbrach. Sie wollte nicht, dass sie jemand auf diesem Sofa sah, wollte mit niemandem reden.

»Bin in ›The Lock House‹ bei Crinan«, schrieb sie. »Meine

Handynummer ist 555 978548. Danke.« Sie wollte unterschreiben, überlegte es sich aber anders. Sie fühlte sich nicht mehr wie Amanda, aber sie fühlte sich auch nicht wie Jenny.

»Mama?« Kaum dass sie zurück in Crinan war, rief sie in Glasgow an. Ihrer Stimme war anzumerken, dass nichts mehr wie vorher war.

»Was ist los, mein Liebling?« fragte Mrs. Kelly. »Geht es dir gut? Was macht die Hochzeitsreise?«

Eigentlich hatte Amanda ihrer wunderbaren Mama alles erzählen wollen, aber jetzt brachte sie es nicht übers Herz. Es fühlte sich schrecklich an zu lügen, aber wenn sie die Wahrheit sagte, würde sich das noch schrecklicher anfühlen.

»Alles in Ordnung«, sagte sie. »Ich hab dich lieb, Mama, weißt du das? Ich hab dich und Papa lieb, und ihr habt mir ein wunderbares Leben geschenkt.«

»Herzchen, was ist los mit dir?«

»Nichts, Mama, nur PMS«, log sie. »Ich hab euch lieb, sonst nichts.«

»Wir haben dich auch lieb, Schätzchen. Hast du Nachtkerzenöl?«

»Hab ich. Ich hab welches.«

»Wie geht's Jeremy?«

»Ach, der ist für eine Weile in London. Seine Mutter ist krank. Wahrscheinlich kommt er heute zurück. Ich grüße ihn von dir, wenn er kommt.«

»Ist mit seiner Mutter alles in Ordnung? Ist das der Grund, warum sie nicht zur Hochzeitsfeier kommen wollte? Ach, Mand, ich wünschte, du hättest dich früher gemeldet. Mit dir selbst ist alles in Ordnung?«

»Ja, ihr geht's gut, ja, nein, mir auch. Ich bin bloß etwas müde und hormonell durcheinander. Er ist ja bald zurück. Er ist ein guter Mann, Mama. Ich liebe ihn.«

»Nimm das Nachtkerzenöl …«

»Mach ich. Tschüs.«

»Tschüs, Liebes. Ruf mich wieder an, und trink viel Wasser.

Dein Vater ist gerade draußen im Garten. Und sag Jeremy, er soll seiner Mutter gute Besserung von uns wünschen …«

»Mach ich. Tschüs, Mama!«

»Jeremy?«

»Wie ist es gelaufen?«

»Es war seltsam, schwierig …«

Amanda hatte Jeremy nach dem ersten Besuch in Ballon angerufen. Sie hatten stundenlang miteinander geredet, und er war genauso gewesen, wie sie es gebraucht hatte: verständnisvoll, freundlich, geduldig.

Er hatte die richtigen Fragen gestellt und die richtigen Vorschläge gemacht, und als sie auflegte, fühlte sie sich geliebt und geborgen.

»Wie geht es deiner Mutter?« hatte Amanda gefragt.

»Sie kommt bald raus. Sie weiß, dass ich hier bin, also war es die Sache wert. Aber sie wollte niemanden sehen … Ich fahre heute Abend zurück.«

»Nein, hör zu! Bleib da, bis sie entlassen wird. Hast du mit ihr gesprochen?«

»Nein, aber vielleicht gibt es nach der Entlassung noch eine Gelegenheit.«

»Dann solltest du warten.«

»Geht es dir gut?« hatte Jeremy gefragt. »Ich kann kommen, ich kann gleich losfahren.«

»Nein, versuch erst noch, deine Mutter zu sehen. Was ich hier machen muss, kann ich sowieso nur allein machen. In Ordnung?«

»Natürlich, Liebes. Ruf mich an, wann immer du mit jemandem sprechen musst. Und gib Bescheid, wenn ich kommen soll – ich kann in fünf Stunden da sein. Versprochen?«

»Versprochen.«

»Man sollte meinen, einer von uns müsste eine normale Mutter-Kind-Beziehung haben!«

»Hat die irgendjemand?« fragte Amanda.

»Ich weiß es nicht.«

Tag drei
Amanda wusste, dass Bridget kommen würde. Sie wartete am Fenster und sah zu, wie die Familien dem Steigen und Fallen des Wassers zusahen, und sie wusste, dass sie kommen würde. Und sie kam.

Es gab keinen besonderen Moment, wo die Sache entgleiste und aus etwas Angemessenem etwas Unangemessenes wurde. Keine der beiden hatte als Erste den Arm der anderen auf unzulässige Weise gestreichelt, keine hatte ein Wangenküsschen zu lange nachklingen lassen. Sie waren beide daran beteiligt gewesen: waren ineinander versunken, waren außerstande gewesen, den eigenen Blick vom Blick der anderen zu lösen, hatten aneinander gehaftet. Es war, wie wenn sie in jenen Moment vor achtundzwanzig Jahren zurückversetzt worden wären, als sie vom selben Essen, vom selben Wasser gelebt hatten, als sie nackt und blutig beieinandergelegen hatten, ehe man sie auseinanderriss. Diesmal würde man sie nicht auseinanderreißen.

In den Stunden, die sie mit Bridget verbrachte, begann Amanda den Reiz des Landlebens zu verstehen. Zwei ganze Tage und Nächte im Grünen, ohne Lärm und Autos und Nachbarn. Zwei ganze Tage und Nächte allein miteinander, in denen sie über all die Themen sprachen, die sie zuvor vermieden hatten.

Bridget erzählte Amanda von den Wochen nach der Geburt, als sie im Bett gelegen hatte. Sie erzählte, wie sehr sie ihren Entschluss bereut und wie verzweifelt sie versucht hatte, ihn rückgängig zu machen. Sie erzählte von ihrer Heirat mit Hamish einige Jahre später auf dem Standesamt im Ort, und wie ihre Liebe immer von dem Ereignis überschattet worden war, das den Beginn ihres gemeinsamen Lebens markierte. Sie sprach über die Schuldgefühle, die sie empfunden hatte, weil sie sich ein zweites Kind gewünscht hatte, und wie diese Schuldgefühle vielleicht auch die Art, wie sie ihre Zweitgeborene aufgezogen hatte, beeinflusst hatten. Als Rachel auf die Welt gekommen sei, sagte Bridget, habe ihr Mund ganz verhutzelt ausgesehen, und mit wie vielen Kissen man Mutter und Tochter auch stützte, habe das Zusammenspiel der beiden doch nicht funktioniert. Als ihr endlich ein Fläschchen angeboten worden sei, habe Rachel voller Verzweiflung daran genuckelt. Erschreckend, wie gierig sie getrunken habe und wie ein Stück Plastik den Frieden gebracht habe und nichts von dem, was Bridget hätte tun können.

»Manchmal glaube ich, dass ich zu sehr versucht habe, dich zu sehen, wenn ich sie angeschaut habe«, sagte Bridget. »So bin ich euch letztlich beiden nicht gerecht geworden.«

So ging es weiter. Vom Töpfchengehen über die Schularbeiten bis hin zu den Abschlussprüfungen hatte Bridget sich nutzlos gefühlt. Sie hatte ihrer Tochter nichts beibringen können, sie hatte sie nicht trösten können. Es war der Vater, der Rachel knuddeln konnte und den verlegten zweiten Schuh fand. Ihr Vater war es, der neben ihr sitzen konnte, ohne sich ihrer Nähe peinlich bewusst zu sein.

Bridget konnte nur sagen, dass sie sie liebe.

»Du mich auch, Mama«, sagte Rachel dann.

Tag vier

DRINNEN, WOHNZIMMER, LOCK HOUSE BEI CRINAN, NACHT

Bridget und Amanda sitzen aneinandergekuschelt auf dem Ledersofa. Ein Fotoalbum liegt geöffnet auf dem Tisch, daneben steht eine halbleere Whiskyflasche. Man sieht Familienbilder von Bridgets Examensfeier und ihrer Hochzeit. Amanda hält Bridgets Hand sanft in ihrer Hand und feilt ihr die Fingernägel. Sie legt die Feile in das hübsche braune Necessaire zurück, hält inne und sieht Bridget an. Sie streichen sich über das Haar, schauen sich in die Augen, und ehe sie wissen, wie ihnen geschieht, finden sie das, was ihnen all die Jahre vorenthalten wurde. In all seiner Weichheit und Fülle. Amanda öffnet mit zitternden Fingern die Knöpfe, beobachtet die ermutigenden Reaktionen und senkt ihren Mund.

Tag fünf

IM SCHLAFZIMMER, LOCK HOUSE BEI CRINAN, MORGEN

Amanda liegt wach auf dem Bett und beobachtet die Frau, die neben ihr liegt. Ihre Brüste fallen ein wenig zur Seite, und ihr Brustkorb hebt und senkt sich im Rhythmus ihrer sanften Atemzüge. Sie ist hübsch, wenn sie schläft – kein geöffneter Mund, kein Schnarchen –, und sie ist nackt.

Amanda kriecht aus dem Bett.

DRAUSSEN, OBAN, MORGEN

Amanda stellt das Auto auf dem Parkplatz der Autovermietung ab. Sie sieht die Straße hinab zum Bahnhof von Oban.

ROTBLENDE

39

Als Amanda Bridget das nächste Mal sah, lag sie in einer Holzkiste in der Kathedrale von Dunblane.

Seit Jeremys Verhaftung hatte sie von ihrer leiblichen Familie nichts mehr gehört. Ohne ihr plötzliches Auftauchen wäre Bridget vielleicht noch am Leben gewesen. Man hatte sie nicht zur Beerdigung eingeladen, und sie hatte fernzubleiben versucht, aber sie hatte es nicht geschafft.

Sie schlich sich in den hinteren Teil der Kathedrale und setzte sich auf einen Platz am Gang. Vorn standen all die Menschen, denen sie an ihrem ersten Abend in Ballon begegnet war – der betrunkene Onkel, die Schwester, der Vater. Hoffentlich drehten sie sich nicht um und sahen sie. Was würden sie dann tun? Was würde sie tun?

Amanda sah zum Sarg und dachte: *Ich habe das Leben dieser Frau zerstört ... zweimal. Ich habe ihr nichts als Unglück gebracht.*

Und jetzt lag sie in einer Kiste. Wieder war sie fort.

Verloren, gefunden, verloren.

»Eine großzügige, liebevolle Frau, die ihrer Familie alles gab«, sagte Hamish auf der Kanzel, »ihrer Tochter Rachel und mir. Eine Frau, die ihren Jugendtraum, für ›Ärzte ohne Grenzen‹ zu arbeiten, aufgab, um ein glückliches und sesshaftes Leben mit den Menschen zu führen, die sie liebte und die ihr nahestanden ...«

Mich hat sie auch geliebt, dachte Amanda. *Oder etwa nicht?*

Als die Totenrede sich dem Ende näherte, stahl sich Amanda aus der Kirche. Sie war eine Hochstaplerin. Sie war schon immer eine Hochstaplerin gewesen. Sie sehnte sich danach, hinter den Leichenträgern herzugehen, wenn sie den Sarg heraustrugen, im vordersten Wagen zu fahren, ganz vorn am Grab zu stehen und Erde auf den Sarg zu werfen. Aber das ging nicht. Ihr angestammter Platz im Leben dieser Frau war, wie immer, nirgendwo. Amanda ging die Treppe vor der Kathedrale hinab, vorbei an dem leeren Bestattungswagen und zu ihrem Auto.

Sie war lange Zeit Atheistin gewesen, aber auf der Fahrt nach Hause betete sie laut. Sie betete, dass jemand ihr zuhören möge. Sie betete, dass Bridget in Frieden ruhen möge. Sie betete, dass ihr vergeben werden möge. Sie betete, dass Gerechtigkeit geschehen möge, dass ihr Mann freigesprochen werden und die Polizei das Monster aufspüren möge, das ihre geliebte Bridget getötet hatte.

40

Wer hat Bridget McGivern getötet?

SCHEISSE! Ich war zu spät aufgewacht, hatte mich schlaftrunken in die Küche vorgetastet und mir den Zeh an der Tafel gestoßen, die ich am Abend vorher im Tran mitten in den Raum gelegt hatte. Besoffene Idiotin. Wer hat Bridget McGivern getötet? Ermittlungszentrale, ha! Was ich brauchte, war eine Therapie. Einen Alkoholentzug und eine Therapie. Außerdem brauchte ich dringend einen Schluck Wasser, denn mein Mund beherbergte unzählige Kaninchenfusseln, die sich mit Kaninchenscheiße und Kaninchen-Sägespänen vermischt hatten. Ich stellte die Tafel zurück ins Kinderzimmer und putzte mir sieben Minuten lang die Zähne.

Ich hatte noch nie eine richtige Trennung durchlebt. Ich hatte aber mitbekommen, wie zwei Freundinnen eine überstehen mussten. Die eine, Laura, wurde von ihrer an einem ungewöhnlich heißen Nachmittag überrascht. Sie war mit einem Biohühnchen nach Hause gekommen und hatte feststellen müssen, dass ihr Typ verschwunden war. Drei Jahre gemeinsamen Lebens in derselben Wohnung, nie eine Spur von Unzufriedenheit, und ihr war nichts als ein großes Huhn zu einem Wucherpreis geblieben. Dass sie das Huhn trotz allem kochte, überraschte mich so sehr, wie sie vom Verschwinden ihres Typen überrascht worden war. Sie machte einfach weiter, als ob nichts geschehen wäre. Sogar die speziellen Bratkartoffeln nach Art dieser Fernsehköchin bereitete sie zu (und die sind gar nicht einfach). Sie rannte nicht durch die Straßen, um ihn aufzuspüren, stand nicht im Schneegestöber auf Brücken und erflehte seine Rückkehr, und sie versteckte sich auch nicht unter ihrer dunklen Daunendecke, bis sie vor Dreck starrte. Sie machte weiter und ließ ihn gehen. Einfach so.

Die andere Freundin wurde von ihrer Trennung nicht überrascht, denn sie hatte sie selbst eingefädelt. Jane war gelangweilt vom Zweimal-die-Woche-Ficken und den Streitereien über das Fernsehprogramm auf Sky Plus, und es war ihr leichter erschienen, sich mit dem Kerl vom Laden an der Ecke um den Verstand zu vögeln, als ihren Ehemann höflich zum Gehen aufzufordern.

Ich hatte das alles noch nie erlebt, weil ich niemals richtig verliebt gewesen war, und ich überraschte mich sogar selbst, weil ich nie gedacht hätte, dass ich vernünftiger als Bio-Laura oder Sky-Plus-Jane sein könnte, aber ich war's. Ich verhielt mich trotz der Eskapaden der vorigen Nacht vernünftig und beschloss, dass ich über alles in Ruhe nachdenken und meine Beziehung retten würde. Und das erforderte vor allem den tatkräftigen Rat meiner Mutter.

»Wo ist Chas?« fragte meine Mutter, als ich am nächsten Morgen bei ihr vor der Tür stand.

»Kann ich erst Robbie Hallo sagen?« fragte ich und gab ihr einen Kuss.

Robbie und mein Vater waren im Garten hinter dem Haus. Robbie grub mit seiner kleinen Grabegabel ein Loch. »Ich baue einen Baum«, sagte er. »Und dann wird Opa ein neues Baumhaus machen.«

»Etwas stimmt nicht, oder?« sagte meine Mutter, als ich wieder hineinkam. »Setz dich und iss etwas, ehe du zur Arbeit gehst. Wo ist Chas? Robbie sagt, dass er Tag und Nacht malt.«

»Wir haben uns getrennt«, sagte ich. Dann verbrachte ich einige Zeit damit, zu weinen und mich melodramatisch zu schneuzen.

»Was? Wie? Erzähl mir alles, Liebes.«

»Ich habe auf unserer Party einen anderen geküsst!«

Meine Eltern waren seit Langem leidgeprüft. Ich war eine

schwierige Tochter gewesen. Als Kind, als Teenager und als Erwachsene hatte ich andauernd Ärger gemacht. Immer waren sie mit Trost und Rat für mich dagewesen, immer hatte ich sie anrufen können, immer waren sie auf dem Sprung gewesen, bei mir vorbeizukommen …

Bis jetzt.

»Okay, Kristina, das war's.«

»Wie bitte?« fragte ich.

»Du bist vor nicht mal einem Monat hier ausgezogen, und jetzt hast du es schon vermasselt?«

Daraufhin fing ich wildentschlossen zu heulen an. Sie ahnte ja nicht, dass ich nicht nur meine Beziehung in den Dreck gefahren hatte, sondern außerdem:

- süchtig nach den Maniküren der Frau eines Klienten geworden war, die folglich selbst als Klientin zu gelten hatte und nicht mit einer Freundin oder Dienstleisterin verwechselt werden durfte.
- mich in unprofessionelle Nähe zu einem (mutmaßlichen) Mörder und (tatsächlichen) Klienten begeben hatte.
- besagten Klienten/Mörder im Gefängnis umarmt hatte.
- wieder zu trinken begonnen hatte. Zu viel.
- zu rauchen begonnen hatte.
- nicht nur Tabak, sondern auch Joints (auf Partys).
- Speed geschnupft hatte.
- harte Drogen bei mir lagerte.
- einen Kollegen bei einer Party sexuell belästigt hatte.
- als Resultat all dessen das Leben meiner Familie in Gefahr gebracht hatte.

»Wie kannst du so etwas sagen«, schrie ich sie an. »Wie kannst du nur so herzlos sein.«

Aber sie machte keinen Rückzieher. Sie setzte sich nicht hin, und sie änderte auch ihre Körpersprache und ihren Tonfall nicht in Richtung ihres normalen mütterlichen Verzeihens. Stattdessen baute sie sich mit gerecktem Zeigefinger vor mir auf und sagte: »Chas hat alles für dich getan, und du bist ein albernes, freches Mädchen. Ich finde, dass du ihn nicht *verdienst.*«

»Aber du hast gesagt, dass ich ihn verdiene!«

»Ich habe meine Meinung geändert, seit du ausgezogen bist! Und ich sag dir eines: Wenn du deinen selbstbezogenen Arsch jetzt nicht sofort hochkriegst und ihn um Verzeihung bittest, dann verpass ich dir eine.«

»Das tust du nicht«, sagte ich und trotzte ihrem strengen Gesicht, das sich gefährlich nah vor meinem befand.

Aber sie tat es. Ohne auch nur einen Augenblick des Zögerns ballte sie ihr Mutterfäustchen und verpasste mir einen Schlag auf die Nase, und obwohl sie keuchte, als ob sie nicht wirklich hatte treffen wollen, tat es doch verdammt weh. Vor allem aber erschreckte sie mich damit zu Tode: Meine Mutter hatte mir bis dato höchstens mal einen Klaps auf den Handrücken gegeben.

»Wir passen auf Robbie auf. Du gehst zu diesem armen Burschen und flehst ihn an, dass er dich zurücknimmt. Und richte ihm aus, dass ich ihn verstehen kann, wenn er nicht will.«

Sie öffnete die Tür und wartete, bis ich draußen war. Sie schlug mir die Tür vor der Nase zu und ließ mich und mein Taschentuch auf der Treppe stehen.

Was sollte ich jetzt tun? Wieder ins Atelier fahren? Ich saß ein paar Minuten lang auf der Steinmauer im Vorgarten, ehe ich ins Auto stieg.

Was würde ich im Atelier zu sehen bekommen? Dass er sie anfasste? Auf seine typische Art mit ihren Haaren spielte? Ihr all die Sachen sagte, die sie hören wollte?

Ich hatte schlechte Träume gehabt, in denen Chas nicht echt gewesen war und Unmengen von Frauen dieselben Sachen gesagt hatte, die er mir sagte. Wie konnte er denn echt sein? Wie konnte dieses Schwebegefühl, das mich in seiner Gegenwart überkam, echt sein? Dieses Gefühl von Neugier und Interesse gegenüber allem, was er zu sagen hatte? Dieses Gefühl von Stolz, das mich dazu brachte, vor meinen Freunden und Kollegen mit ihm anzugeben? Dieses Gefühl, im Bett auf ihm zu liegen und seine Brustbehaarung (nicht zu wenig, nicht zu viel, genau richtig) zu streicheln? Er war zu gut, um echt zu sein … Ich musste ihn zurückhaben … Ich würde hineingehen. Aber ehe ich hineinging, um ihn mit einer gefühlvollen Rede (die einige der obengenannten Punkte in eloquenter Prosa anführte) zurückzuerobern, versuchte ich durch ein kleines Fenster zu spähen. Nur um zu sehen, ob er auch da war (Lügnerin! Ich spähte durchs Fenster, um zu sehen, ob *sie* da war).

Da ich ihn nicht sah, ging ich zur anderen Seite des Gebäudes. Ich sprang hoch, aber das Fenster war zu hoch. Ich fand eine Kiste und stellte mich drauf. Dann sah ich durch das Fenster in die kleine Küche. Ich sah nichts, aber ich hörte Chas auf der anderen Seite des Ateliers sprechen …

»… Du bist meine beste Freundin, du bist mein Licht …«

Ich rang so stark nach Luft, dass ich von der Kiste fiel.

Als ich wieder oben stand, hörte ich in der Toilette Geflüster und Gekicher. Ich duckte mich so schnell ich konnte und hörte …

… das Geräusch eines Kusses.

Weitere Kussgeräusche.

Hmmm, von ihr.

Hmmm, schon wieder sie.

Ich fiel wieder von der Kiste und schlug mir die Stirn auf. Rasende Wut befeuerte den Rückweg zu meiner Mutter. Diese Madeleine war seine beste Freundin, sie war sein Licht … sie hatte einen Beruf, den er verstand: einen sicheren und entspannten Beruf, der sie nicht dazu brachte, sich bei Stress zu betrinken. Sie hatte bestimmt ihr ganzes Leben lang Orgasmen ohne Batterien gehabt, und sie hatte keine Kinder, die die Sache komplizierten.

Ich fuhr zurück zum Haus meiner Eltern und log sie an.

»Er war nicht da«, sagte ich zu meiner Mutter. »Ich muss zur Arbeit.«

Ich gab Robbie einen Abschiedskuss, und meine Mutter versuchte, sich für den Schlag zu entschuldigen. Das sei nicht ihre Absicht gewesen. Ob meine Nase geschwollen sei? Ob sie eine

Brille brauche? Es tue ihr sehr leid, aber sie sei froh, dass ich mich um die Sache kümmern werde.

»Gut«, sagte ich.

Auf der Arbeit kam ich kaum voran. Ich war den ganzen Tag lang stocksauer.

Und nachdem ich Robbie abgeholt und ins Bett gesteckt hatte, wandte ich mich Lauras Trennungsstrategie zu: die, bei der das verlassene Schnucki sich entlegenen Arbeiten widmet. Hühnchenzubereitung zum Beispiel. Oder Morduntersuchungen.

Ich saß mit meinem Wein und meinen (vielen) Zigaretten auf der Fensterbank, und nach der zehnten Zigarette (und dem vierten Wein) holte ich leise die Tafel aus dem Kinderzimmer, stellte sie ans Fenster (damit ich mir am nächsten Morgen nicht den Zeh stieß) und sah mir die Spalten an, die ich am vorangegangenen Abend eingezeichnet hatte. Ich würde mich meiner Aufgabe systematisch nähern, denn so würde es auch Ms. Foster machen (ich konnte mein Spiegelbild im Küchenfenster sehen, und die Ähnlichkeit war wirklich frappierend): ein Verdächtiger nach dem anderen, und die erste Spalte galt Jeremy. Aber da ich wusste, was es über ihn zu wissen gab, würde ich mit der zweiten Spalte beginnen: Mr. und Mrs. Kelly.

41

MR. UND MRS. KELLY ... Eifersüchtig? Hintergangen? Verbittert? Wütend? Aufgewühlt? Besorgt?

All das hatte ich am Vorabend auf die Tafel geschrieben, und dann hatte ich beschlossen, sie selbst unter die Lupe zu nehmen. Es hat mich immer überrascht, wie bereitwillig die meisten Menschen ihre Geheimnisse einem Sozialarbeiter anvertrauen. Man kann sich mit jemandem zusammensetzen und ihn ohne Umschweife fragen, ob er sich umbringen will oder Hepatitis C hat, ob sein Vater ihn geschlagen hat oder ob er von einem Nachbarn sexuell missbraucht wurde, ob das Haus, in dem er aufgewachsen ist, über einen Festnetzanschluss und eine Satellitenschüssel verfügte, und man wird all das in den meisten Fällen erfahren. Es sei denn, der Jemand ist mit Geld und Arroganz gesegnet und folglich noch nicht an unhöfliche Fünfunddreißigjährige gewöhnt, die sich blasierte Kommentare zu seiner Lebensführung notieren.

Wie ich schnell bemerkte, verfügten Mr. und Mrs. Kelly weder über Geld noch über Arroganz. Mr. Kelly hatte auf dem Bau gearbeitet, Mrs. Kelly hatte an einer Schule halbtags Essen ausgeteilt. Die Leute in ihrer Gegend waren an Sozialarbeiter gewöhnt, die an die Tür klopften und allerlei Sachen fragten. Zum Beispiel:

Wie geht es Amanda so?

Ich habe ein Gerichtsgutachten über Jeremy geschrieben, und nun mache ich mir Sorgen um Amanda.

Wie geht es Ihnen?

Wie haben Sie sich gefühlt, als Sie herausfanden, dass sie Bridget gefunden hatte?

Sie haben nicht gewusst, dass sie Bridget gefunden hatte?

Wie hat sich das angefühlt?

Oh, Sie haben eine Satellitenschüssel!

Sie geben Bescheid, wenn ich etwas für Sie tun kann? Und danke.

Hmm, dachte ich auf meine blasierte Art, als ich zurück ins Büro fuhr. Hmm.

Mr. und Mrs. Kelly waren normale Leute. Sie lebten in einer Schuhschachtel von Haus und kauften Lebensmittel mit Mengenrabatt. Sie gaben an, dass sie von der Wiedervereinigung von Mutter und Tochter bis zu Bridgets Ermordung nichts gewusst hätten. Deshalb seien sie auch niemals befragt worden. Aber was, wenn sie logen? Was, wenn sie alles herausgefunden hatten und zusehen mussten, wie ihre geliebte Ziehtochter zu jemand anders gelaufen war? Wenn sie zugesehen hatten, wie der Mensch, für den sie sich aufgeopfert hatten, innerlich niemals zur Ruhe kam, weil sie nie gut genug gewesen waren? So etwas macht einen wütend, es treibt einen geradewegs nach Crinan – mit Küchenmessern im Gepäck.

Der Computer spuckte nichts über sie aus, und laut Bond gab es auch keine Vorstrafen. Also erledigte ich zur Abwechslung mal ein bisschen richtige Arbeit, während Danny mich auf seine unnachahmliche Art blind ignorierte.

Nach der Arbeit kämpfte ich mich durch meine neue Abendroutine als alleinerziehende Mutter: Sohn abholen, den Eltern danken, tun, als ob man glücklich wäre, nach Nachrichten von Chas Ausschau halten (keine da), spielen, kochen, saubermachen, Wäsche waschen, Sohn baden, Gutenachtgeschichte vorlesen, tun, als ob man glücklich wäre, Sohn ins Bett bringen.

Trinken und rauchen.

»Krissie! Es ist zehn vor zehn am Abend. Ich liege im Bett!« sagte Amanda. »Was zum Teufel soll diese Schnüffelei? Wie können Sie sich so etwas herausnehmen? Meine Eltern würden nie etwas Böses tun! Hören Sie? Halten Sie sich raus aus der Sache, ich bin stinksauer auf Sie. Meine Eltern haben nicht mal gewusst, dass ich Bridget gefunden hatte! Ach ja, und sie waren in der Kirche. Fragen Sie Tante Jean und Onkel Brian. Nein, tun Sie's nicht. Halten Sie sich einfach da raus.«

Na gut, na gut. Sie waren also nett und ahnungslos, und sie waren mit hundert Menschen in der Kirche gewesen. Ich strich die zweite Spalte auf meiner Tafel durch und machte mit der nächsten weiter.

42

»HAMISH McGIVERN« hatte ich auf meine Tafel geschrieben. »Berufstätig, verheiratet …« Dann kommt dieses Mädchen daher, überlegte ich, und bringt alles durcheinander.

Amanda hatte mir gesagt, dass er Lehrer sei. Ein ausgebrannter Chemielehrer an einer schicken Privatschule in einem Vorort von Stirling. Verbrachte die Wochenenden mit Freunden und versuchte unter der Woche, das vorgeschriebene Klassenziel zu erreichen. Kein schlechtes Leben, aber vielleicht auch nicht mehr als das.

»Er hat Golf gespielt«, sagte Amanda, als ich sie um elf Uhr anrief, um mit ihr über Hamish zu sprechen. »Es gibt vier Männer, die das bezeugen können. Er hätte es nicht getan. Er ist ein netter Typ, und er hat sie geliebt, und Sie müssen damit aufhören. Sie werden verrückt. Bitte rufen Sie mich nicht wieder an.«

Hatte er sie geliebt? Konnte er das, wo doch tragische Ereignisse am Anfang und Ende ihrer Beziehung standen? Konnte es ihm gefallen, dass sie manchmal die Augen schloss und ihn sich anders vorstellte?

Na gut, dachte ich mir, hat er also Golf gespielt. Damit hat sich der Fall. Wie sehr er es vielleicht gewollt hat, er war's nicht. Ich kreuzte ihn durch, rauchte noch eine, nahm einen letzten Schluck, und dann bestürmten mich die Fragen … Amanda. Warum war sie so abwehrend? So komisch? Warum wollte sie, dass ich aufhörte, ihr und Jeremy zu helfen? Warum wurde sie wütend, obwohl doch ihr über alles geliebter Mann lebenslänglich hinter Gitter kommen konnte? Warum lachte sie, wenn sie nicht lachen sollte? Bei unserem zweiten Gespräch hatte sie mir die ganze Geschichte von Jeremy und seiner Schwester Bella aufgetischt, aber der Polizei hatte sie nichts gesagt. Warum redete sie nicht hartnäckiger auf Jeremys Mutter ein, damit die mit der Wahrheit über Jeremys Aufenthaltsort rausrückte? Hatte sie es überhaupt versucht? Sie hatte nie etwas in dieser Richtung verlauten lassen.

Ihr ganzes Leben lang hatte sie an nichts anderes gedacht. Hatte sich nach nichts so sehr gesehnt wie nach diesem Menschen: ihr ganz persönliches Disneyland, das ihr zustand, aber nicht gehörte. Hatte sich die Begegnung ausgemalt: den besonderen Draht zueinander, die geteilten Sorgen, die geteilte Leere, und dann findet sie sie, aber es bringt nichts. Es ist sogar verstörend. Oder?

Mag sein, dass genetisch-sexuelle Attraktion ziemlich verbreitet ist. Trotzdem zweifelte ich an diesem Abend auf meiner Fensterbank an Amanda, und ich zweifelte umso mehr, je länger ich über die ganze Geschichte nachdachte.

Hatte sie einen Groll gegen ihre Mutter gehegt, seit sie herausgefunden hatte, dass sie adoptiert worden war? Hatte sie vielleicht schon immer nach Rache gelechzt? Hatte sie alles geplant? Die sexuelle Geschichte, den Mord?

»Der Amanda-Komplex« schrieb ich unter ihrem Namen auf die Tafel. Eine Zeitlang starrte ich meine Wortschöpfung an, dann unterstrich ich sie mit roter Kreide. Einer meiner gerade erst manikürten Nägel brach dabei ab, was zunächst einfach ärgerlich war. Und dann, als ich den Rest des Nagels abbiss, traf es mich wie ein Blitzschlag.

43

Nachdem ich Robbie bei meinen Eltern vorbeigebracht hatte, schaute ich auf dem Weg zur Arbeit in Amandas Nagelstudio vorbei.

»O Gott«, seufzte sie. »Was ist es diesmal?«

»Nichts. Ich möchte mich entschuldigen«, sagte ich und sah mich unauffällig nach ihrem braunen Ledernecessaire um. Es lag auf ihrem Tischchen.

»Gut«, sagte Amanda und drehte sich um, um mich zur Tür zu bringen. Sobald sie mir den Rücken zuwandte, griff ich nach dem Necessaire und ließ es in meine Tasche gleiten.

»Tut mir leid, Amanda«, sagte ich im Hinausgehen. Sie hielt mir die Tür auf. »Ich will versuchen, Sie nicht wieder zu belästigen.«

Einige Minuten später stürmte ich in die Kanzlei von Jeremys Anwalt. Der Anwalt saß hinter seinem pompösen Schreibtisch und schlürfte ausgezeichneten Kaffee.

Ich knallte das Necessaire auf den Schreibtisch.

»Ziehen Sie einen Handschuh an!« sagte ich. Er tat es, ehe er den Reißverschluss öffnete.

»Knipszangen für die Zehen?«

»Und allerlei anderes Werkzeug zur Maniküre und Pediküre. Amanda lebt davon, und sie benutzt dieses spezielle Set bei Menschen, die ihr nahestehen.«

»Ich verstehe nicht ganz.«

»Die DNA! Sie hat auf dem Sofa immer Jeremys Nägel gemacht, und sie sagte mir, dass sie Bridget an dem fraglichen Wochenende ebenfalls die Nägel gemacht habe. Deshalb könnte sich Jeremys DNA unter Bridgets Nägeln befinden.«

Der Anwalt sah zu mir hoch. »Kann sein, aber das ist reine Spekulation.«

Ich fuhr wie eine gesengte Sau zum Gefängnis, in Geheimagenten-Manier. Mein Herz pochte vor Aufregung wie wild, aber ich wollte Ruhe bewahren und möglichst viele Informationen aus möglichst vielen Quellen sammeln. Und das Wichtigste war, dass ich keine großen Hoffnungen in ihm wecken wollte – noch nicht.

Als ich an den ersten Befragungsräumen vorbeiging, sah ich James Marney. Er saß da mit der Beamtin, die für die Unterbringung von Ex-Häftlingen zuständig war. Sie winkte mich zu sich.

»Wie geht es Ihnen?« fragte ich und wollte so schnell wie möglich wieder los, um Jeremy zu sehen.

»Die Polizei hat einer Wohnung in den Gorbals ihr Okay gegeben«, sagte die Unterbringungsbeamtin – eine Frau, die zu jung und zu hübsch war, um im Gefängnis zu arbeiten. »Und Mr. Marney wollte Ihnen auch etwas sagen. Nicht wahr, James?«

Oh je, dachte ich nervös. Hier würde ich mehrere Minuten lang nicht wegkommen. Ich musste mich hinsetzen und dem Kerl zuhören.

»Die Sache mit meinen Eltern tut mir leid«, sagte er, und seine Hände zitterten so sehr, dass er die Tischkante umklammern musste, um das Zittern zu kaschieren. »Ich liebe meine Kinder mehr als alles andere auf der Welt. Sie haben schon ihre Mutter verloren, ich will nicht, dass sie jetzt auch noch ihren Vater verlieren. Ich habe meinen Eltern gesagt, dass ich es war.«

»Und was waren Sie, Mr. Marney?« Ich wollte es von ihm hören.

»Ich habe vor ihnen zu pornographischem Material masturbiert und sie meinen Penis berühren lassen, erst James Junior, dann den kleinen Robert.«

Ich hustete. O Gott.

Er schluckte und sah dabei fast so schlecht aus, wie ich mich fühlte. »Meine Eltern verstehen jetzt, dass ich sie nicht ohne

Aufsicht sehen kann. Bitte zwingen Sie mich nicht, ein Leben ohne sie zu leben.«

Er redete in einem fort. Entschuldigend, reumütig, bereit, allem zuzustimmen, damit er sie sehen könne, verzweifelt bemüht, die schreckliche Tat wiedergutzumachen.

Ich sagte ihm, dass ich mich mit den zuständigen Autoritäten in Verbindung setzen und herausfinden würde, ob ein beaufsichtigter Kontakt möglich sei. Ich schüttelte ihm nicht die Hand, aber ich muss zugeben, dass er mir ein bisschen leid tat, als ich den Raum verließ. Sein Mund war während des Sprechens so trocken gewesen, dass er ein scheußliches Schnalzgeräusch produziert hatte.

»Ich suche Sie in den nächsten Tagen auf, ja?« sagte ich im Gehen. Jeremy wartete zwei Türen weiter auf mich.

»Jeremy, ich möchte mit Ihnen über Amanda sprechen«, sagte ich. Wir saßen auf den gleichen Plätzen wie beim letzten Mal, aber diesmal dachte ich nicht mehr, dass er ein Mörder sein könne. Er war ein gebrochener Mann und verströmte Traurigkeit aus jeder Pore. Ich lächelte ihm mitfühlend zu – nicht das Lächeln einer Sozialarbeiterin, sondern das einer Freundin.

»Sind Sie nicht wütend auf sie?« fragte ich ihn. »Weil sie niemandem etwas über diese … Affäre erzählt hat? Das hätte vieles ändern können.«

Er saß einen Moment lang schweigend da, und dann sagte er es sehr ruhig.

»Ich bin wütend, aber nicht, weil sie mich hier nicht herausgeholt hat. Das ist Sache der Anwälte. Aber sie hat ihre eigene Mutter geküsst und mit ihr geschlafen. Wie soll ich das verstehen? Ich kann es nicht. Aber was mich wütender als alles andere machte, Krissie, ist der Betrug. Ich dachte, sie würde zu mir gehören. Ich dachte, wir würden für immer zusammenbleiben.«

Einmal, als ich noch ein Kind gewesen war, hatte ich diese Art von Verbindung zu jemandem gespürt: dieselben Gedanken, dieselben Empfindungen, zur gleichen Zeit wie ich. So war es bei meiner Freundin Sarah gewesen, als wir noch klein waren. Es war immer nur für ganz kurze Zeit passiert, aber noch immer erinnerte ich mich daran. Sarah, meine schöne Freundin, die ich vor zwei Jahren verloren hatte. Die Worte, die aus ihrem Mund kamen, als wir mit ihrer Puppe im Garten meines Elternhauses spielten, waren meine Worte gewesen – so, wie auch Jeremys Worte jetzt meine Worte waren, und so, wie ich genau wusste, was er fühlte, und er wusste, was ich fühlte.

Verdammt, ich heulte ja. Ich entschuldigte mich und sagte, dass Chas mich verlassen habe. Ich saß mit einem Untersuchungshäftling in Sandhill und heulte, und ehe ich wusste, wie mir geschah, hielt Jeremy meine Hand, sah mir in die Augen und sagte Danke. Danke dafür, dass ich die Einzige sei, mit der er reden könne, mit der er zusammensein könne.

»Und machen Sie sich keine Sorgen über Billy Mullen«, sagte er. »Das ist jetzt alles geklärt. Sie verstecken das Zeug einfach noch eine Weile, und dann sage ich Ihnen, was Sie damit machen.«

Und als ich endlich zu weinen aufhörte, fügte er hinzu: »Aber ich frage mich, warum niemand sie in diesem Zug gesehen hat.«

»Entschuldigung?«

»Amanda. Sie gibt ihren Mietwagen in Oban ab und steigt in den Zug nach Glasgow. Sie unternimmt diese vierstündige Reise, geht nach Hause, und niemand sieht sie. Es ist einfach seltsam.«

44

Amanda Amanda Amanda Amanda, dachte ich, als ich zurück zur Arbeit fuhr.

Sie war es gewesen.

Sie hatte die Frau aufgespürt, die sie verlassen hatte. Voller Wut. Hatte sie verführt, in die Berge gelockt und umgebracht. Sie hatte es sogar fertiggebracht, ihrem Mann die Schuld in die Schuhe zu schieben: Sie hatte seinen Nageldreck, der an ihren Maniküreinstrumenten haftete, unter Bridgets Nägel praktiziert.

Bis ich endlich einen Parkplatz vor dem Gebäude gefunden hatte, war mir ein schlauer Plan eingefallen. Ich würde eine unkonventionelle, raffinierte Methode zur Anwendung bringen, die eines Tages vielleicht als die Donald-Technik bekannt sein würde.

Aber jetzt noch nicht. Im Büro brannte die Luft. Mir wurde langsam klar, dass die Sozialarbeit im Strafvollzug mindestens so stressig ist wie die Arbeit im Kinderschutz. Abgabefristen und aufgebrachte Männer verfolgten mich. Meine Kollegen oder meine Chefin bekam ich kaum zu Gesicht. Jeden Morgen lagen neue Fälle und neue Gutachten in meinem Postfach, und ich tat mein Bestes, um mich irgendwie durchzuwursteln.

Nach einem Nachmittag des Durchwurstelns ging ich in den Pine-Tree-Unisex-Hairdressing-Salon, um Amanda mit meinen neuen Erkenntnissen zu konfrontieren.

»Haben Sie Bridget umgebracht?«

Das war meine Masche – eine selten verwendete, wie ich annahm: Man lernt den Verdächtigen sehr gut kennen, und dann schaut man ihm direkt in die Augen und stellt die entscheidende Frage.

Leider hatte Amanda gerade einen Schluck von einem siedendheißen Costa latte genommen, den sie mir nun ins Gesicht sprühte. Es tat wirklich weh.

»Raus hier! Hauen Sie verdammt noch mal ab!«

Ich ging rückwärts aus dem Salon, und Amanda folgte mir wutentbrannt.

»Wissen Sie, was man mit ihr gemacht hat?« schrie sie, während ich verlegen und beschämt den Rückzug zu meinem Auto antrat.

»Das war ein Monster.« Amandas Stimme wurde leiser. Sie lehnte sich gegen das Schaufenster des Geschäfts und sackte langsam zu Boden. »Ein Monster.«

Na gut, dachte ich, hockte mich neben sie und legte ihr meine Hand auf die Schulter. Vielleicht hat sie es ja nicht getan, und vielleicht hat sie das alles schon mit der Polizei durchgespielt, aber warum hat niemand sie im Zug gesehen?

»Warum hat niemand Sie im Zug gesehen?« fragte ich (unfähig, mich von der lächerlichen Donald-Technik zu verabschieden).

»Ich habe es Ihnen gesagt«, sagte sie und schneuzte sich. »Ich habe die ganze Zeit auf dem Klo gesessen und geheult.«

»Aber Sie haben eine Fahrkarte gekauft?«

»Am Bahnhof war niemand, und wie ich schon sagte: Ich saß auf dem Klo. Ich habe nicht absichtlich versäumt, eine zu kaufen; ich habe es einfach nicht geschafft, da rauszukommen.«

»Aber am Hauptbahnhof haben Sie es schließlich doch geschafft.«

»Natürlich.«

»Aber dann muss Sie jemand gesehen haben, als Sie nach Hause gegangen sind, oder als Sie dort ankamen.«

»Warum zum Teufel rede ich überhaupt mit Ihnen?« Sie schüttelte meine Hand von ihrer Schulter und stand auf. Jetzt war sie wieder wütend. »Warum hauen Sie nicht einfach ab? Ich war völlig verstört. Ich bin nach Hause gegangen, habe mich zur Hintertür hereingeschlichen und den ganzen Tag lang geschlafen. Nein, ich habe nicht geschlafen, ich habe dagelegen und geheult.«

»Es tut mir leid, wenn ich Sie aufgebracht habe«, sagte ich und stand auf. »Ich weiß, dass ich mich ein bisschen eigenartig benehme. Ich will bloß Logik in die Sache bringen. Ich will Jeremy helfen.«

»Warum interessieren Sie sich so sehr für Jeremy? Warum verbringen Sie so viel Zeit damit, mich mit Fragen zu löchern, statt Ordnung in Ihr eigenes Leben zu bringen?«

»Überwachungskameras«, sagte ich. Einer meiner Bewährungsfälle hatte wegen eines tätlichen Angriffs auf die Polizei am Hauptbahnhof eingesessen. Schwor Stein und Bein, dass er es nicht gewesen sei, bis er auf dem Film sah, dass er dem Zivilpolizisten viermal gegen den Kopf getreten hatte. »Hat man das für Sie überprüft?«

»Nein, weil ich keine Verdächtige bin. Sie sind die Einzige, die so blöd ist, das zu glauben.«

»Nur einen kleinen Gefallen?« fragte ich Bond am Telefon. Ich hatte schon wieder seine Handynummer gewählt. Mir wurde klar, dass ich langsam den Dreh raushatte, dass diese Arbeit genauso funktionierte: Sei nett zu den Leuten, bring ihre Handynummern in Erfahrung, rede mit ihnen, erzähl ihnen etwas – je mehr Informationen du bekommst, desto besser. Alles kann sich irgendwann als nützlich erweisen, und genau das war passiert, denn nun würde er mir einen Gefallen tun.

»Darum sollten Sie mich besser nicht bitten«, sagte er.

»Ich kann Kekse mitbringen«, bettelte ich.

»Eiscreme«, sagte er, und so machte ich erst einen Abstecher ins Derby Café, ehe ich zum Bahnhof ging.

Wir hatten unsere Muschelwaffeln mit Himbeersoße noch nicht aufgegessen, als sie aus dem Achtuhrdreißigzug aus Oban stieg. Kein Zweifel, sie war es. Mit roten Augen, einsam und erschöpft, den kleinen Rucksack unter dem Arm, schlüpfte sie durch die Drehsperre, als der Fahrkartenkontrolleur gerade in eine andere Richtung sah.

»Sie hat nicht bezahlt!« sagte Bond.

»Dann schnappen Sie sich das Luder«, sagte ich und warf den Rest meiner Eiscreme in den Abfall.

Ich fühlte mich schlecht, als ich Amanda anrief. Sie war wie eine Freundin zu mir gewesen, und trotzdem hatte ich sie verdächtigt. Aber jetzt nicht mehr. Als Bridget um neun Uhr gestorben war, hatte sie schon im Zug gesessen.

»Ich weiß, dass ich in dem Scheißzug war«, sagte Amanda und legte auf.

Auf dem Rückweg schaute ich kurz bei Mrs. Bagshaw vorbei. Sie ließ mich herein und kehrte zu ihrer halb aufgerauchten Zigarette auf dem Tisch zurück. Mindestens fünfzig Zigarettenstummel deuteten darauf hin, dass sie seit geraumer Zeit in dieser Haltung verharrte und wartend auf den Fluss schaute.

»Nehmen Sie eine«, sagte sie, und während der nächsten Stunde wurde mir klar, dass diese Frau sowohl über Geld als auch über Arroganz verfügte und Fragen nicht einfach deshalb beantwortete, weil sie gestellt worden waren. Sie sagte mir nichts. Sie kenne Amanda nicht, habe sie nur einmal gesehen, habe sie auch nicht in Glasgow getroffen, weil sie ihren Aufenthalt geheimhalten wolle. Ja, das ist Bella, im Garten in Oxford. Morgen würde sie vierundzwanzig Jahre alt werden.

Ich war gekommen, damit sie mir die Wahrheit über Jeremys Aufenthalt in der Mordnacht sagte.

»Er war bei Ihnen, nicht wahr?« soufflierte ich.

Mrs. Bagshaw saß eine Zeitlang schweigend da, und dann warf sie mir einen so eiskalten Blick zu, dass es mich fröstelte.

»Ich bin fast soweit, ihm zu vergeben«, sagte sie.

Ich konnte nicht schnell genug dort wegkommen.

45

Ich holte Robbie ab, fuhr nach Hause und steckte ihn erst mal in die Wanne. Dann schaute er sich ein Video an und lachte sich kaputt. Ich ertappte mich dabei, dass ich seine Einfältigkeit bewunderte und betete, dass er später einmal glücklicher als ich sein werde.

Ich war zutiefst verzweifelt. Ich vermisste Chas. Ich sehnte mich nach ihm. Wo zum Teufel war er?

Als Robbie schlief, musste ich einfach nach der Flasche Wein greifen, die ich auf dem Rückweg von der Arbeit einfach hatte kaufen müssen.

Ich wischte die Tafel ab und goss mir ein zweites Glas ein. Die Hamish-Spalte, die Kelly-Spalte, die Amanda-Spalte, die Jeremy-Spalte, dann die Rachel-Spalte, in der als Einzige nichts stand. Ich hielt inne. Rachel.

»Rachel McGivern«, sagte ich gleich frühmorgens am Montag zu der diensthabenden Sozialarbeiterin in Stirling. Ich hatte das ganze Wochenende nicht geschlafen und mich kaum auf Robbie konzentrieren können. Es waren zwei absolut beschissene Tage gewesen. Ich hatte mir sehnlichst gewünscht, dass Chas anrufen oder vorbeikommen würde, und ich hatte meinen Jungen vor allzu vielen Videos geparkt, dieweil ich entweder Rotwein oder Aspirin getrunken hatte.

»Sie ist achtzehn, ihren Geburtstag weiß ich nicht genau«, sagte ich zu der diensthabenden Sozialarbeiterin.

»Aber ja, hier ist sie …« Sie tippte auf den Computer. »Es gab da mal ein Gutachten zu einer Kindesanhörung. Lassen Sie mich nachsehen. Eine gewalttätige Auseinandersetzung mit einem anderen Mädchen. Sie war fünfzehn, das Ganze fand vor ihrer Schule statt, und sie hatte ein Messer. Es wurden keine weiteren Maßnahmen ergriffen. Die Untersuchung wurde eingestellt.«

»Können Sie mir das Gutachten faxen?« fragte ich.

»Sicher.«

Alle waren im Büro. Robert las Teile aus dem Gutachten vor, an dem er gerade schrieb …

»Auf die Frage, ob er sie in dem Zug sexuell belästigt habe«, las er, »entgegnete Mr. Jones, er habe lediglich auszusteigen versucht … ›Hab nur rausgewollt, aber sie war 'ne fette Kuh!‹, teilte er dem Gutachter mit.«

Penny, die selbst ziemlich füllig und kuhhaft war, lachte nicht.

Aber Danny lachte, und ich wollte diese kleine Lücke in seiner Abschottung ausnutzen, um mich endlich bei ihm zu entschuldigen.

»Es tut mir sehr leid.«

»Was?«

»Dass ich dich missbraucht habe.«

»Ist schon in Ordnung. Wie viel hattest du eigentlich intus?«

»Ein paar Flaschen von diesem und jenem. Ich habe zwei Jahre lang überhaupt nichts getrunken und hätte besser ganz die Finger davon gelassen. Meinst du, dass ich ein Alkoholproblem habe? Gehöre ich auch zu den Opfern der Sozialarbeit?«

»Wenn ich dir sage, dass du heute Abend nichts trinken darfst – würdest du dann in Panik geraten?«

»Nein.«

»Dann bist du's nicht.«

»Ja.«

»Dann schon.«

»Ich werde heute Abend nichts trinken.«

»Gute Idee.«

Ich seufzte und fühlte jetzt schon Panik aufkommen, und dann ging ich zum Faxgerät.

Auf dem Weg dorthin erhaschte ich einen Blick auf die schwer erreichbare Hilary, die endlich wieder bei der Arbeit war.

Sie saß in ihrem Büro, führte ein Telefongespräch und schaute todernst drein.

Das Gutachten glitt aus dem Faxgerät, und ich verschlang es gleich am Empfang. Rachel McGivern, Schulschwänzerin, Angreiferin. War in den ersten Pubertätsjahren ständig von zu Hause weggelaufen, und die Mutter hatte von Phasen mit Alkoholmissbrauch und Wutausbrüchen berichtet. Rachel selbst hatte behauptet, dass sie ihrer Mutter egal sei, weil diese von ihrer Karriere und anderen Sachen besessen sei. Das Gutachten kam zu dem Schluss, dass sie mit ihrem Verhalten auf sich aufmerksam machen wolle, dass die Familie aufgeschlossen, unterstützend und problembewusst genug sei, um die Schwierigkeiten aus eigener Kraft zu überwinden, und dass gesetzliche Maßnahmen nicht erforderlich seien.

Nichts Neues. Außer, dass Rachel schon immer ein wütendes, eifersüchtiges Mädchen gewesen war, das sich nach der Aufmerksamkeit seiner Mutter sehnte. Und dass sie schon einmal eine Angriffswaffe bei sich gehabt hatte und wegen Gewalttätigkeit auffällig geworden war.

46

Ich war eine begnadete Ermittlerin. Wenn Ermittlungen mein Beruf gewesen wären, hätte man mich befördert. Ich hätte ein größeres Auto und eine bessere Waffe bekommen, und einen leicht zu beeindruckenden Partner. Wenn Ermittlungen mein Beruf gewesen wären.

Jetzt war alles glasklar. Rachel, die zornige Mutterhasserin, entrüstete das Auftauchen des neuen Familienmitgliedes mehr als alle anderen.

Ich nahm eine Einschätzung ihres Gefährdungspotenzials vor. Dazu verwendete ich ein Beurteilungsprogramm, in dessen Benutzung ich noch nicht eingewiesen worden war – LSI-R, RA 1–4, BAUCHGEFÜHL 313b –, und alles passte zusammen. Rachel stellte meiner Einschätzung zufolge mindestens eine mittlere Gefahr im Hinblick auf einen gewalttätigen Rückfall dar. Ihre Vorgeschichte, ihr Alkoholmissbrauch, ihr mutmaßlicher Drogenkonsum, dass sie zweimal von der Schule geflogen war, das schlechte Verhältnis zu ihrer Mutter, Freundschaften mit gerichtsnotorischen Arbeitslosen … und das war noch nicht das Ende der Liste.

Ich rief im Büro des Rechtsanwalts an.

»Haben Sie Rachel McGivern überprüft?« platzte ich heraus. »Sie war früher mal gewalttätig.«

»Hören Sie«, sagte der Anwalt aufgeregt, »Spuren von ihm sind an dem Schaber. Jede Menge DNA von ihm und von ihr.«

Bingo.

»Sie sind ein Genie!« sagte der Anwalt. »Aber das ist noch nicht alles. Heute Morgen ist Mrs. Bagshaw mit der Sprache herausgerückt. Sie hat vor einer Stunde angerufen und gesagt, Sie hätten sie überzeugt.«

»Wirklich?«

Ich registrierte beiläufig, dass Danny, der mir mit besorgter Miene zugehört hatte, in Hilarys Büro gerufen wurde.

»Ja«, sagte der Anwalt. »Nach ihrer Entlassung aus dem Krankenhaus hat er die ganze Nacht und den ganzen Morgen in ihrem Haus verbracht. Jeremy kann sie nicht umgebracht haben. Er war vierhundert Meilen weit weg. Bis heute Abend habe ich ihn aus dem Gefängnis raus ... Er lässt fragen, ob Sie ihn abholen könnten. Ihre Bedenken wegen Rachel werde ich weiterleiten, aber das überlassen wir besser der Polizei, oder?«

»Was tun Sie da?« Die Stimme war hart wie Granit. Ich schaute hoch und sah, dass sich eine wütende Hilary vor mir aufgebaut hatte.

»Verabschieden Sie sich«, sagte sie, und da war keine Spur von dem watteweichen Kauderwelsch, das sie bei unserer ersten Begegnung benutzt hatte.

»Kommen Sie sofort in mein Büro.«

Mein Gesicht war brennendheiß, als ich an Danny, Penny und Robert vorbei in Hilarys Büro ging. Hilary schlug die Tür hinter uns zu.

»Ich hatte gerade einen netten Plausch mit Wachtmeister Wilkinson.«

»Bond?«

»Wilkinson. Er meinte, Sie würden sich als Privatdetektivin betätigen. Und Danny sagte mir, dass Sie gerade mit einem Verteidiger telefoniert hätten.«

»Ich ...«

Weiter kam ich nicht. Sie hatte eine Menge zu sagen, unter anderem Folgendes: Ich sei unprofessionell, naiv, dumm, würde mich zum Idioten machen, für wen ich mich hielte, sie könne ein Disziplinarverfahren gegen mich einleiten, würde es aber nicht tun. Stattdessen würde sie mich sechs Monate lang auf Verkehrsvergehen ansetzen. Bis ich mir über meine Position klargeworden sei und darüber, dass es mir nicht zustehe, mich als Ermittlerin einer Mordkommission aufzuspielen.

»Aber er ist unschuldig. Meinetwegen wird er aus dem Gefängnis entlassen.«

»Das ist weder Ihre Aufgabe noch Ihre Angelegenheit. Sie können sich ernsthaften Ärger einhandeln, wenn Sie auf diese Weise Ihre Befugnisse überschreiten. Warum sind Sie Sozialarbeiterin geworden, Krissie?«

»Was?«

»Warum arbeiten Sie als Sozialarbeiterin? Sie waren eine Einser-Studentin. Erstklassiger Abschluss in Geschichte. Warum Sozialarbeit?«

»Warum nicht?« lautete meine Antwort.

Ich wusste, weshalb sie fragte. Hielt ich mich für zu klug für diese Arbeit? Benutzte ich die Sozialarbeit als eine Form von Therapie, als Gralssuche nach Gerechtigkeit, weil irgendein Scheißkerl mich und die arme Sarah missbraucht hatte? Ich wusste, weshalb sie fragte, weil mir dieselben Fragen manchmal im Kopf gedröhnt hatten. Um ehrlich zu sein, lautete die Antwort auf beide Fragen »Ja«.

»Sie müssen noch viel lernen, Krissie«, sagte Hilary.

Verflixt! Das dämpfte die gute Nachricht von Jeremys Entlassung ein bisschen. Nicht einmal ein Dankeschön bekam ich zu hören – dafür, dass ich eine geniale Ermittlerin war, eine Retterin des Universums, dafür, dass ich Jeremy zehn Jahre hinter Gittern erspart hatte (wo ihn behaarte Kerle mit Narben und Riesenfäusten verdroschen hätten), dafür, dass ich Amanda vor einem Leben ohne die Liebe ihres Lebens bewahrt hatte.

»Sie haben recht. Es tut mir leid«, sagte ich. »Aber er geht davon aus, dass ich ihn abhole.«

»Danach habe ich drei Gerichtsgutachten für Sie – alle wegen Fahrens ohne gültige Versicherung.«

Als ich mich an meinen Schreibtisch setzte, versuchte sich Danny an einer Art von Entschuldigung: »Sie hat mich gefragt, und ich habe ihr bloß gesagt, dass ich mir Sorgen um dich mache. Es ist nicht deine Schuld. Du hattest während der ganzen Zeit keinerlei Ausbildung oder Unterstützung.«

»Mach dir keine Gedanken.«

»Geht es dir soweit gut?« fragte Penny freundlich. »Magst du eine Tasse Tee?«

Furzerin. Aufgetakelter, übellauniger alter Kauz. Als sie mir ihre Unterstützung anbot, sah ich, dass sie die freundlichsten Augen hatte, in die ich jemals geschaut habe.

Wäre ich eine Klientin, wäre sie diejenige, mit der ich hätte sprechen wollen.

»Unheimlich gern«, sagte ich, und es war die tröstlichste Tasse Tee, die ich je getrunken habe.

Als ich nachher Amanda anrief, pöbelte sie mich zur Abwechslung einmal nicht an. Sie war aufgeregt und dankbar, und sie wollte sich entschuldigen.

»Soll ich Sie ins Gefängnis mitnehmen?« fragte ich. »Ich rufe an, sobald wir wissen, um welche Uhrzeit er rauskommt.«

Als Nächstes rief ich bei Mrs. Bagshaw an, um sie zu fragen, ob ich sie auch mitnehmen solle. Sie war so seltsam wie immer. »Ja, ich habe der Polizei gesagt, dass er bei mir war. Ich bin jetzt bereit, ihm zu vergeben. Ich habe sie gebeten, ihm nicht zu sagen, dass ich sein Alibi bestätigt habe, weil ich ihn damit überraschen will – hier, in der Wohnung. Sagen Sie ihm noch nichts. Würden Sie ihn herbringen, Krissie? Ich habe sein Lieblingsessen gemacht – Sie erinnern sich? Ich ertrage das Gefängnis nicht, aber ich will ihn trotzdem überraschen.«

»Ich bringe ihn gleich vorbei, wenn er rauskommt«, versprach ich und schüttelte meinen Kopf angesichts ihrer anhaltenden Seltsamkeit.

Zum Mittagessen fuhr ich zu meinen Eltern. Ist schon komisch: Wenn man gute oder schlechte Neuigkeiten hat, muss man sie sofort jedem erzählen, als ob sie dadurch irgendwie realer würden. Aber als ich bei meinen Eltern ankam, erkannte ich, dass diese Neuigkeit für sie nicht real war – sie hatte nichts mit ihnen zu tun, und mit mir eigentlich auch nicht. Sofort war sie weniger aufregend.

»Du musst dich wieder mit Chas vertragen«, sagte mein Vater über seinem Eintopf.

»Ich glaube, er ist mit einer Frau namens Madeleine zusammen«, sagte ich.

Es war, wie wenn man eine vor vielen Menschen glorreich gewonnene Trophäe nach Hause bringt. Ich hatte Jeremy geholfen, ich hatte Amanda geholfen, aber jetzt war ich zu Hause, und alles, was ich hatte, war ein Teller mit Eintopf. Mir war elend zumute.

Selbst Robbie sah elend aus. »Zaubertrank!« sagte er zwischen diversen Flüchen, und ich versuchte, Mehl mit Feenflüssigkeit zu mischen und deswegen sehr enthusiastisch zu sein, aber er erkannte, dass es kein echter Zaubertrank war, der den Feen schnellere Flügel verleihen würde. Es waren bloß Seife und Mehl und eine Riesensauerei, und so seufzten wir uns in der Küche meiner Eltern abwechselnd an und sehnten uns zwei Wochen zurück.

Meinen Eltern ging es fast genauso schlecht. Sie liebten Chas fast genauso, wie sie mich liebten, und dass er mit jemand anders zusammen war, verletzte sie genauso wie mich. Sie konnten es gar nicht glauben – er war ihr Junge, ihr reizender Chas, das Beste, was ihrer Tochter jemals widerfahren war.

»Bist du dir sicher?« fragte meine Mutter.

»Ich sehe sie dauernd zusammen. Seit ich Danny auf der Party geküsst habe, ist er bei ihr: Er hat ihr Rosen ins Haar gesteckt und ihr gesagt, dass sie seine beste Freundin und sein Licht sei. Ich habe gehört, wie sie sich geküsst haben.«

»Du hast es gehört?« (Hoffnungsschimmer bei meiner Mum.)

»Und wie sie miteinander gesprochen haben.«

»Oh.« (Verflixt!)

»Willst du heute Nacht hierbleiben?«

»Nein, ich muss zurück nach Hause. Ich muss diesen reizenden kleinen Kerl ins Bett bringen, ihm eine Gutenachtgeschichte vorlesen und ihn knuddeln, und dann muss ich ein Glas Wein trinken.«

Ich zog einen Nikotininhalator aus der Tasche – Danny hatte ihn mir vormittags als Teil meines Maßnahmenplans geschenkt – und sog heftig daran.

»Sieht wie ein Tampon aus«, sagte meine Mutter.

»Ich weiß.«

Der Anwalt hatte immer noch nicht angerufen, als ich nach dem Mittagessen zurück ins Büro kam. Er war im Gericht. Ich hinterließ ihm eine Nachricht mit meiner Privatnummer, zerriss Jeremys Gutachten und schickte ein anderes ins Gericht, das ich irgendwie innerhalb von vierzig Minuten fertigbekam. Dann ging ich, um Geld von meinem schwindenden Bankguthaben abzuheben und ein Geschenk für Jeremy und Amanda zu kaufen – eine schottische Trinkschale aus Silber.

Ich flitzte nach Hause, um das Geschenk einzupacken, und sah, dass Chas dagewesen war. Er hatte die Trittleiter am falschen Platz stehenlassen, und auf dem Küchentisch lag ein Zettel: »Kannst du mich bitte anrufen?«

Sofort wählte ich seine Nummer. Mein Herz raste. Niemand ging dran, also hinterließ ich eine Nachricht. Scheiße.

Ich entdeckte weitere Hinweise auf Chas. Seine Lieblingsjeans und sein T-Shirt waren weg, ein Foto von Robbie war leicht nach links gerückt worden, Zahnbürste und Rasiercreme waren nicht mehr da, das Küchenfenster stand offen. Er hatte ein Glas Wasser getrunken und das Glas in der Spüle stehenlassen, er hatte die Post durchgesehen und einen Kontoauszug sowie einen Brief von der Galerie mitgenommen. Dann hatte er den Zettel geschrieben, die beiden Eingangstüren geschlossen und war gegangen.

Noch etwas fiel mir auf, als ich gerade die Wohnung verlassen wollte, nämlich das Hochzeitskleid, das ich gekauft hatte.

Es hing auf der Innenseite der Schlafzimmertür. Ich berührte das Oberteil (der Nutellafleck freute sich seines langen Lebens) und überraschte mich auf einmal dabei, dass ich erst meine

Hand küsste und danach das Kleid – dieses weiche, weiße Ding, das allem Anschein nach eine verlorene Zukunft verkörperte.

Das Telefon klingelte. Es war der Anwalt. Jeremy werde gerade entlassen. Er warte darauf, dass ich ihn abhole.

»Gut, dass Sie Jeremy die Nägel manikürt haben«, sagte ich zu Amanda, als ich sie auf dem Weg zum Gefängnis abholte.

»Ich habe stundenlang dieses Nagelnecessaire gesucht«, entgegnete sie. »Aber ich bin froh, dass Sie es gestohlen haben.«

Ich dachte an Sachen, die Chas und ich gemeinsam gemacht hatten. Chas hatte lange Nasenhaare, wie Fliegenbeine. Ich hatte sie immer mit zwei Fingern gepackt und mit einem Ruck ausgerissen. Dann hatte ich sie zwischen den Fingerspitzen gehalten und gezählt. Wir hatten das sogar auf Partys gemacht, um Leute zu erschrecken (fünfzehn war der Spitzenwert gewesen).

Dann gab es da die kleine Lücke zwischen meinen Schneidezähnen, aus der ich Wasser spritzen lassen konnte, wenn ich mit der Zunge fest genug dagegen presste. In unbeachteten Momenten hatte ich Chas oft ins Auge getroffen, aus beeindruckender Entfernung. Ach ja, und dann hatte er manchmal seinen Rasierapparat benutzt, um meine Bikinizone zu rasieren, und immer hatte er meinen für sein Gesicht benutzt. Bestimmt hatte ich Chas' DNA immer noch überall an mir, aber das war alles, was wir voneinander hatten: nichts als abgestorbene Zellen.

Hatte ein anderes Leben begonnen? Würde ich je wieder ins Reich der Liebenden zurückkehren und morgens im Bett meinen Kaffee trinken? Würden Chas und ich je wieder ein Elternpaar sein, das freitagabends Essen kocht und einem pausbäckigen, lächelnden, lockigen kleinen Jungen gemeinsam Gutenachtgeschichten vorliest?

47

Amanda stand kurz davor, in *ihr* früheres Leben zurückzukehren – als sie mit einem erfolgreichen Immobilienentwickler verheiratet gewesen war, in einer hübschen Wohnung in Islington gewohnt hatte und vor ihren alten Freunden in Glasgow angegeben hatte. Sie hatte ihn vermisst, aber dieses Vermissen war von den Ereignissen nach ihrer Hochzeitsfeier in Glasgow überschattet worden.

Bridget ausfindig zu machen.

Etwas zu empfinden, für das sie keinen Ausdruck gekannt hatte.

Es auf eine Weise auszudrücken, die sie verwirrt und voller Schuldgefühle zurückließ.

Und Bridgets brutaler Tod, ein anhaltender Albtraum in ihrem Unterbewusstsein und Bewusstsein.

Dann Jeremys Verhaftung. Des Mannes, den sie liebte. Wie konnte irgendjemand glauben, dass er zu einer solchen Tat fähig sei?

Als sich Krissies Auto Sandhill näherte, raste Amandas Herz vor Aufregung und Anspannung. Ob die Erfahrungen im Gefängnis Jeremy verändert hatten? Ob er ihr die Schuld an allem geben würde? Ob er mit ihrer Trauer zurechtkommen würde? Damit, dass sie manchmal den ganzen Tag lang weinte, und die ganze Nacht? Dass sie kaum schlief oder aß?

Ob Jeremy sie immer noch liebte? Ob er sie lieben würde, wenn er wüsste, dass ihr nach nichts weniger zumute war, als darauf, nackt auf Betten zu springen?

Sie war nervös, aber sie glaubte an ihn. Er war ihr Jeremy. Der Mann, in den sie sich in jener Nacht im Earls Court Hostel verliebt hatte, der ihr an jenem Tag in der Polizeizelle verziehen hatte, als sie ihm gesagt hatte, was mit Bridget passiert war. Der Mann mit der armen, verletzlichen Seele, der alle Liebe brauchte, die ihm seit dem Alter von vier Jahren verwehrt worden war.

Sie hatte sich den ganzen Tag lang auf ihn vorbereitet. Haare und Haut und Kleidung und Parfüm. Sie hatte das Schlafzimmer einladend und anheimelnd eingerichtet, Schokolade gekauft (weil sie wusste, wie sehr er die mochte) und gebetet. Lieber Gott, mach, dass es vorbei ist. Mach, dass wir so glücklich wie möglich werden, und bitte mach, dass Bridget im Himmel ist. Amen.

Draußen hupte es. Das war die komische Sozialarbeiterin, die anscheinend nichts Besseres zu tun hatte, als sie herumzukutschieren und pausenlos über Jeremy zu reden. Warum zum Teufel zahlten Menschen Steuern, damit solche Leute sich maniküren ließen und andere Leute durch die Gegend fuhren? Es war ein Skandal, und sie sollte mal mit dem Abgeordneten ihres Wahlkreises darüber sprechen. Aber erst, nachdem diese Frau sie ins Gefängnis mitgenommen hatte, denn sie selbst hatte kein Auto.

O Gott, wie nervös sie war. In einer Stunde würde sie ihn in den Armen halten, ihn mit nach Hause nehmen. Sie würden zusammen sein. Sie würde ihn bitten, mit ihr nach Schottland zu ziehen, und er würde Ja sagen, und sie würden eine Familie gründen. Ein Junge und ein Mädchen. Oder zwei Mädchen und ein Junge. Oder drei … Charlie, Rachel und Anna. Trotz ihrer Nervosität lächelte sie, als sie in Krissies Auto stieg. Auf dem Beifahrersitz lag ein Geschenk, und ihr Lächeln verschwand, als sie sich fragte, was wohl die Steuerzahler dazu sagen würden, dass sie soeben für ein nutzloses Hochzeitsgeschenk bezahlt hatten.

48

Jeremy, der die Nachricht von seiner Entlassung erhalten hatte, ging überglücklich auf den Beichtstuhl zu. Pater Moscardini war ihm ein Freund geworden, oder zumindest ein zuverlässiger Vertrauter. Er mochte ihn. Er war nicht herablassend oder mies, nannte ihn nicht einen »Körper« und das Mittagessen »Fütterungszeit«. Er behandelte ihn wie ein menschliches Wesen.

Das letzte Mal hatte Jeremy den Priester vor einer Woche zur Mittagszeit gesehen. Das war an einem Freitag gewesen, und Freitag bedeutete »Glückskübel«. Es war unglaublich, wie sehr dieses zusätzliche Gericht auf dem Speiseplan die Männer in Halle C begeistern konnte. Aber dass sie mehr als die üblichen Krankenhausportionen bekamen – einen Kübel mit den Resten der Woche: gebackenen Bohnen, Fischstäbchen, Frikadellen, Pommes Frites und Curryreis, alles in einem Gefängniskessel zu einem warmen Brei verrührt –, begeisterte Jeremy nicht im Geringsten. Ihm wurde regelrecht übel davon. Stattdessen hatte Jeremy sich ein Brötchen genommen, und der Priester hatte ihn verständnisvoll angelächelt.

»Wie geht es Ihnen?« hatte Pater Moscardini gefragt.

»Gut«, hatte Jeremy gelogen, und der Priester war ihm zu seiner Zelle gefolgt.

Seit sein letzter Kopilot weitergezogen war – nach oben, zu den Verurteilten –, hatte Jeremy die Zelle für sich allein. Er war verängstigt gewesen: Würde er damit zurechtkommen, wenn man ihn rausließe? Was würde danach geschehen? Pater Moscardini hatte stundenlang mit ihm geredet, anfangs über Sport und Musik, dann über das Reisen und die Liebe.

»Aus dem, was Sie während der letzten Wochen erzählt haben«, hatte der Priester gesagt, »schließe ich, dass Sie ein Romantiker sind. Sie lieben mit allem, was Sie haben, und Sie geben alles, was Sie haben. Daran ist nichts Falsches. Sie werden über diese schreckliche Zeit hinwegkommen, aber zuerst müssen Sie über das hinwegkommen, was Ihnen als kleiner Junge widerfahren ist. Kommen Sie noch einmal zur Beichte. Lassen Sie sich diesmal nicht abschrecken.«

»Aber es macht mir nun einmal Angst«, hatte Jeremy gesagt. »Ich werde darüber nachdenken.«

Das war vor einer Woche gewesen. Jetzt war er frei und stand kurz davor, mit dem richtigen Leben konfrontiert zu werden. Er wusste, dass er die Mauern dieses Gefängnisses nicht hinter sich lassen konnte, ohne Pater Moscardini ein letztes Mal zu sehen.

49

Eine Sache muss ich klarstellen: Ich habe niemals mit Jeremy geflirtet.

Nachdem Amanda und ich an jenem Nachmittag nach Sandhill gefahren waren, um ihn abzuholen, bin ich all meine Befragungsprotokolle haarklein durchgegangen, und ich bin mir ganz sicher, dass ich niemals mit ihm geflirtet habe.

Als ich ihn das erste Mal traf – kurz nachdem ich den Auftrag erhalten hatte, ein Gutachten über ihn zu schreiben –, sprach er mit mir über London und darüber, wie er Amanda in einer Bar kennengelernt hatte, wie sie zusammengezogen waren und zu heiraten beschlossen hatten. Er hatte mir von Bella erzählt. Um eine Vertrauensbasis zu schaffen, hatte ich ihm von Chas erzählt. (Scheiße, zu viel Privatkram – sollte mir merken, gegenüber Klienten keine persönlichen Informationen preiszugeben.) Aber letztlich hatte diese Information, wenn sie denn überhaupt etwas bewirkt hatte, lediglich klargestellt, dass ich bereits vergeben war. Das redete ich mir zumindest später am Abend ein.

Dann die zweite Befragung, als er gerade verprügelt worden war. Das war die »Sie-können-mir-alles-sagen-Befragung« gewesen. Nichts Unangemessenes.

Die dritte, als er mir gesagt hatte, dass er in Gefahr sei, dass wir beide in Gefahr seien.

Dann in der Selbstmörderzelle, nachdem er versucht hatte, sich zu erhängen. Da hatte ich hauptsächlich zugesehen, wie er und Amanda sich umarmten.

Als ich ihn das nächste Mal sah, erzählte ich ihm von Billy und den Drogen, und dass mein Kleiner in Gefahr sei.

Das sechste und letzte Mal war, als ich ihm sagte, dass Chas mich verlassen habe.

Verdammt, ich hatte dem Typen sechs Besuche abgestattet – für ein Gutachten, das gerade mal eine halbstündige Befragung erforderte. Und ich hatte bis zum Abwinken Details aus meinem Privatleben preisgegeben, etwas, das ich niemals wieder tun würde. Trotzdem hatte ich Jeremy nie Anlass zu der Annahme gegeben, ich wolle mit ihm eine Affäre beginnen oder sein »bestes Mädchen« sein.

»Mein bestes Mädchen!« hatte er gesagt, als ich den Anmeldebereich von Sandhill betreten hatte.

Ich hatte Amanda in der Eingangshalle zurückgelassen und Bob, den Sozialarbeiter im Gefängnis, gebeten, sein Kreuzworträtsel kurz beiseitezulegen und mich in den Anmeldebereich zu begleiten, wo Jeremy darauf wartete, dass ich ihn in die Freiheit führte.

Der Anmeldebereich war ein Bürocontainer voller Kabinen, die an Umkleiden in alten Schwimmbädern erinnerten. Hier kehrten Männer in die Freiheit zurück – oder umgekehrt. Zehn Männer warteten mit unübersehbarem Grinsen auf ihre Entlassung. Sie hielten ihre Besitztümer in den Händen, und ihre Köpfe waren voller guter Absichten – von denen sich freilich viele im Alkoholausschank an der Lee Street in Nichts auflösen würden.

Jeremy hatte nicht das breite, optimistische Grinsen seiner Kollegen aufgesetzt. Er stand in Freizeitkleidung da, sah wirklich ziemlich gut aus, und die blauen Flecke und Schnitte in seinem Gesicht waren fast verschwunden.

Er berührte mich am Arm und lächelte. »Vielen Dank, Krissie. Sie haben mich gerettet.«

Er sah anders als sonst aus, ganz anders. Größer, aufrechter, mit gelassenem Blick.

»Ich war bei der Beichte«, sagte er.

»Sehr gut!« sagte ich und umarmte ihn. Er war jetzt schließlich kein Krimineller mehr. Kein Klient von mir.

»Amanda wartet in der Eingangshalle. Aber ehe ich sie holen

gehe, sagen Sie mir bitte, was ich mit den Drogen machen soll, Jeremy. Ich will nicht, dass Sie deshalb Ärger bekommen.«

Er ignorierte meine Frage. »Ich will sie nicht sehen.«

Ich hatte angenommen, dass er es gar nicht erwarten könne. Dass er zu ihr rennen würde und ich das Resultat meiner angestrengten Arbeit herumwirbeln und sich zwischen Küssen zulächeln sehen würde.

»Aber warum? Sie ist ganz aufgeregt«, sagte ich und hatte vor Überraschung die Drogen in meiner Küche ganz vergessen.

Er beugte sich zu mir. »Sie hat mit ihrer Mutter geschlafen.«

»Ich weiß. Aber es war ja nicht so, dass sie …«

»Ich hatte sehr viel Zeit zum Nachdenken, und ich wollte ihr verzeihen, aber ich kann es nicht.«

»Jeremy, Sie müssen mit ihr reden und reinen Tisch machen. Es war eine schreckliche Zeit, aber …«

»Ich fühle mich so verwirrt«, unterbrach er mich. »Aber Sie haben recht, ich muss mit ihr reden. Können Sie mir einen Gefallen tun?«

»Natürlich.«

»Können Sie bei mir bleiben, wenn ich mit Amanda rede? Es könnte schwierig werden. Vielleicht brauchen wir Sie.«

Ein Sitz in der ersten Reihe bei Tragödien, die noch nicht vorbei sind. Das ist mein Job – mit gesalzenem Popcorn dazusitzen und zuzuschauen. Diesmal Jeremy, wie er in einem kleinen Besucherraum in Sandhill Amanda das Herz bricht.

Als sie ihn umarmte, herrschte einen Moment lang Stille, aber dann zog er den Kopf in plötzlichem Ernst zurück.

»Ich kann nicht bei dir bleiben, Amanda.«

Amandas Gesicht zerfiel in fassungslose Einzelteile.

»Es ist so viel passiert. Ich wäre wahrscheinlich mit allem klargekommen, wenn du das nicht getan hättest. Das mit Bridget, meine ich. Ich glaube nicht, dass ich jemals darüber hinwegkommen werde. Wir waren in den Flitterwochen! Aber letztlich ist das gar nicht die Hauptsache.«

Amanda stand wie vom Blitz getroffen da.

»Was *ist* die Hauptsache?« fragte sie.

»Die Hauptsache ist, dass ich mich in jemand anders verliebt habe.«

»Wie bitte?«

Ich glaube, wir stellten beide gleichzeitig diese Frage und wunderten uns, in wen um Himmels willen er sich im Gefängnis verliebt haben könne – in einen Cracksüchtigen aus Halle C? In Pater Moscardini, im Dienstraum des Kaplans?

Als die Stille anhielt, drehten sich zwei Augenpaare zu mir um, und als er es sagte, wusste ich, was er sagen würde:

»Krissie. Ich habe mich in dich verliebt, Krissie.«

Ich sagte ihm natürlich, dass das absurd sei. »Jeremy! Wovon reden Sie da?« fragte ich.

Er lief dunkelrot an.

»Es tut mir leid, wenn ich einen falschen Eindruck erweckt haben sollte.«

Amanda rannte aus dem Raum, und ich wusste nicht, was ich tun sollte.

»Jeremy, Sie sind ein guter Mensch, und ich verstehe, dass Sie eine gewisse … Dankbarkeit empfinden, aber …«

»Es tut mir leid«, sagte er. »Ich komme mir wie ein Idiot vor.«

»Schon gut, Jeremy. Aber jetzt heißt es Abschied nehmen. Ich bin Sozialarbeiterin. Ich habe eine Grenze überschritten und mich zu sehr in diesen Fall verwickeln lassen. Infolgedessen ist mein Privatleben durcheinandergeraten. Aber jetzt werde ich alles wieder in Ordnung bringen. Ich werde mir Chas zurückholen. Er ist der Einzige, der für mich infrage kommt, er war es immer. Ich habe ein Gutachten über Sie geschrieben, das ist alles.« Ich schüttelte ihm die Hand. »Auf Wiedersehen, Jeremy. Ich muss gehen.«

»Natürlich. Mein Gott, was für ein Idiot ich bin. Auf Wiedersehen, Krissie. Es tut mir leid.«

Ich lief hinaus, um Amanda einzuholen, aber sie war schon weg. Als ich aus der Drehtür kam, fuhr ihr Taxi mit quietschenden

Reifen über die Auffahrt. Die Tür hinter mir verlangsamte ihre Drehung, schleuste Menschen in das große Gebäude hinein und aus ihm hinaus, und ich holte tief Luft. Plötzlich schossen Lichtstrahlen über den Himmel, wie um zu sagen: »Es ist vorbei, Krissie. Du bist wieder aufgetaucht. Du kannst tief Luft holen. Los, mach schon!«

50

Amanda hatte es irgendwie nach Hause geschafft. In der Diele sackte sie zusammen, und ihre Adoptivmutter fing sie auf. »Ach, mein Liebling«, sagte sie und hielt sie auf dem Sofa umarmt, als ihr Vater aus dem Garten hereingerannt kam. »Es ist gut, Liebes. Es ist gut. Wir sind ja da. Wir sind da.«

Er war fort. Genau wie Bridget. Und was blieb übrig?

Ihre Mutter, ihre schöne Mutter, die sie festhielt und ihr sagte, dass alles gut sein würde.

Ihr Vater, ihr gutherziger Vater, der dasselbe tat.

Sie würde lange Zeit in diesem Haus bleiben, auf diesem Sofa. Man würde ihr Essen bringen, sie im Arm halten und auf sie aufpassen. Nach einiger Zeit würde das Gefühl der Übelkeit in ihrem Bauch abklingen, und sie würde anfangen, sich gut zu fühlen, eines Tages vielleicht sogar sehr gut. Und vielleicht würde sie zum ersten Mal seit jenem Abendessen, als sie sechs Jahre alt gewesen war und ihre Eltern beschlossen hatten, dass sie alt genug sei, um zu erfahren, woher sie kam, merken, dass sie immer schon gewusst hatte, woher sie kam, dass es sonst nichts gab, worüber man sich Gedanken machen musste, dass es nichts zu finden gab und keinen anderen Ort, an dem sie suchen musste.

Aber einmal im Jahr, am Jahrestag von Bridgets Tod, würde sie einkaufen gehen. Sie würde sich Zeit lassen und die schönste Karte aussuchen, die sie finden konnte. Sie würde zittern, wenn sie in dem Restaurant in Bridge of Allan saß, wo sie mit Bridget drei Flaschen Wein getrunken hatte.

»Von Deinem kleinen Rotschopf« würde sie auf die Karte schreiben, ehe sie sie weinend in den Umschlag stecken und sie, ohne Adresse, schnell in den Briefkasten werfen würde.

51

Als ich von Sandhill nach Hause fuhr, reifte in mir der Entschluss, dass ich mir mein Leben mit Chas nicht von einem Drahtballmädel zerstören lassen würde. Vielleicht waren sie zusammen shoppen gewesen, vielleicht hatten sie sich auch geküsst, aber Chas und ich waren füreinander bestimmt. Mit Shoppen und Küssen war gegen uns nicht anzukommen.

Er hatte sich auf das größte Ereignis seiner Laufbahn vorbereitet: seine Vernissage. Jahrelang hatte er gemalt, und endlich hatte er diese Chance bekommen, und ich hatte mich nicht nur wie ein Lump benommen, sondern auch vollkommen vergessen, dass die Vernissage heute Abend stattfand.

Auf allem lag heute Sonnenschein: auf Robbies Lächeln, als ich ihn abholen fuhr, auf dem Garten meiner Eltern, auf dem Clyde, als ich mit meiner Mission, Chas zurückzuerobern, nach Hause fuhr, auf der Wohnung mit den wunderschönen Massivholzböden und auf meinem Kleiderschrank voller schmeichelhafter Kombinationen.

Ich badete Robbie, zog ihm seinen Schottenrock an und wählte eine Kombination für mich aus. Mir fiel ein, dass ich noch etwas aus meinem Leben beseitigen musste, ehe ich in die Galerie gehen und mir mein altes Leben zurückholen konnte. Keine Heimlichkeiten mehr, kein Ignorieren von Problemen in der Hoffnung, dass Zeit und Schweigen sie aus der Welt schaffen würden.

Ich würde dieser Madeleine sagen, dass sie sich gefälligst von meinem Mann fernhalten solle. Ich war ganz aufgeregt. Ich würde betteln, mich entschuldigen, Versprechungen machen, nicht zu viel reden, ihn küssen, ihn umarmen, ihn berühren, nicht trinken, mir seine Bilder anschauen, die ich mir nie hatte anschauen dürfen.

Aber zuerst …

Ich stolperte über die kleine Trittleiter, die mitten in der Küche stand, und fluchte. Warum hatte Chas sie heute Morgen benutzt? Ich klappte sie auf und stellte mich darauf. Ich griff über die Blende an der staubigen Oberseite des Hängeschrankes und fühlte den Plastikbehälter, in dem ich vor einigen Tagen zwei Zigarettenschachteln mit Drogen versteckt hatte. Päckchen, die ich zur Polizei bringen würde, ehe ich zu der Vernissage ginge. Ich holte die Kiste herunter und schaute hinein.

Es war nichts drin.

52

Chas war früher am Tag in der Wohnung gewesen. Er hatte genug von den Albernheiten. Tagelang hatte er nicht mit seiner Seelengefährtin gesprochen – aus welchem Grund? Ein blöder Versuch, ihn eifersüchtig zu machen? Das Foto war lächerlich – Danny fühlte sich unwohl und wollte sich losmachen, und Krissie versuchte aus den Augenwinkeln zu sehen, ob Chas auch zuschaute. Darüber hatte er sich keinen Augenblick lang Sorgen gemacht. Aber ihr sprunghaftes Verhalten hatte ihn wahnsinnig gemacht. Und er musste sich auf seine Ausstellung vorbereiten. Er konnte es sich nicht leisten, diese Riesenchance zu verbocken.

Er hatte entschieden, dass ein paar Tage Auszeit das Beste für sie beide seien. Denn obwohl er kein Macho war, sehnte sich Chas danach, für seine neue Familie finanziell sorgen zu können. Er war viel zu lange herumgereist und hatte seine Zeit vergeudet. Er hatte auch entschieden, dass er gern heiraten würde. Hatte es von dem Moment an gewusst, als er sie in dem aufgerüschten Kleid gesehen hatte, das immer noch im Schlafzimmer hing. Sie hatte fabelhaft ausgesehen: eine Braut in weißem Flaum. Er würde sie heiraten.

Er hatte vorgehabt, ihr bei der Party einen Antrag zu machen. Er hatte sich ausgemalt, wie es wäre, Kinder mit ihr zu haben. Ein Haus mit Garten, das war etwas anderes als eine Wohnung im vierten Stock, ohne Fahrstuhl und mit neugierigen, lärmenden Nachbarn. Er wollte mit seiner Familie am Wochenende nach Rom fliegen oder den Sommer in einem fremden sonnigen Land verbringen. Er wollte sesshaft werden. Langweiliges, sesshaftes Familienleben, das war es, was er wollte, und das hieß, dass er Geld verdienen musste. Und wenn er mit der Malerei kein Geld verdienen konnte, dann würde er einen anderen Weg finden müssen.

Er roch den kalten Rauch und öffnete seufzend das Fenster. Krissie hatte vor Jahren mit dem Rauchen aufgehört. Was zum Teufel tat sie da? Er kannte ihr Versteck, holte die Trittleiter, stieg hoch und tastete auf dem Hängeschrank herum. Er war überrascht, die Fotos in dem Behälter zu finden – mit dem Speed und dem Dope. Und er war auch überrascht, den Drohbrief von seinem Freund Billy zu finden. Aber am meisten überraschte es ihn, zwei mit weißem Pulver gefüllte Zigarettenschachteln zu finden.

Verdammt, was hatte sie durchmachen müssen? Wie hatte er so selbstsüchtig sein können, dass er nichts bemerkt und ihr nicht geholfen hatte? Er schüttelte den Kopf, und dann rannte er zu Billys Wohnung.

Wenn Chas das nicht getan hätte, wenn er die Sache nicht selbst zu regeln versucht hätte und zu Billys Wohnung gerannt wäre, dann wäre ihm nichts passiert. Dann hätte er es vermutlich pünktlich zur Vernissage geschafft.

53

Robbie und ich trafen in der völlig überfüllten Galerie ein.

In meiner Selbstbezogenheit war mir gar nicht klar gewesen, was für eine große Sache die Vernissage werden würde.

Chas hatte den ganzen Raum für sich. Im Schaufenster hingen Plakate, auf denen sein ehrliches Gesicht die Welt mit einem verhaltenen Lächeln bedachte. Seine Eltern waren da, meine Eltern waren da, und die meisten Leute, die Zeuge geworden waren, wie ich mich auf der Party zur Idiotin gemacht hatte, waren auch da. Ich trat eine kleine Entschuldigungsrunde an, bis Robbie »Papa!« schrie und auf das Plakat im Eingang zeigte. Dann zerrte er mich in die Ausstellung – drei ineinander übergehende weiße Räume voller gut ausgeleuchteter Leinwände.

Ich ließ mich auf einen Stuhl mitten im Raum fallen und starrte die Bilder an.

Auch Danny saß da, und wir waren beide still, während wir die Atmosphäre in uns aufsogen.

Robbie rannte von einem Bild mit rotem Aufkleber zum nächsten und rief: »Schau, Mami! Mami guckt hinter dem großen Fels hervor … Mami! Mami, du schwimmst in dem dunklen See. Schau, Mami, du bist auf einer Wolke! Und in dem Dreieck, dem Schnee, den Blättern, dem großen Glasturm! Mami, du bist überall! Schau!«

Menschen gingen schweigend von Bild zu Bild und blieben jedes Mal lange stehen. Sie waren wunderschön, seine Bilder aus aller Welt, aus den Jahren, in denen er ohne mich gereist war. Nepal, Indien, New York, Australien, Neuseeland, Vietnam. Jedes einzelne Motiv war klar erkennbar, und immer war ich dabei.

»Soll ich sie Ihnen beschreiben?« wurde Danny gefragt.
»Nein, danke«, sagte ich an seiner Stelle. »Er hat's mitbekommen.«

Ich sah das Drahtballmädel in der Ecke stehen und ging nervös zu ihr hinüber.
»Ich möchte mich bei dir entschuldigen«, sagte ich. »Ich habe mich schrecklich benommen. Aber ich liebe Chas, und ich werde nicht zulassen, dass du dich zwischen uns drängst.«
»Vergiss es«, sagte Madeleine. »Wir sind bloß Kumpel, Dummkopf. Und du warst hackedicht. Ist okay. Aber wo ist Chas?«
»Ist er nicht da?«
»Nein. In einer Stunde geht es los. Die Zelebrantin wartet schon. Und warum bist du nicht passend angezogen?«
Eine attraktive Frau gesellte sich zu uns und griff nach Madeleines Hand.
»Seid ihr ...?« begann ich.
»Lesben ...«, sagte Madeleine sarkastisch. »Komm uns besser nicht zu nahe.«
Mir dämmerte, dass es diese beiden gewesen waren, deren Küsse ich auf der Toilette gehört hatte, als ich auf meiner Plastikkiste vor dem Studio gelauscht hatte. Ich sah, wie sie sich an den Händen hielten: ungezwungen und liebevoll. Herrgott, ich war eine Idiotin ersten Ranges.
»Die Zelebrantin?« fragte ich.
»Hast du Chas heute noch nicht gesehen?« fragte mich Madeleine.
»Nein.«
»Aber ... Scheiße«, sagte sie. »Scheiße.« Sie sahen erst sich an, dann mich, mit vor Sorge geweiteten Augen, und dann sagten sie es mir.
Chas war am Nachmittag nach Hause gegangen, um mir einen Antrag zu machen. Plan A war gewesen, mir den Antrag auf der Party zu machen, aber den hatte ich mittels Drogenpsychose und Alkoholismus vereitelt. Also wollte er mir den Antrag machen, wenn ich von der Arbeit nach Hause kam – mit allem

Drum und Dran: hinknien, Ring, Rede, der ganze Kram. Er hatte es immer und immer wieder geübt …

»Du bist meine beste Freundin. Mein Licht …«, sagte ich und erinnerte mich an den Dialog zwischen Chas und Madeleine, den ich im Atelier belauscht hatte.

Sie sagte mir, er habe es so geplant, dass wir nach der Vernissage heiraten könnten. Er wusste, dass eine Überraschung die einzige Möglichkeit für mich wäre, den Stress auszuhalten. Er hatte Formulare ausgefüllt und geschuftet wie ein Tier.

Ich schaute mich um und sah, dass eine dicke Frau mit einem Buch mich anlächelte. Die Zelebrantin. Ich sah das fantastische Essen, das in dem leeren Raum nebenan auf den Tischen stand, die gedeckten Tische und die Stühle und … mein Gott, er hatte an alles gedacht, und er war am Morgen losgefahren, um mich zu holen, aber irgendetwas war fürchterlich schiefgegangen.

Denn er war nicht da.

Ich erinnerte mich, wie ich über die Leiter in der Küche gestolpert war, und da wurde mir alles klar. Chas hatte die Drogen und die Fotos gefunden. Und da Chas nun einmal Chas war, hatte er sich schnurstracks auf den Weg zu Billy gemacht.

»Verdammt, er ist zu Billy Mullen gegangen«, sagte ich.

»Billy Mullen?« wiederholte Danny, der unsere Unterhaltung mitbekommen hatte. »Du meinst den Typen, der bei euch auf der Party war?«

»Ja, er hat Fotos von mir gemacht und mich erpresst.«

»Wirklich?«

»Er ist ein Irrer. Ich fürchte, dass er Chas umbringt. Ich glaube, dass er Jeremy vergewaltigt und in die Krankenstation gebracht hat.«

»Krissie, ich wollte es auf der Party nicht sagen, aber ich kenne Billy«, sagte Danny. »Er war einen Tag nach seiner Entlassung im Büro. Sie haben ihm Bewährung gegeben, und er muss einen Drogenentzug machen und sich regelmäßig testen lassen. Er wiegt keine vierzig Kilo, Krissie, der Typ ist ein dünner Hering. Ich habe ihn diese Woche jeden Tag zu Hause besucht.«

»Du weißt also, wo er wohnt?«

»Ja, aber hör zu. Du hast das alles falsch verstanden. Dieser Typ, Billy, der ist nett. Nur drogenabhängig, das ist alles. Ich hatte den früher schon mal, kenne seine Familie ganz gut. Er ist ein guter Mensch.«

»Wie kannst du das sagen? Er hat meinen Sohn bedroht. Er hat versucht, Jeremy umzubringen. Ich glaube, dass er ihn sogar vergewaltigt hat.«

Danny nahm meine Hand und hielt sie. »Billy hat mir erzählt, dass in seiner Zelle in Sandhill etwas Schlimmes passiert ist …«

Eine Schlägerei.

»… Aber du hast das alles falsch verstanden. Ich denke, es war genau andersherum.«

54

Es war ganz und gar andersherum gewesen.

Billy war beim ersten Mal dabeigewesen, nach dem Zwischenfall mit der Banane, als der verrückte Vergewaltiger aus Halle C sich in seiner Zelle an Jeremy vergangen hatte, ihm die Jeans mit der Zustimmung eines perversen Wächters heruntergerissen und ihn mit mehrfach ungesättigten Fettsäuren lockergemacht hatte.

Billy hatte nicht dabeisein wollen. Er hatte auf seiner oberen Pritsche gekauert und auf den armen Kerl hinabgesehen, der auf dem Zement lag, das Gesicht hart gegen den kalten Boden gepresst. Billy hatte kurz seine taffe Sandhill-Maske fallenlassen und Augenkontakt zu dem armen Kerl gesucht, um ihm seine Anteilnahme zu zeigen und ihn um Verzeihung für seine Untätigkeit zu bitten. Doch was er da sah, hatte ihn mehr erschreckt als die Aussicht, der Nächste zu sein.

Jeremy hatte gelächelt.

Als der verrückte Psycho sein Tun beendet hatte, hatte sich Jeremy mühsam aufgerappelt und den Schläger gefragt, ob er fertig sei. Dann hatte er ihm einen Kopfstoß direkt auf die Stirn verpasst und ihm sieben- oder achtmal auf die Nase geschlagen – hart und schnell, eins, zwei, drei und so weiter. Er hatte ihm in die Eier getreten und den schlaffen Körper auf die untere Pritsche geschleudert. Dann hatte Jeremy den Kopf des Mannes an den Haaren zurückgezogen und war in ihn eingedrungen. Billys obere Pritsche war bei den sieben oder acht Stößen, die Jeremy zum Kommen brauchte, gegen die Wand geknallt, und als der letzte Ritt geritten war, hatten Jeremy die Knie gezittert …

»Nächstes Mal fr…agst du«, hatte er gesagt, ehe er den völlig ausgepumpten Mann mit einem Tritt aus der Zelle befördert hatte (wo der vermutlich medizinischen Beistand suchen musste) und Billy ansah, der auf seiner schmalen Pritsche saß und zitterte wie ein Kind.

Dieser Zwischenfall war für Jeremy in vieler Hinsicht ein voller Erfolg gewesen. Er hatte sich Respekt verschafft, und ihm war eine Idee gekommen, wie er sie zu der Seinen machen konnte.

Von Anfang an hatte er die Abläufe im Gefängnis durchschaut. Hatte teure Winkeladvokaten bezahlt, die seine von Schuldgefühlen geplagte Mutter wegen des Alibis bearbeiteten. Alles, was er tun musste, war warten. Er wusste, dass er bald wieder draußen sein würde, wusste, dass er es der Schlampe auf die eine oder andere Art heimzahlen könnte.

Dann war Krissie gekommen, und ihm war klar geworden, dass ein herzzerreißendes Gutachten ihm durchaus nutzen konnte. Also hatte er ihr etwas von lieblosen Eltern erzählt. Verdammt, jetzt geht das wieder los, hatte er nach ihrem ersten Treffen gedacht, während er in seiner Zelle saß und intensiv an ihren festen kleinen Hintern und ihre makellos weißen Zähne dachte. Jetzt geht das wieder los. Er verliebte sich immer zu schnell, liebte immer zu heftig. Er erkundigte sich nach ihrem Freund, nach ihrer Wohnung und fand heraus, wie er ihr Vertrauen und ihre Zuneigung gewinnen konnte. Jeremy war ein guter Geschäftsmann – er wusste, wie man am besten jemanden für sich gewinnt: indem man ihm einen Gefallen tut.

Billy tat alles, was Jeremy ihm im Gefängnis aufgetragen hatte … Eine falsche Bewegung, und ich schlitze dir das Gesicht auf – mit dieser Zahnbürste, die ich sorgfältig mit Rasierklingen präpariert habe … Sorg dafür, dass sie den Stoff bringt, oder ich schlage dir den Schädel ein – ungefähr so …

Sie taten weh, diese Kopfstöße, die auf Billys Nase, Stirn und Kinn knallten.

Das galt sogar noch mehr für die wütenden Finger, die ihn nachts bedrängten.

Und nur für den Fall, dass Billy sich anders entschieden haben sollte, rief Jeremy ihn nach seiner Entlassung einmal täglich an und gab ihm den immergleichen Ratschlag ... Tu es, und das Geld ist dein, die ganzen 30 000 £ ... Alles, was du brauchst, ist meine Geheimzahl, und schon kannst du so viel Koks schnupfen, dass du damit einen Tsunami verursachst. Niemand wird zu Schaden kommen, deinen Freunden wird es prima gehen, aber tu es. Sonst stattet mein Freund Rab hier dir gleich morgen nach der Verhandlung einen Besuch ab ... Stimmt's, Rab?

Als Krissie am Abend der Vernissage bei Billy ankam, zitterte er fast wie damals in Halle C, aber aus anderen Gründen. Er kam gerade vom Stoff los, und seine Eltern hatten ihm Hausarrest erteilt.

»Ja, Chas war da«, sagte Billy. »Tut mir leid, dass ich dir das antun musste, Krissie. Siehst du, was dieses Scheißzeug mit einem anrichtet? Mir reicht's, nie wieder.«

Er zog an seiner Zigarette.

»Was hat er getan? Wo ist er hingegangen? War alles in Ordnung mit ihm?«

»Er hat mich bloß gefragt, und ich hab's ihm gesagt.«

»Was hast du ihm gesagt?«

»Dass es Jeremy war.«

»Was willst du damit sagen?«

»Dass er mich dazu gebracht hat, die Fotos zu machen und diese fiese Sache in Robbies Kindergarten einzufädeln. Sei bloß vorsichtig, Krissie. Der Typ nutzt die allerkleinste Information aus, die du ihm gibst. Was hast du ihm noch erzählt? Er sagte, er würde mich umbringen, wenn ich nicht gehorche, und er hat mir eine Stange Geld versprochen. Das Zeug in den Zigarettenschachteln war übrigens nur Waschmittel.«

»Du meine Güte. Aber warum?«

»Er wollte sehen, ob du ihm einen Gefallen tust.«

55

Nachdem Chas an jenem Nachmittag bei Billy gewesen war, galt sein erster Gedanke Krissies Sicherheit. Er musste sie schützen. Er musste sofort zu ihr.

Auf der Taxifahrt zu ihrer Wohnung rief er sie an, aber sie ging nicht ans Telefon. Er rannte vom Auto zur Eingangstür. Als er das oberste Stockwerk erreicht hatte, sah er, dass die Windfangtüren offenstanden. Er trat in den kleinen Vorraum, und dann knallte etwas gegen seinen Hinterkopf: etwas, das sich in der Dunkelheit des Vorraumes versteckt hatte. Es tat so weh, dass es fast eine Erleichterung war, das Bewusstsein zu verlieren.

Jeremy hatte eine ungefähre Vorstellung von dem, was er tun wollte. Es würde etwas Kreatives und Symbolisches sein, wie immer. Nachdem er sich vergewissert hatte, dass keine Nachbarn in der Nähe waren, wartete er auf die Ankunft seines Köders. Er schlug den Kerl bewusstlos und schob seinen schlaffen Körper durch die Bodenluke im Treppenhaus. Dann zog er sich selbst auf den Dachboden hoch. Er landete auf dem Körper des Bewusstlosen und verschnaufte eine Weile. Dann sammelte er erst sich und danach die Materialien, die er zur Ausführung seines Planes benötigte.

Der Dachboden war vielleicht zwanzig Quadratmeter groß und maß an seiner höchsten Stelle etwas mehr als zwei Meter. Eine Seite der Dachschräge war notdürftig mit Gipskarton bedeckt. Ein alter Mantel hing oben an einem großen Haken. Auf dem Boden lagen ein künstlicher Weihnachtsbaum, etwas Isoliermaterial, einige alte Holzstücke, eine Wäscheleine und eine große Werkzeugkiste. Ausgezeichnet.

Jeremy hob Chas' leblosen Körper hoch und befestigte den Kragen seines Designerjacketts an einem Haken, der in das Holz hinter dem Gipskarton geschraubt war. Da das Jackett etwas einriss, verlagerte er ein wenig Gewicht auf ein Holzstück, das er zwischen Chas' Beinen platzierte und an einem Ende mit dem Trägerbalken verschraubte. Er band ihm die Hände mit einem Stück Wäscheleine vor dem Körper zusammen. Als er den letzten Knoten machte, verdrehte er ihm die Handgelenke.

Chas kam jäh zu Bewusstsein und trat Jeremy in den Magen.

»Oh, hallo«, sagte Jeremy und schnappte nach Luft. »Du musst Chas sein.«

Chas trat erneut nach ihm, und dann schrie er. Er wand sich auf dem weißen Gipskarton wie eine Spinne, die gerade den Abfluss heruntergespült wird. Seine Zehen waren nur wenige Zentimeter vom Boden entfernt. Schließlich beruhigte er sich mit einigen zittrigen Atemzügen, denn ihm war klargeworden, dass nun die Zeit für eine eloquente Ansprache gekommen war. Er musste improvisieren.

»Krissie hat mir gesagt, dass sie dich liebt. Heute Nachmittag hat sie es mir erzählt«, sagte Chas. »Das hier ist alles völlig unnötig. Du kannst sie haben. Hat sie noch nicht versucht, es dir zu sagen? Sie meinte, dass sie zu dir gehen wolle. Wenn du mich runterlässt, kann ich dir ihre Handynummer geben. Dann kannst du dich mit ihr treffen.«

»Krissie sagte schon, dass du klug bist ...«, erwiderte Jeremy. Dann sprang er so plötzlich vom Boden auf, dass Chas keine Zeit mehr zum Reagieren blieb. Er versetzte Chas mehrere Fausthiebe.

»Aber das glaube ich nicht«, sagte Jeremy zu Chas' herabhängendem Kopf, während er seine Füße an den Balken auf dem Boden fesselte.

Als Chas aufwachte, war alles dunkel. Es gab einen Moment der Unwissenheit, wie ein warmes Gähnen nach dem Aufwachen, aber er dauerte nicht lange: Chas versuchte, die Augen zu öffnen, und schaffte es nicht.

»Du bist wirklich bildhübsch.« Das war Jeremys Stimme. Sie war ganz in der Nähe, klang aber irgendwie gedämpft.

Chas wurde klar, dass seine Augen mit einem stechenden Zweig des künstlichen Weihnachtsbaumes verbunden waren. Er versuchte, seine Hände zu bewegen, aber es ging nicht: Mehr als zehn Meter extrastarker Wäscheleine schnürten ihn vom Hals bis zu den Zehen ein und waren in der Holzwand neben dem Gipskarton befestigt. Chas wand sich und schrie einen gedämpften Schrei durch den Stoff, der seinen Mund bedeckte. Er würde sterben.

Jeremy warf einen prüfenden Blick auf das Ergebnis seiner Arbeit, lächelte und schrieb »Porträt des Künstlers als toter Mann« unten rechts auf den Gipskarton. Er war sehr zufrieden mit seinem Werk.

»Wenn du glaubst, dass du sie mit deinen Malerhändchen von mir fernhalten kannst, dann irrst du dich«, sagte er lächelnd.

Chas spürte kaltes, gezacktes Metall, das sich gegen seine Hand presste. Entsetzt hörte er, wie der Motor der schnurlosen Stichsäge ächzend zum Leben erwachte.

56

Früher einmal war Jeremy ziemlich nett gewesen. Als er zwei Jahre alt gewesen war, hatte er seine Mutter umarmt, und sie hatte gesagt, er sei ihr bester Junge, und er hatte gesagt, sie sei sein bestes Mädchen und niemand könne sie je auseinanderreißen. Als er drei Jahre alt gewesen war, hatte sie ihm Kartoffelbrei mit Würstchen und Tomatenketchup gemacht, und er hatte gesagt: Danke, mein bestes Mädchen, und sie hatte zurückgelächelt. Und als er vier Jahre alt gewesen war, hatte er ihr mit Bella zu helfen versucht. Auch damals war er irgendwie nett gewesen. Er hatte bloß helfen wollen.

Danach war er nicht mehr so nett. Nachdem sein Vater ihn im Stich gelassen hatte. Nachdem seine Mutter aufgehört hatte, ihn zu lieben, und außerstande gewesen war, ihn zu berühren oder anzusehen oder zu erziehen oder zu unterstützen. Jahr für Jahr wurde er ein bisschen weniger nett, und einmal wurde er so wütend, dass er Katie, sein Kätzchen, bis zum Hals hinter dem Tennisplatz vergraben und mit dem Rasenmäher überfahren hatte. Später, im zweiten Jahr seines Literaturstudiums, hatte es ein Mädchen gegeben, das Flaubert wichtiger fand als ihn. Und dann war da die Sache mit dem neuen Lieblingsschüler seiner thailändischen Kochlehrerin gewesen – Russell, mit dem sich ganz wunderbare Currybällchen machen ließen (vor und nach seinem Tod). Es war nicht oft vorgekommen, weil er großen Gefühlen aus dem Weg ging und sich ganz auf seine beruflichen Erfolge konzentrierte: Leute einstellen und kündigen, Profit machen, erfolgreich und fleißig sein, Immobilien kaufen. Dann hatte er Amanda getroffen, und alles schien von vorn zu beginnen.

Sie hatte sich ihm quasi angeboten: allein, vierhundert Meilen von zu Hause entfernt. Natürlich reichten seine Gefühle für sie nicht annähernd an die Liebe zu seiner Mutter heran – das hatte niemand jemals geschafft –, aber sie war die Seine, und er war der Ihre.

Er war der Ihre, nachdem seine Mutter sich durch den Hintereingang des Krankenhauses verdrückt hatte (sie war schon gerannt, während sie noch das Taxi heranwinkte). Er war der Ihre, als sie in die Flitterwochen fuhren: durch die Vorstädte, über die Autobahn, durch Glasgow, vorbei an Loch Lomond, Loch Long, Loch Fyne und dem Kanal. Der Ihre, als sie das Auto vor The Lock House parkten, als er mit Blumen und Schampus zur Eingangstür schlich, und der Ihre, als er drinnen ein Geräusch hörte, das ihn abrupt stehenbleiben ließ.

Er hatte durch das Fenster gesehen, und dann hatte er die Lilien zu Boden fallenlassen.

Er stand die ganze Nacht lang vor dem Fenster und sah zu, wie sich die zwei Frauen auszogen und liebten. Er hatte so etwas schon oft gesehen, hatte sich dazu einen runtergeholt (während es geschah oder während er sich genüsslich daran erinnerte), aber das hier taugte nichts. Er spielte dabei keine Rolle. Das hier war Verrat. Er war schon oft verraten worden, am meisten von seiner Mutter. Er spürte, dass die Wut ihn wieder überkam. Er atmete sie ein, er nährte sie durch weiteres Zuschauen. Er sah den beiden Frauen zu, die schrien und sich wanden und liebkosten. Er sah zu, wie Amanda aufwachte und sich anzog und mit dem Mietwagen davonfuhr.

Dann betrat er ihr Flitterwochendomizil, ging leise ins Schlafzimmer und sagte: »Du musst Bridget sein.«

Sie bedeckte sich.

Er kam lächelnd auf sie zu.

Sie versuchte, das Bett zu verlassen.

Er stach ihr in den Bauch.

Sie schrie.

Er stach ihr in den Bauch.

Sie schluchzte.

Er fesselte sie.
Sie wimmerte.
Er setzte das Messer an und schnitt.
Sie tropfte.
Er zerrte.
Sie verlor das Bewusstsein.
Er schnitt.
Sie blutete.
Er riss er stach.
Sie starb.

57

Was würde Chas tun? Wo würde er hingehen? Er würde den Scheißkerl aufspüren und umbringen wollen, wie er es vor vielen Jahren mit Sarahs Stiefvater getan hatte. Chas war so. Impulsiv. Einer, der Sachen selbst regelt.

Ich rief zu Hause an, und ich rief ihn auf dem Handy an, aber er ging nicht dran. Wo wäre Chas als Nächstes hingegangen?

Er hätte überall nach Jeremy gesucht.

Vielleicht hatte Jeremy herausgefunden, dass seine Mutter nach Glasgow gekommen war und ihm helfen wollte. Vielleicht war er zu ihr gegangen.

Ich rief die Polizei an und berichtete, was geschehen war, aber sie schienen sich keine großen Sorgen zu machen. Sie würden Erkundigungen über Jeremys Verhalten während der Haft einziehen. Aber was machte es schon, wenn mein Freund seit ein paar Stunden vermisst wurde?

Kurz nachdem ich mit Billy gesprochen hatte, fuhr ich wut- und angsterfüllt zu den Clyde View Apartments. Anne Bagshaw wartete unruhig.

»Wo ist er?« fragte sie.

»Ich weiß es nicht. Ich konnte ihn nicht herbringen. Ich dachte, dass er vielleicht selbst hergekommen ist.«

»Nein. Er weiß nicht, dass ich hier bin. Es sollte eine Überraschung werden, erinnern Sie sich nicht mehr?«

Ich entschloss mich, ihr nicht zu sagen, dass er im Gefängnis gewalttätig geworden war und alles unternommen hatte, um mir nahezukommen. Ich sagte ihr nicht, dass er meinem Lebensgefährten vielleicht etwas antun würde. Sie würde ihm sonst vielleicht zur Flucht verhelfen.

»Können Sie mir Bescheid geben, falls er sich bei Ihnen meldet? Rufen Sie diese Nummer an. Er hat etwas im Gefängnis liegenlassen, das er vielleicht braucht«, log ich.

»Natürlich«, sagte Mrs. Bagshaw.

»Haben Sie eine Ahnung, wohin er gegangen sein könnte? Er hat mit Amanda Schluss gemacht und irgendwie anders als sonst gewirkt. Anscheinend hat er mich in sein Herz geschlossen. Er weiß, dass ich vergeben bin, aber vielleicht habe ich ihn verwirrt – ich hatte eine Zeitlang Beziehungsprobleme. Es war ihm sehr peinlich, als ich ihm sagte, dass ich ihm nie den Eindruck vermitteln wollte, zwischen uns …«

Anne wirkte schockiert – zu Recht, wie mir schien. Er hatte sich in seine Sozialarbeiterin verliebt und mit Amanda Schluss gemacht.

»O Gott«, sagte Anne und sackte in einen Sessel vor dem Fenster. Sie sah aus, als ob ihr Verstand mit einer Million Stundenkilometern laufen würde. »Wenn er Sie in sein Herz geschlossen hat, dann sucht er vielleicht nach Ihnen. Vielleicht ist er zu Ihnen gefahren. Haben Sie ihm gesagt, wo Sie wohnen, irgendetwas Privates?«

Sie hatte natürlich recht. Ich hatte ihm aus meinem Privatleben erzählt. Wo mein Arbeitplatz war, dass ich in der Gardner Street wohnte. Ein Bild des Namens auf dem Klingelknopf blitzte vor mir auf. Er hätte mich natürlich sowieso finden können, ob ich ihm nun etwas gesagt hätte oder nicht. Ich fragte mich, wozu er noch imstande sei. Hatte er Bridget McGivern vielleicht doch getötet?

»Noch etwas, Krissie«, sagte Mrs. Bagshaw, als ich mich zum Gehen wandte, und sah aus ihrem Sessel vor dem Fenster zu mir hoch. »Wenn Sie ihn sehen, sagen Sie ihm, dass ich hier bin. Sagen Sie ihm, dass er kommen soll. Als Erstes. Sagen Sie ihm, dass ich zur Feier des Tages sein Lieblingsgericht gekocht habe – Kartoffelbrei mit Würstchen und Ketchup. Ja?«

Ich stand kurz davor, sie anzuschreien. Verdammte Vollidiotin. Dein Sohn ist verrückt, und du hast den Tisch gedeckt und Kartoffeln gestampft?

»Werden Sie das tun? Werden Sie ihm sagen, dass sein bestes Mädchen es gesagt hat?«

Dieses letzte Detail ließ mich erschaudern. All der Schwachsinn über beste Mädchen – es war sonnenklar, dass sie genauso irre war wie er. Ich musste hier raus.

»Natürlich«, sagte ich. »Und das Gleiche gilt, wenn Sie ihn zuerst sehen. Rufen Sie mich unter dieser Nummer an.«

58

Pater Moscardini hatte steif und unbeweglich in derselben Stellung verharrt, seit sich Jeremy dafür bedankt hatte, dass er sich Zeit für ihn genommen hatte. Er saß in dem kleinen, hölzernen Beichtstuhl in der großen Kapelle, die drinnen wie eine normale Kapelle aussah und draußen wie ein Gefängnis. Er hatte sich sehr gefreut, als Jeremy endlich zu ihm gekommen war. Nach wochenlangen Gesprächen war er endlich gekommen, kurz vor seiner Entlassung. Das wird ein guter Tag, hatte der Kaplan gedacht, wenn eine arme Seele sich einen schrecklichen Kindheitsunfall verzeihen kann und endlich ihren Frieden findet.

Er hatte an genau dieser Stelle gesessen und sich darauf vorbereitet, die Absolution zu erteilen und inneren Frieden zu schenken, als Jeremy zu reden begann.

»Pater, vergeben Sie mir meine Sünden. Es ist eine Ewigkeit her, seit ich zum letzten Mal gebeichtet habe, und dies sind meine Sünden. Als ich acht Jahre alt war, habe ich ein Feuer gemacht. Das war im Keller meiner Schule, und es tut mir wirklich leid.«

Pater Moscardini lächelte in seinem Beichtstuhl – die Absolution stand kurz bevor. Dann fuhr Jeremy fort.

»Ich habe sieben … acht Tiere getötet. Auf unterschiedliche Arten. Unterschiedliche Rassen.

Ich habe einen Mann und zwei Frauen vergewaltigt, nein, Moment. Doch, stimmt, einen Kerl und zwei Tussen.

Ich habe vier Menschen umgebracht, und heute Abend werde ich den fünften umbringen. Ich hoffe, Pater, dass Sie mir wegen heute Abend im Voraus vergeben können – vielleicht ein paar zusätzliche Ave Marias?

Die Erste war Bella, aber das wissen Sie ja schon. Da ist übrigens noch etwas, das ich mich frage. Weil ja die Vorhölle abgeschafft worden ist. Gilt das auch rückwirkend? Muss sie da jetzt schmoren, weil sie noch nicht getauft war? Ist nur so 'ne Frage.

Die Zweite war eine Schlampe, der ihre Bücher wichtiger waren als ich.

… Dann dieser kleine Koch namens Russell, der so gut mit Zitronengras geschmeckt hat.

Halten Sie es für normal, dass eine Frau mit ihrer Mutter schläft? Das war kein schöner Anblick: eine Mutter, die sich windet, während die Tochter ihr die Nippel leckt. Mir ist ganz schlecht dabei geworden.

Das wär's soweit, Pater. Diese Sünden, und diejenige, die ich heute Abend begehen werde, tun mir wirklich leid. Und ich möchte Ihnen dafür danken, dass Sie mich wegen ihres Schweigegelübdes neulich beruhigt haben …

… und danke, dass Sie sich die Zeit genommen haben.«

59

O Gott, wo ist er? Ich bin in der Gardner Street. Drinnen ist es dunkel. Ein paar Lichtreflexe von den Straßenlampen, aber sonst ist es dunkel, und der Holzboden ist schwarz vor Finsternis. Ich gehe den Flur entlang in die Küche, und ich sehe eine Tafel und eine Spüle, aber niemand ist da. Ich gehe ins Wohnzimmer, und da stehen Sofas und ein Fernseher, aber niemand ist da. Ich gehe in das Badezimmer, in Robbies Zimmer, in den begehbaren Wandschrank im Flur. Niemand ist da.

Ich gehe langsam auf unser Schlafzimmer zu und öffne die Tür und springe jäh zurück. Doch was aussieht wie ein Geist, ist mein Hochzeitskleid, das im Türrahmen hängt. Ich hole tief Luft und mache das Licht an, und dann sehe ich eine wunderschöne Rose auf der Kommode, die an einer Haarklammer befestigt ist. Niemand ist auf oder unter dem Bett oder hinter dem Kleiderschrank, und als ich mich zum Gehen wende, ist da wieder mein Kleid, diesmal im Licht. Es ist voller Blut. Ich stehe fassungslos da und halte es in der Hand, und dann fällt mir ein Tropfen auf die Stirn. Ich blicke hoch und sehe, dass Blut von der Decke tropft.

Ich renne ins Treppenhaus und sehe, dass die Bodenluke nicht richtig verschlossen ist. Mrs. McTay kommt mit ihren Einkäufen nach Hause und sieht zu, wie ich einen Stuhl aus der Küche hole, mich draufstelle und die Bodenluke mit einem Ruck öffne.

Ich ziehe mich auf den Dachboden hoch. Ich taste in der Dunkelheit herum und lausche.

Mit dem Schrei einer Bestie springt er auf mich zu und nagelt mich auf den losen Bodendielen fest.

Ich werde dir niemals wehtun, sagt er, während er mich festhält. Mein Mädchen. Ich werde dir niemals wehtun.

Aber genau das wird er tun. Er wird jedem wehtun, der ihn zu verlassen wagt.

Als ich seinen irren Blick sehe, weiß ich, dass er Bridget McGivern umgebracht hat.

Ich liege auf dem Rücken, und ich sehe ein Gemälde. Es ist schön. Schwarze Flüssigkeit tropft von ihm auf die Leinwand und den Boden. O Gott, es ist Chas. Seine Augen sind geschlossen, sein Kopf hängt herab, und Blut tropft von der Stelle, wo ihm die Finger mit der Elektrosäge abgetrennt wurden, die hinter mir liegt und immer noch brummt.

Ich schreie, als ich sie auf dem Boden liegen sehe: fünf kleine Schweinchen in einer tiefen schwarzen Pfütze.

Nachdem mich Jeremy zu Boden geworfen hat, scheint er nicht recht zu wissen, was er als Nächstes tun soll. Er sieht mir mit einem Babyblick direkt in die Augen und forscht in meinem Innern. Ich blicke zu Chas hoch, seinen toten, geschlossenen Augen, und plötzlich weiß ich, was ich sagen muss. Mir fällt ein, was Chas mir immer wieder gesagt hat: dass ich nicht sorgfältig genug hinsehe, dass nicht alles so ist, wie es scheint.

»Deine Mutti ist hier. Sie hat Kartoffelbrei und Hamburger mit Ketchup gemacht.«

»Was?« fragt Jeremy.

»Dein bestes Mädchen. Sie ist hier. Sie ist den ganzen Weg gekommen, um dich zu holen, und sie wartet in den Clyde View Apartments auf dich, oben an der Clyde Street, Nummer 12.«

»Hamburger?« fragt er.

»Würstchen meine ich, Würstchen.«

»Sie ist hier? Wirklich?«

»Ja«, sage ich. »Und sie hat dein Alibi bestätigt. Deswegen bist du frei.«

»Das hat sie getan? Obwohl ...«

»Obwohl es eine Lüge war. Geh zu ihr, Jeremy. Sie wartet auf dich.«

Er lockert seinen Griff, und ich fühle, wie Chas' Blut auf mich herabtropft. Und ich weine, weil mein Leben auf diesem Dachboden dahinrinnt und ich nichts dagegen tun kann.

Er lockert seinen Griff und richtet seinen Blick in eine unbekannte Ferne. Und er steht auf wie ein Außerirdischer, der in sein Raumschiff zurückbeordert wurde, und geht langsam davon: raus aus der Pfütze, durch die Luke, die Treppe hinab, hinaus.

»KRANKENWAGEN! KRANKENWAGEN! MRS. McTAY! WÄHLEN SIE 999!« schreie ich.

Ich springe auf die Füße und gehe zu Chas. Er sollte bei seiner Vernissage sein, und stattdessen klammere ich mich an ihn und rufe um Hilfe. Er rührt sich nicht. Keine Bewegung. Ich löse die Fesseln an seinen Beinen und schlage ihm sanft ins Gesicht, aber er reagiert nicht. Ich ziehe an dem Draht, aber der lässt sich kein Stück weit bewegen. Ich ziehe mein T-Shirt aus, ich presse es gegen seinen fingerlosen, fleischroten Handstumpf und sehe zu, wie sich der Dachboden mit dickem, heißem Blut füllt. Ich stampfe mit dem Fuß auf und schreie.

Ich schaffe es nicht, seinen Knebel zu lösen, ihm die Augenbinde abzunehmen oder auch nur festzustellen, ob er am Leben ist. Ich weiß, was ich zu tun habe: fest gegen den Stumpf zu drücken, aus dem das Blut sprudelt.

Es ist, als ob Stunden vergangen wären, bis Mrs. McTay endlich ihren Kopf durch die Luke steckt. »Wählen Sie 999, schnell! Und holen Sie Eis!« schreie ich.

Sie fragt nicht nach dem Grund, sie kennt ihn: Als sie beim Hinausgehen ihren Kopf senkt, ist sie mit fünf losen Fingern konfrontiert. Sie schreit. Sie unterdrückt den Impuls, sich zu übergeben, verschwindet und kommt kurze Zeit später mit einem Beutel, einer Packung tiefgekühlter Erbsen und einer tiefgekühlten Lammhaxe zurück.

»Wickeln Sie sie ein!« sage ich, während ich Chas' Handstumpf halte, aus dem das Blut durch meine Finger schießt. Und sie tut, was ich sage, und tütet die Finger zusammen mit den Erbsen und der Lammhaxe ein, und wir halten die Stücke von Chas und stehen betend auf dem dunklen Dachboden, bis die Sirene ertönt.

60

Jeremy sitzt in den Clyde View Apartments am Esstisch. Anne sitzt ihm gegenüber. Er schaut auf seinen Kartoffelbrei mit Würstchen und Ketchup und bekommt keinen Bissen herunter.

»Iss was«, sagt seine Mutti. Sie ist zum ersten Mal seit Jahren nüchtern.

Aber Jeremy bekommt keinen Bissen herunter. Er hat zu lange warten müssen, und er ist sich nicht sicher, ob er jetzt mit dem Warten einfach so aufhören kann. Also nimmt er stattdessen einen Schluck Wein. Seiner Mutti scheint es nichts auszumachen, auf ihn zu warten, und schließlich ist er soweit. Er isst schnell.

»Heute wäre Bellas Geburtstag«, sagt Anne. Sie schaut Jeremy in die Augen, als ihm klar wird, was sie gesagt hat. Sie hält seine Hände fester umfasst, damit er aufhört, dagegen anzukämpfen. Sie will ihm helfen. Er hat es sowieso schon in sich, und er fühlt sich ganz schlimm und ganz schwach.

Sie hatte ihn nicht ihm Gefängnis lassen können. Sie hatte es gewusst, seit er sie angerufen und ihr von dieser Sozialarbeiterin erzählt hatte. »Sie ist das beste Mädchen, und ich weiß, was zu tun ist. Selbst von hier drinnen kann ich die Sache in Ordnung bringen.« Sie wusste, dass er in seinem Innern viel zu zerstört war, um etwas anderes als zerstören zu können. Wusste, dass die Schnittwunden auf seiner Stirn und die blauen Flecken am Hals genau wie jene aussahen, die er sich im Ferienlager zugefügt hatte, als er nach Hause wollte und seinen Kopf wieder und wieder gegen die Felsen am Strand geschlagen hatte (und er hatte es geschafft; sie hatte ihn zu sich nehmen müssen). Wusste, dass es Bridget genauso wie seinem armen Hund Bobby ergangen war, mit dem sie zu viel geschmust hatte und spazierengegangen war. Wusste, dass er alles zerstören würde, so wie er auch das Bootshaus in Cornwell, das Baby in Oxford und die Brüste in Crinan zerstört hatte (ehe er deren Besitzerin die Kehle durchgeschnitten und dreiundzwanzigmal auf sie eingestochen hatte).

Und sie wusste, dass er immer wieder Menschen finden würde, die er verschlingen und blutig verteidigen konnte – und dass Krissie Donald seine nächste Auserwählte war.

Anne sitzt an ihrem Tisch in den Clyde View Apartments und beobachtet Jeremys Gesicht, das erst schockiert wirkt, dann unbehaglich, dann ziemlich verzweifelt. Das um sein Leben kämpft, bettelt, keucht. Die Sache zieht sich hin, und sie lässt ihn nicht aus den Augen, denn sie hat ihn schon einmal aus dem Augen gelassen, und diesen Fehler wird sie nie wieder begehen.

Er schaut sie fast die ganze Zeit an, aber manchmal schaut er ins Nichts, wenn er daran denkt, dass dies das letzte Mal sein könnte, dass er Luft holt, mit einem qualvollen Geräusch, aber ohne um sich zu schlagen – weil er es vielleicht doch nicht in sich hat. Er ist schwach, und jetzt ist ihm wirklich sehr, sehr schlecht, Mutti.

Anne hält ihn jetzt sanft bei den Händen. Der Blick ihres Sohnes wird weicher, und zum ersten Mal seit vierundzwanzig Jahren sieht Anne die Augen, die sie weinen ließen vor Glück, als sie sich im Kreißsaal zum ersten Mal öffneten. Die Augen, die sie durchbohrten, als sich sein Blick von ihrer Brust hob. Die Augen, die auf der Babyschaukel glückselig strahlten, aus denen sie mit einem weichen gelben Waschlappen den Badeschaum gewischt hat.

»Ich verzeihe dir, und ich komme mit dir«, flüstert Anne.

Eine Träne rollt Jeremys Wange herab. Er lächelt seine Mutti an, und dann fällt sein Kopf in den Kartoffelbrei.

Anne streichelt ihrem Jungen über das weiche Haar. Dann ruft sie die Polizei.

»Hier sind zwei Tote in den Clyde View Apartments Nummer 12, Clyde Street, Glasgow«, sagt sie. »Jeremy Bagshaw … und Anne Bagshaw.«

Sie legt auf und schaut den Jungen an, den sie damals in ihre Wohnung bei der Tower Bridge nach Hause gebracht hat, dem sie sein Zimmer und seinen Panda und seinen süßen, winzigen Strampler gezeigt hat. Sie küsst ihn auf den Kopf, dann nimmt sie einen großen Bissen von den Kartoffeln, die Jeremys Kopf umrahmen. Sie kaut, und man sieht, wie schwer ihr das Schlucken fällt, aber sie schafft es, siebenmal schafft sie es, mit der Gabel die luftige Kartoffelmasse abzukratzen, die ihrem lieben Jungen vom Gesicht trieft.

Sie sitzt neben ihrem Sohn am Tisch, und noch einmal sind ihre Hände ineinander verschränkt. Jetzt sind sie bereit, »Herzlichen Glückwunsch, Bella« zu sagen.

Herzlichen Glückwunsch. Herzlichen Glückwunsch.

61

Als die Rettungshelfer Chas' Hände gewaltsam lösen und ihm die Augenbinde abnehmen, bin ich mir sicher, dass er tot ist. Sein Gesicht ist grau anstatt weiß, und er bewegt sich nicht.

Während der Fahrt vergieße ich meine Tränen auf ihn und jammere nutzlos herum, während der Krankenwagen in Richtung Krankenhaus rast. Ich kann nicht hören, was der Sanitäter sagt.

Er ist irgendwas, hören Sie auf zu schreien, Sie müssen sich beruhigen, halten Sie den Mund. Bin ich gerade geohrfeigt worden? »ER IST AM LEBEN, HERRGOTT NOCH MAL!«

Jetzt habe ich es endlich gehört, und meine Trauer macht einen Moment lang Pause. Kann ich ihr das erlauben? Kann es sein, dass er wieder in Ordnung kommt, mein Malermann, der mich in allem Schönen, das er jemals gesehen hat, abgebildet hat?

Ich schwebe neben seiner Rollpritsche daher, und dann warte ich stundenlang in einem hellerleuchteten Gang. Andere Familien warten auch dort – einige nicht sehr lange, weil man ihnen gute Nachrichten bringt, andere länger, weil man ihnen keine guten Nachrichten bringt, und wenn sie gehen, dann ist es endgültig.

Welche Nachrichten wird man mir bringen? Wird mein Chas hier sterben?

Ich denke an Liebesgeschichten, an den ständigen Kreislauf des Sichtreffens und Neuverliebens. Werde ich Chas jemals wieder treffen und mich neu in ihn verlieben? In meinem gereinigten Hochzeitskleid auf ihn zugehen? Lächeln, wenn ich seinetwegen mein Sexspielzeug wegschmeißen kann? Zu ihm hochschauen, wenn er die Nabelschnur unserer Tochter durchtrennt? Mir etwas ausdenken, nachdem er sich ein Motorrad gekauft hat und zu dem Schluss gekommen ist, dass all unsere Freunde Langweiler sind?

Es ist drei Uhr morgens, als der Arzt mit einem Gesichtsausdruck auf mich zukommt, der mich auf die Beine und zum Schreien bringt. »Es geht ihm GUT!«

»Es geht ihm gut. Er wird eine Weile brauchen, aber er wird durchkommen.«

Ich springe herum, wir alle springen herum, und wir bemerken kaum, dass der Nachzügler aus der letzten traurigen Gruppe uns sehnsuchtsvoll anschaut und schließlich in die dunkle, leere Nacht entschwindet.

Einen Augenblick später sitze ich neben Chas. Erbsen und Lammhaxe haben seine Hände gerettet – ein Gericht, das es bei uns für geraume Zeit nicht geben wird.

Ich halte sein Gesicht in den Händen und lege meine Wange an seine.

»Ich liebe dich!« sagte ich in seine warmen, schlafenden Ohren. Er murmelt etwas, das ich nicht höre.

»Was, Liebling?« frage ich.

»Wird alles gut?« fragt er, genau wie ich früher, manchmal mitten in der Nacht.

»Ja, mein Kleiner«, antworte ich. »Alles ist wunderbar, weil es dir gutgehen wird und ich dich mehr als alles andere auf der Welt liebe.«

»Mehr als Pizza?« fragt er.

Ich zögere, dann lächle ich.

»Da ist etwas, das ich dir sagen muss …«